ウィッシュガール

wish girl

ニッキー・ロフティン

代田亜香子 訳

作品社

ウィッシュガール

母さんへ

もしわたしたちが、あらゆるふつうの人間の生活に対して
鋭敏《えいびん》な洞察力《どうさつりょく》と感覚をもっていたら
それはまるで、草が育つ音がきこえ
リスの鼓動《こどう》がきこえるかのようだろう
そしてわたしたちは息絶《た》えるはずだ
沈黙《ちんもく》の向こう側にある叫《さけ》びをきいて

——ジョージ・エリオット

第一章

十三歳になる前の夏、ぼくはあまりにもじっとしていたせいで、死にかけた。

ぼくは昔からずっと、静かだった。練習してたほどだ。息を殺して、頭のなかの考えさえ、そっとしとく。静かにしてることは、ぼくがだれよりもうまくできるたったひとつの得意分野だった。だけどたぶん、そのせいでぼくはへんなやつだと思われていた。家族は、きき あきるほどいってた。「ピーターは、どうかしたのかな?」

どうかしてるとこなんて、たくさんある。だけどいま、いちばん深刻《しんこく》な問題は、足の上にガラガラヘビがいることだ。

ぼくは、はじめて家を勝手にぬけだしてきた。もしかしたらこれが最後になるかもしれない……そう考えながら、地面をじっと見つめてた。ゆっくりとまばたきをする。目を閉じればヘビが消えてくれるみたいに。

ぼくはできるだけ動かずに、石灰岩《せっかいがん》のけわしい崖《がけ》のふちに立っていた。スニーカーのつま先がふちから少し出ている。喉《のど》の奥で心臓《しんぞう》がどくどくいい、首はかたまり、目は靴《くつ》の上にくぎづけだ。ダイヤガラガラヘビはからだを茶色と黒とシルバーグレーに光らせ、ぼくの両足のまわりに巻きつき、靴ひもの上で丸まっていた。

頭はくっきりとしたくさび形で、うす茶色のしっぽの先に、ガラガラという威嚇音《いかくおん》を出す器官《きかん》がついている。器官はぜんぶで八個。数える時間なら、じゅうぶんにあった。少なくとも十五分はこうして立ったまま、ぴくりとも動かないように必死だから。

口のなかが、すっかりからからだ。ごくりとつばをのみこむと、ヘビが、スニーカーの上のむきだしの左足首近くにのっけていた頭をぐいっと上げて、黒い舌《した》をちょろちょろ出した。

ぼくは息をのんだ。

一瞬《いっしゅん》、ヘビを足から振《ふ》りおとして走って逃《に》げようかと思った。でも、だめだ。ヘビはぼくの足首にすっかり巻きついてるから、振りおとそうとしたら、まちがいなくかまれる。いまのところヘビはまだ……ぼくのにおいをかいでるだけだ、たぶん。小さいときに本で読んだことがある。ヘビって、舌でにおいをかぐんだ。

におい、気に入ってくれてるといいけど。何しろ、もうひとつ思い出したことがある。ガラガラヘビは、自分の体長の二倍の距離《きょり》を一気に移動できる。てことは、このヘビはその気になれば、ぼくの喉元あたりにかみつけるんだ。

ああ、ブーツをはいてくればよかった。せめて、ジーンズにするんだった。六年生のときに体育ではいてたばかみたいな短パンじゃなくて。

目の前で黒い点々が泳ぎだす。息をしなきゃ。ぼくは、ゆっくりと息をした。できるだけ音をたてないように注意して、これ以上ヘビの意識《いしき》をこっちに向けないようにして。

ヘビは攻撃《こうげき》もしてこなければ、動きもしない。ただ、ずっと舌をちょろちょろ出している。そしてそれから、頭を一度に一センチずつ下げて、ぼくの足の上においた。

昼寝でもするか、みたいに。

ぼくはゆっくり、ふーっと息をついた。というか、そうしようとした。ヘビの昼寝って、どれくらいの長さなんだろう。ぼくはどれくらいのあいだ、ここに立ってることになるんだろう。ヘビを足首に巻きつけたまま、かまれるか、崖から落ちるかとおびえながら。

きっとだれかがぼくをさがしに来る。かくれてるとかじゃないんだから。きっと、だれかが見つけてくれる。山をのぼって、ぼくが来たのとおなじ道を二十分くらい走ってきてくれれば。

この、人がまったく住んでない、ど田舎《いなか》で。

ぼくは、笑いそうになった。だれも来るわけがない。ぼくはここからずっと動けない。待つことしかできないで、恐怖《きょうふ》しか感じないで、ずっと。

じっと立ったまま、前後にからだが揺《ゆ》れないように気をつけてバランスをとってると、だんだん肩の力がぬけてきた。だって、ぼくにできることなんて、何もないじゃないか。

じっとしてるだけだ。でなきゃ、死ぬだけ。

第二章

　ぼくは、死ななかった。四時間後、家に帰ったとき、騒《さわ》がれもしなかった。どうやら、だれにも気づかれないと、家出さえ成立しないらしい。

「ピーター、今日は何してたんだ？」父さんが夕食のとき、マッシュポテトの皿《さら》をまわしながらきいてきた。「まさかまた、ずっと部屋に閉じこもってたんじゃないだろうな？　いいか、外の新鮮《しんせん》な空気を吸わないと、からだに悪いぞ」

　ぼくは、しばらく返事をしなかった。なんていえばいい？「父さん、ぼく家から逃げだして、午後じゅうずっと、毒《どく》ヘビににらまれてたんだよ」とか？　そういったら父さんは罪悪感《ざいあくかん》をおぼえるかもしれない。父さんのせいで、ぼくは家を出たんだから。というか、父さんのドラムのせいだ。

　父さんは去年、仕事と髪《かみ》の毛の大部分を失った。それで、ドラムをまた始めて、若さだかなんだかを取りもどそうと決心した。「往年《おうねん》のスティックさばきに磨《みが》きをかけて」、オースティンの町でバンドのオーディションを受けるそうだ。

　その日の午後、父さんはぼくを巻きこもうとして、カウベルとトライアングルをわたしてきた。ぼくに音を出してほしいタイミングで、うなずく。父と息子の時間、ってわけだ。

ぼくは、楽器の音をきいてると頭痛がするといった。

うそじゃない。

「ピーター、おまえは神経質《しんけいしつ》すぎるんだよ」父さんは、例によってぼくにがっかりしていった。「もっと強くならなくちゃな」

そんなの、千回くらいいわれてる。だけどどういうわけか、その日はたしかにそうだと思った。ぼくは、父さんが認めるくらい強かったためしがない。

ぼくがガラガラヘビに負けなかったといったら、父さんは信じるかな。ぼくは父さんをちらっと見た。いや、信じるわけがない。父さんはいつもどおり、「どうしてうちの息子はこんなへんなやつなんだろう」って表情をしてる。だから、ぼくはさらっと答えた。「散歩に行ってた」

「えっ？」母さんがぱっと顔をあげて、ひざの上にくぎづけだった目をこちらに向ける。テーブルクロスの下で、スマホに何やら入力してるところだった。たぶん、フェイスブックをひらこうとしてたんだろう。こんな田舎じゃ、つながりっこないのに。「どこへ行ってたの？　だれかに会った？」

ヘビに会った、そう思って笑みが浮かんだ。母さんはそういう意味できいたんじゃないだろう。

姉さんのローラが、スプーンをもつ手を止めた。カーリーにベビーフードを食べさせていたところだ。もっとも、ほとんどはカーリーのシャツとよだれかけの上に落ちてたけど。カーリーは、動きまわる的《まと》みたいなものだから。ローラが口をはさんできた。「ママ、ふざけないでよ。人に会うわけないじゃん。まったく、何いってんの？　あたしたちを、こんな地の果てに連れてきといて。人なんか、たぶん八十キロ先くらいまでいないわよ」

「ローラ、そういう反抗的《はんこうてき》な態度《たいど》はやめなさい」母さんが注意する。「いったでしょう？　ピーターと同い年の男の子がふたり、二キロもはなれてない家に住んでるって。ここは、わたしたちにとってすばらしい場所よ。これからはもう、通勤《つうきん》にも時間がかからないし。渋滞《じゅうたい》がほとんどないから……」

「人がいないからじゃん」ローラがぴしゃりといって、いすの背もたれによりかかると、いらいらして口のなかにオクラをほうりこむ。「文明もなし」ローラはオクラでいっぱいの口で不満そうにいう。

「タトゥーをしたボーイフレンドもなし」父さんがいう。「マリファナを吸うやつもいない」父さんがぼくにウインクする。ぼくは笑わないようにがんばった。きいてたのはぼくだけらしく、母さんはすぐにまた口をひらいた。

「それでよく文明なんていえるわね、ローラ・エリザベス・ストーン」母さんが眉《まゆ》をくいっとあげる。「手で食べてるあなたが。ふたりともこの秋、学校がまた始まったら、もう少しお行儀《ぎょうぎ》を……」

これでまたローラにスイッチが入った。ローラの得意な話題だ。こんな田舎の学校に通わなきゃいけないなんて。夏のいちばん大きなイベントがロデオで、生徒の八十パーセントが、明るい農村づくりの活動としてヤギか子牛を飼《か》ってるような学校に。

たしかに、山奥にあるこの場所は、いままでとはまったくちがう。おなじテキサス州だけど都会のサンアントニオのアパートメントで、ぼくたちは十一年近く暮らしてた。このあたらしい家には越してきてまだ一週間だけど、いつまでたってもわが家って感じにならないのははっきりわかる。わが家っぽいところがひとつもない。二階建てで、築《ちく》三十年の木造住宅で、三色のビニールの羽目板《はめいた》と窓がゆるくなってるので、風が強く吹くとガタガタいう。

こんなとこ、きらいだ。たぶん、家族全員そうだと思う。だけど、こうするしかなかった。前のアパートの家主に、父さんのドラムとギターのせいでほかの借り主たちが出ていきそうだといわれたから。「みなさん、そうとう頭に来てます」家主はうめくように、うちの賃貸契約《ちんたいけいやく》はもう更新《こうしん》しないといってきた。

しょうがないと思う。うちの家族のたてる騒音《そうおん》は、ふつうじゃないから。テレビはいつもつけっぱなしで、しょっちゅうかんしゃくを起こし泣きわめくカーリーの声をかき消すほど音量をあげている。母さんは家にいるときはいつも電話してるか、ローラやカーリー、またはぼくにむかって一方的にしゃべってる。こっちが話をきいてないとわかると――それって、ほとんどいつもだけど――さらに大きな声を出す。

いまだって、どんどん声を荒らげてローラといい合ってる。ぼくは頭をぎゅうぎゅうしめつけられているような気がしてきた。ゆっくりと、でも強い力で。カーリーは自分の皿の上に食べ物をぺっぺっと吐《は》いてから、泣きだした。ぼくは自分のぶんのミートローフを食べながら、さっき見つけた谷のことを考えた。ヘビに会った谷だ。

ここからそれほど遠くない。雑草《ざっそう》とサボテンの原っぱをいくつか突っ切る。葉っぱよりもトゲのほうが多いようなぼさぼさの木の茂みもいくつかある。それから、山のてっぺんを越《こ》えて、ミニチュアのログハウスのオモチャみたいに鉄道のまくら木を斜《なな》めに組み合わせたフェンスを通り越して、両《りょう》端《たん》に草や野の花が生えてきてる細いアスファルトの道を横切る。

泣き声やわめき声やドラムの音がきこえないくらいには、はなれてる場所だ。夢《ゆめ》みたいだ、そう感じた。ここ数年ではじめて、車や電車の音も、テレビやゲームの音も、人の声もしない。家の屋根もひとつも見えないし、空に飛行機さえ飛んでない。

生まれてはじめて、ぼくはひとりっきりだった。すごくいい気分だ。

ううん、いい気分どころか、最高だ。あの場所にいると、自分の鼓動《こどう》が世界じゅうのどんな音よりも大きかった。

カーリーが、かん高い声を出す。いま、がんがん鳴っているのはぼくの頭のなかだけだ。あと、カーリーがテーブルの底板を蹴《け》る音。

「だったら、せめてもうちょっといい家を借りられなかったの？　ネットがばんばんつながる家。これじゃ、火星で暮《く》らしてるみたい」ローラがいう。

「たしかに」父さんが、サラダをほおばりながらうなずいた。「そこんとこは、かなりめんどくさいな。ケーブルネットワークの会社に連絡して、ネット環境《かんきょう》を……」

「収入源《しゅうにゅうげん》はひとつしかないのよ」母さんが責めるようにいう。「わたしのお給料《きゅうりょう》。忘れちゃった？」

父さんが、ぼくのほうにあごをくいっとやる。ぼくが何かいうのを期待してるみたいに。

いえるわけ、ないよ。

だけど、父さんはいえるらしく、母さんにむかって、よくいうよというふうに目玉をぐるんとさせた。「一分たりとも忘れさせてくれないじゃないか。これだけガミガミいわれちゃあね」

ぼくは、ぎくっとしてかたまった。ローラもだ。カーリーさえ、かんしゃくを起こすのをやめてじっとしてる。そして、いきなりやかましい音が響《ひび》きわたった。母さんと父さんがけんかを始めて、最高速度の早口でけなし合い、ののしり合う。まるで、目に見えない食べものを投げつけ合って戦ってるみたいに。

そして、その食べものにだれが当たろうと、おかまいなしだ。

「マクシーン、きみがぼくに相談もしないで勝手にここに決めたんだぞ」父さんがわめく。「仕事を失ったからって、家族を失ったことにはならない」父さんのつぎの言葉が、とどめを刺した。「いまは、まだ」

カーリーが、ぎゃんぎゃん泣きだした。ローラはカーリーを抱きあげて子守歌かなんかをハミングしてやってるけど、目は母さんと父さんから決してはなさない。ローラも、ぼくとおなじ不安を感じてるんだろう。

やっぱりそうなのかな？　離婚《りこん》する気なのかな？

うちの両親は前からよくちょっとしたけんかをしてた。たいていは夜、自分たちの部屋で、ぼくたち子どもがもう眠ったと思って。だけど十一か月前、父さんが会社をクビになってからというもの——母さんが銀行のアシスタントマネージャーに昇進《しょうしん》したのとおなじ週だ——けんかは、みるみる激《はげ》しくなっていった。

「ジョシュア、わかってるでしょ？　街《まち》をはなれるしかなかったのよ」母さんが、低い声でいう。

「理由、わかるわよね」母さんの視線を感じる。母さんと父さんの視線を。

あのアパートを追いだされたのは、たしかに父さんの責任かもしれない。だけど、ここに引っ越してこなきゃいけなくなったのは、ぼくのせいだ。家族全員が大好きな都会から遠くはなれて。ちゃんとわかってる。ローラに毎日欠かさずいわれてるから。

ふたりの視線が突きささる。

「ごちそうさま。いいかな？」ささやき声しか出ない。あんまり小さくて、だれもきいてない。

頭痛がどんどんひどくなる。右目の裏《うら》で何かが裂《さ》けてるみたいだ。脳《のう》みそが攻撃されてるみたいだ。

今日の午後してたように、ぼくはできるだけじっとしてた。ああ、あの谷の入り口にもどりたい。

すると、心のなかで、ぼくはあの場所にいた。

肌《はだ》がぴりっとする。何かにじっと見られてるみたいだ。目に見えない、ふしぎで、ものすごく大きいものに。谷に、何をするつもりか見守られてるように感じる。ぼくは、いままでのどんなときより長く、動かないでじっとしてた。どうするのが正解なのか考えながら。

そのとき、谷が呼吸をした。

風が窪地《くぼち》をかけぬけ、木々ややぶを揺らす。地面が、巨大なねこがなでられてるみたいに波打つ。

風はどんどんスピードをあげる。もうすぐだ。もうすぐ、ぼくのところまで来る。

風はぼくをなぎ倒すだろうか？

熱い空気が押しよせてきて、葉っぱがざわめく音が、興奮《こうふん》したささやき声みたいにぼくの耳にひびいた。その音はまるで……なんだろう、ヘビが立てるシューという音？


ぼくは、ガラガラヘビのことを思いだしてにっこりした。ぼくがあんまりじっとしてるから、きっと、木か岩だと思ったんだろう。ヘビはぼくの足の上にするっと乗ってきたんだ。この谷のものだと、思ったんだろう。


ぼくは、ヘビを足首に巻きつけたまま何時間も立ってた。恐怖で喉がからからだ。風がまた谷底から吹いてきて、ぼくの髪は耳のうしろになびく。おばあちゃんが生きてたころ、よくぼくの髪をなでてたっけ。やさしい手つきで、耳のうしろに払ってた。

まわりの世界が活気づく。オーケストラの演奏《えんそう》が盛《も》りあがるみたいに。右のほうで、鳥が一羽、うたいはじめる。いろんな音が混《ま》ざったふるえる声で。マネシツグミかな。キリギリスとカエルもいっしょに鳴きはじめる。もっと大きな生きものが少し先で動いたのがわかる。大きな石がぶつかり合いながら斜面《しゃめん》をすべりおりていく音がしたから。

日ざしがぼくの顔に照りつける。目を閉じてても、雲の影《かげ》が空を動いていくのを感じる。まぶたの裏の光が赤から黒、そしてまた赤にかわったから。

だれか――または何か――が、ぼくを見つめてる。背筋《せすじ》がぞくぞくっとして、腕《うで》に鳥肌《とりはだ》が立った。あのときとおなじ感じだ。学校で先生がぼくの机《つくえ》の横に来て、こちらにかがみこんで、よくできてるわね、というとき。だれにもきこえないように小さい声で。

そのとき、ほかの何かがぼくの背筋をぞっとさせた。ヘビが動いてる。

ぼくは目をあけて、じっと待った。ぼくの足首に巻きついてたヘビがそれをほどき、するするっと岩だらけの土の上を進んで、低木のほうに移動していく。そして、ガラガラと音を出したかと思うと、ぼくの足の上になんか一度も乗ってなかったみたいに木の下にすべっていった。

ぼくはふーっと息を吐いて、歩きだそうとした。長いこと一か所にとどまろうと努力してたせいで、足がすっかりしびれてる。一瞬、わーっと叫《さけ》びたくなった。できるだけ大きな声でわめきちらしたい。だけどそのとき、一羽のタカが飛んできて、ぼくに向かって声をあげた。頭のすぐ上で、ぐるぐる回りながらキーキー高い声で鳴く。やあ、といってるみたいに。または、よくやった、と。

ぼくは片手を振りながら、考えていた。どうしてタカの返事が笑い声にきこえるんだろう。どうして急に吹いてきた風が、ぼくの肩をやさしく押す手みたいに感じられるんだろう。ぼくをふざけて転ばせようとするふりをしてる。おじいちゃんが前によく、ヒューストンのおじいちゃんの家のポーチでならんですわってるときにしてきたみたいに。ふたりっきりですわって、おじいちゃんがどぎついジョークをいって、ぼくは笑い声を立てないように必死だった。母さんと父さんがききつけて、おじいちゃんにやめるようにいうといけないから。

ふいに、ガラガラヘビがおじいちゃんのジョークのひとつに思えてきた。危なっかしくて、おもしろくて、わかる人にしかわからないジョーク。話したところで、どっちにしてもだれも信じないだろうし。

「もしもーし？」谷が消えた。ぼくはまばたきした。ローラがぼくの顔の前で手を振っている。どれくらい振ってたんだろう。どれくらいぼくは自分の皿を見つめてたんだろう。きっと、すごく長い時間だったんだろう。ローラはすごく心配そうな顔で、声もふるえてた。「ピーター、どうかした？」

第三章

「ピーター?」ローラが、今度は大きい声でいった。ぼくの腕に手をかけてる。どれくらい前からだろう? 触《さわ》られてることに気づいてもいなかった。考えごとに夢中だった。「発作《ほっさ》かなんか?」

母さんと父さんはまだけんかしてる。場所をドアのところに移動し、声をひそめて怒りをぶつけあってる。ぼくたちにきかせないため? 言葉が切れ切れにきこえてくる。「……セラピストの支払いとか、食費とか。もっと努力してよ。あの子にはまだ助けが必要なの。まだふつうの状態じゃ……」

ぼくの話だ。顔にどっと血が流れてきて、ぼくはローラの手を振りはらった。「ううん、なんでもない。空想してただけだよ。ちょっと……いいから、ほっといてよ」腕を見ると、ローラが触ってたところにカーリーのベビーフードのかすがくっついてた。「なんだよ、これ」ぼくは、指でローラに向かってはじいた。

「わかった。勝手にしたら。変わり者」ローラはポケットからケータイを取りだすと、電波が入るように振りまわして、家族のことは無視《むし》の体勢に入った。

ぼくは、咳《せき》ばらいをしていった。「母さん、ぼく、もういいかな? 母さん? ねえ?」

きこえてないらしい。だけどそのとき、「ピープ!」カーリーが、思いっきり声をはりあげた。カーリー流のぼくの呼び方だ。「ピープ！」

母さんが、ぱっとこちらを向く。「ピーター、何かいった？」

「頭が痛いんだ。もう部屋に行っていいかな？」

母さんはしばらく、ああだこうだうるさかった。頭痛薬《ずつうやく》のタイレノールをのませようとして、ぼくがのまないと、チョコチップクッキーをむりやりわたしてきた。ひみつに調合《ちょうごう》した頭痛薬かなんかみたいに。

「夜は、ここでいっしょに映画を観《み》るのよ」母さんは、ぼくが自分の食器を片づけてるといった。「週末はずっと、『ワイルドスピード』を一作目から通しで観ましょう。もうすぐ荷物をぜんぶほどきおわるお祝いに」

「ううん、ぼくはいいや。部屋でじっとしてるよ」母さんが下くちびるをかむ。反論したいのをがまんしてるのがわかる。「本を読みたいんだ。それだけだよ、母さん」

うそじゃない。ヘビの本を読みかえしてみるつもりだった。役に立つときが来るかもしれない。

テーブルをはなれて自分の部屋のドアの前まで来ようというとき、ネイチャー関係の本はぜんぶリビングにあるのを思いだした。引きかえすと、ローラが小声でいうのがきこえてきた。「ピーター、なんなの、あれ？　気づかなかった？　ばかみたいにぼーっとすわっちゃって。やっぱ、引っ越すべきじゃなかった。前より悪化したじゃん。ね、ほんとうのこと教えて。あの子、脳に問題かなんかあるの？　赤ん坊のとき、頭から落としちゃったとか？」

「ローラ！」母さんはぴしゃりといったけど、やっぱり声はひそめてた。「あなたの弟は、なんの問題もないわ。あの子はただ……変わってるのよ。内向的なの。それにあなただって、あの子がこの春、どんな目にあったか知ってるでしょう？　引っ越すしかなかったのよ。理由はひとつじゃないけど。

だから、もんくをいうのはやめて。いい？　あの子の前では明るくしてるのよ」

「勝手にどーぞ」ローラがいう。「あたし、もうつかれた。こんなの、うまくいかないよ。あの子、ここに越してきてからどんどん変になってるし。ずーっとひとりでしょ？　そんなのって、問題解決にならないいんじゃないの？　何が問題か知らないけど」

「まあ、たしかにローラのいうとおりかもしれんな」父さんも口をひらいた。「ほら、あの子は前から無口だから、何を考えてるのか、感じてるのか、さっぱりわからない。だが、引っ越してからよけいふさぎこむようになったのはたしかかもしれない。もしかしたら……」

ぼくは、ヘビの本はあきらめてそーっと部屋にもどった。顔がかっかする。父さんがあのあと何をいうかなんて、ききたくない。

どっちにしても、どうこうするつもりはないんだし。あの場に乗りこんでって、自己弁護《じこべんご》なんかしない。家族に――だれにでも――立ちむかうなんて、どう考えても逃げるよりもこわい。ローラに千回くらいいわれてるけど、そのとおりだ。ぼくは、意気地《いくじ》なしだ。みんなの頭痛の種《たね》だ。

みんな、ぼくに欠陥《けっかん》があると思ってる。母さんが父さんに、ぼくは「生まれてくる家族をまちがえた」っていってるのを、何回かきいたことがある。どういう意味かもわかってる。ぼくは、家族になじめない。たぶん、カーリーはべつだけど。眠ってるときのカーリーは。

そう思えば痛みが消えるわけじゃないけれど。

第四章

ぼくはまた、あたりが明るくなってくるとすぐに家を抜けだした。今回は、ベッドの上にメモを置いておいた。万一、母さんか父さんが部屋にいるぼくのようすを確認《かくにん》しようなんて気を起こすといけない。あと、グラノーラバーを二本とミネラルウォーターのボトルをリュックに放りこんだ。

「ピープ?」カーリーが、ぼくがリビングをさっさと抜けてドアに行こうとしてるときにいった。ベビーサークルのなかでテレビを観ているところだ。ってことは、母さんは一回起きて、また寝たんだろう。土曜日だし。

カーリーは自分でおむつをはずして、びりびりにやぶいてた。ぼくは立ちどまって、おむつのくずを集めて捨てると、あたらしいのをつけてやった。「カーリー、これはやぶいちゃだめだよ」ぼくは小声でいった。「散らかっちゃうだろう」カーリーは指をくちびるに当てて、しーっという音を出すと、うなずいた。それからまた両腕をあげた。「ピープ?」いっしょに行きたいってことだ。

「今日はだめなんだ」ぼくは答えた。両手を合わせて、シューっという音を出す。「あそこには、ヘビがいる。うじゃうじゃ、大きなヘビがいるんだよ」ぼくが両手をヘビのあごみたいに動かすと、カーリーはころころ笑った。思わずこのままここでカーリーといっしょに遊びそうになったけど、そのとき向こうの部屋のドアがあく音がした。ぐずぐずしてたら、一日じゅうお守《も》りと掃除《そうじ》をさせられる。土曜日はいつもそうだ。

「バイバイ」ぼくは手を振って、カーペットを静かに歩いた。

きのうの夜、古いブーツをさがしておいた。一年半前、三週間でやめたけどボーイスカウトに入れられたときに父さんが買ってくれたブーツだ。しまってたのは、まだあけてない引っ越しダンボールのひとつで、玄関でカーリーの赤ちゃん用ブランコのうしろにかくれて置きっぱなしになってた。ぼくはブーツをドアのすぐ外ではいた。ちょっとだけきついけど、かまわない。へビよけにはなってくれる。たぶん。

きのうよりも速く歩いた。行き先が決まってるから。というか、どこからスタートするかは決まってる。

へビはいなかった。きのうたしか、あそこにもぐっていったと思う低い木の下をさがしてみたけど。一瞬、もしかしてあれはぼくの妄想《もうそう》だったのかなという気がした。

いや、ヘビはぜったいにいた。生活のなかでぼくのまわりにある何よりも、たしかに存在してた。ビデオゲームとか、テレビ番組とか、マンガ本とか、家の手つだいとかよりも。

きのう立っていた崖のふちまで歩いていき、谷を見わたす。きのうみたいな、ふしぎな感じはしない。何かに見られてるような感じはない。

だけど、何かがぼくを呼んでいる。斜面を下るとちゅう、ぼくがいまいる山の正面にまたちがう山が連《つら》なってるあたりに、木が一列に立って、下にいくにつれて大きくなっていき、明るい緑色に光りながら朝の空気に葉っぱを揺らしている。ぼくは斜面をだだっとかけおりた。石灰岩の上でブーツがすべるけど、ぎっしり生えた草のおかげでスピードが出すぎなくて転がり落ちずにすんだ。

山を走っておりるなんて、ばかげてる。でも、かまわない。風がぼくの顔にむかって吹きつけてきて、しっかり地面を踏《ふ》みしめてないとさらわれそうだ。

その一列に並《なら》んだオークの木は、思ってたより遠くて、ぼくは息を切らしてた。スピードをゆるめ、さっきより静かに歩きだす。茂みのなかに、シカがかくれてるかもしれない。音を立てなければ、会えるかな。

やぶをかきわけてオークの木の下に着いたころには、斜面で音を立ててるのはぼくだけだった。音を立てないようにしようと思っても、できない。ごついブーツで歩くたびに足元に落ちてる植物のさややドングリが割れて、しんとした木立のなかで花火をしてるみたいにぱんぱんはじける。去年の秋に風に吹かれて落ちてきた枯《か》れ葉《は》が足元でばりばりと砕《くだ》ける。ぼくの呼吸の音さえ、やかましくて場ちがいにきこえる。

こんなにうるさい音を立てていたら、シカだろうがべつのヘビだろうが、なんにも会えないだろう。ぼくは立ちどまり、あたりを見まわした。枯れ葉の山から大きな岩が突きだしてるのが目に入る。あ、ちがう、岩はひとつじゃなくて、積み重なってる。近づいていくと、もうひとつの山とぶつかってる地点まで、斜面をずっと下ってきたのがわかった。

そこに着くと、ぼくは斜面を見おろした。岩は古くて風化してて、藻《も》のようなかわいたものやコケにおおわれている。だけど、下のほうがしめってる。このまま岩に沿《そ》っておりていったら何があるんだろう？　小川かな？　湖？　動物は湖の近くにあらわれるのを、ぼくは知ってる。

ぼくはブーツをぬいだ。音を立てないためだ。ブーツをリュックのなかにグラノーラバーといっしょに詰めこんでから、ゆっくりと、岩をつたっておりていく。できるだけ、そーっと静かに。

一分くらいして、ぼくは止まった。下のほうに、ほんの数メートル先に、池がある。シカが一頭、頭を下げて水をのんでいる。雌《めす》だな。動物園で見た雄《おす》みたいな角がない。ふいに、シカは何かにびっくりして水辺から飛びのいた。それから、不安そうにそろそろとはなれていく。ぼくは息を殺した。ぼくが立てた音がきこえてたのかもしれない。シカの鼻の穴が広がる。ぼくのにおいがわかったのかな?

それから、さっきのぼくみたいにそーっと、シカは音を立てずに一度に一本ずつ脚《あし》を動かして、水辺からひっそりとはなれていき、木々のあいだにすっと入って、斜面にもどっていった。ぼくはまた、歩きだした。池のなかに何があったのか、知りたい。どうしてあのシカはおどろいたんだろう?

だけどシカが水をのんでた岩のところに行って、水のなかをのぞきこんでも、何も見えなかった。ただ、池はすごくうつくしくて、岩棚《いわだな》が片側からせり出して、ほら穴みたいな小さいくぼみができている。水面の幅《はば》は三メートルもないけど、まん中のあたりは少なくとも深さ一メートル半はありそうだ。水は透明《とうめい》で、日の光が頭上のオークの葉っぱのあいだから差しこんでくると、水面がきらきらする。ぼくは岩の上にすわり、あぐらをかいて手を組んで、水のなかを見つめていた。催眠術《さいみんじゅつ》にでもかかったみたいだ。しばらくして、目を閉じた。きのうの夜は、あんまり眠れなかった。ヘビやら、命をもった谷やらの夢ばかり見ていたから。

うとうとしたのかもしれない。はっきりとはわからない。だけど、何かに起こされた。音? ブーンという音がする。ぼくはじっと動かずにいた。からだに、脚らしきものが動くのを感じる。腕のうぶ毛をくすぐってる。アリがはってるのかな? それともハチ? ぼくは目をあけた。ヘビのことを思いだして、まぶた以外は動かさないように気をつけて。

腕に、トンボがいっぱい止まってた。いや、もっと小さい。でも、トンボに似てる。赤とか青とかつやのある黒とかの明るい色をして、羽はほっそりときゃしゃで、細長いからだには節《ふし》がある。ぼくのことを止まり木にちょうどいいと思ったらしい。片腕に少なくとも二十四が止まってる。

ぼくのことが好きなんだ。動き方で、なんとなく感じる。ぼくの肌の上で踊ってる。この谷がぼくを好いてくれてるのとおなじ理由だ。家族がぼくを好きじゃないのともおなじ理由。

ぼくが、しゃべらなくて静かにしてるから。

とうとう、ひとりになれる場所を見つけた。ぼくがぼくでいられる場所。完ぺきだ。

ここではいつも静かにしてるよ。ぼくは、谷にむかって心のなかでいった。約束《やくそく》する。ぜったいに叫んだり、わめいたり、騒がしくしてじゃましたりしない。

返事のように、何かがぼくの髪をくすぐった。このトンボみたいなのが、頭にも止まってるんだろう。おなかの底のほうから笑いがこみあげてきて、ぼくは声を立てないように必死だった。音を立てたり動いたりしたら、みんな飛んでっちゃうだろう。

だけど、あんまり耳の上をこちょこちょされるもんだから、ぼくは思わず小さいため息みたいな声をもらした。

みんな、いっせいにぼくからはなれて、水面すれすれに飛んでいった。ぼくは、やっと笑った。

そして、だれかがつぶやいた。「あー、もうっ」

第五章

えっ？　ぼくがびくっと動くと、トンボの赤ちゃんだかなんだかが、いっせいに水面からすーっとはなれていった。ひとり残されたぼくは、ぱっとふりむいた。いまの声、どこからきこえたんだろう？　まさか、透明人間《とうめいにんげん》？　この谷ではもう、ふしぎなことがたくさん起きているから、何が起きてもびっくりしない気がする。

そう思ったとき、何かが動いた。あ……女の子だ。池のむこう側にちょこんとすわっている。木のしげみで半分かくれてるけど、小さな頭に、茶色いニット帽《ぼう》を髪をぜんぶおおうほどすっぽりかぶっている。なんでいままで気づかなかったんだろう？

思ったことが、そのまま口から出た。

「同化してるの」女の子が、木のしげみから出てきた。手に何かもってる。スケッチブックかな。あと、デッサン用のチャコール鉛筆《えんぴつ》だ。たしかあれ、高級なやつだ。学校の美術《びじゅつ》の先生が使ってるのとおんなじ種類《しゅるい》で、生徒《せいと》にはぜったいさわらせてくれない。「だめにしちゃうに決まってるから」といって。

女の子は、たぶんぼくと同い年くらいだ。背は少し低いかな。ぼくにしても、もうすぐ十三歳にしては小さいほうだけど。着ているものはぜんぶ緑色と茶色で、肌の色は、このあたりにある木の幹《みき》より少しうすいくらいの茶色。たしかに、同化してる。動かなきゃ、わからない。

「ね、あなた、だれ?」女の子がたずねた。まわりにいる虫たちも、すっかりしんとしている。

「ピーター」そう答えたとき、いきなり熱いものが、だーっとからだをかけぬけた。ああ、この感じにはおぼえがある。ぼくは、怒《おこ》ってるんだ。「ピーター・ストーン」ぼくは、もう一度自分の名前をいった。怒ってるのがわからないように注意して。ぼくは、自分の気持ちをおもてに出さない。どうしてもじゃなければ。

だけど内心、つばを吐きたいくらいだ。ふいに、苦《にが》い味が広がる。怒りで口のなかがいっぱいになったみたいに。

そりゃそうだ。やっとのことで、ひとり静かに過ごせる場所を見つけたはずだった。なのにその場所に、この女の子がいる。近所の子ってこともありうる。きっと、うるさくしゃべって、この谷が一気にやかましくなるだろう。ぼくはまた水面のほうをむいた。ああ、どこかに行っちゃってくれないかな。

「ぴったり」女の子はいうと、あぐらを組んですわりなおし、スケッチを始めた。それっきり、何もいわない。

ぴったり? なんのことだ? 気になってしょうがない。さっき、トンボの赤ちゃんにくすぐられたときより、うずうずする。だけど、しゃべるもんか。こっちがずっとだまってれば、いなくなるはず。いつもそれでうまくいってたんだ。学校でも、校庭でも、家のなかでさえ。じっとして、つまんないやつって思わせれば、みんなぼくをほっといてくれる。

たいてい、それでうまくいく……ふいに、背筋がぞくっとした。うまくいかなかったときのことがよみがえってくる。あんなことがあったせいで、親たちは、家族でこんなに遠くまで引っ越そうという気になったんだ。父さんが毎日、情けないものを見るみたいな目でぼくを見るようになったんだ。

ああ、いやなことを考えるのはよそう。いまは、この女の子をなんとかしなきゃ。何をスケッチしてるんだろう？　それに、ぴったりってなんのことだ？「ぴったり」というのは、何かに「ふさわしい」っていう意味だ。

あ、名前？

もうがまんできない。きいてみなくちゃ。

「どういう意味？」

女の子は顔をあげた。茶色い瞳《ひとみ》は、ぼくたちのあいだにある池よりも深い色をしている。眉をよせてスケッチブックを見おろすと、またこっちを見た。

「名前。ピーター・ストーンなんて、ぴったり。しかも、なんかくどい。どういうつもりでつけたのかしら？」

おいっ。本気でむかむかしてきた。人の名前をぴったりだのくどいだのって、なんなんだよ？　ぼくは立ちあがった。

「だめ、もうすぐなんだから」

「何がだよ」

「まだ動いちゃだめ」女の子は、すわれと手で指図《さしず》した。「あなたのほうは、もう少しで描《か》きおわるの。カワトンボはとちゅうになっちゃったから……」声がだんだん小さくなっていく。ぼくは、女の子をじっと見つめた。カワトンボ？　そうか、あの小さいの、カワトンボっていうんだ。それに、ふうん、そうか。この子は、カワトンボの絵を描いてたんだ。あと、ぼくのことも。ぼくはまた、すわった。へんな気分だ。絵を描かれたことなんか、一度もない。ぼくなんか描いても、おもしろくもなんともないし。ふつうの茶色い髪に、茶色い目。体格もふつう。これといって、特徴《とくちょう》がない。というか、ほとんどの人はぼくに目もくれない。

この女の子の絵なら、描きたいって思う人は多いだろう。なんか、動きがカワトンボに似てる。細い腕が、きゃしゃでしなやかだ。まばたきすると、まつ毛がうすい羽みたいにひらひらする。ちょっと妖精《ようせい》みたいにも見えるけど、顔に浮かんでる表情は、人間そのもので、むすっとしてる。

「なんていった?」ぼくはたずねた。また、ひと言で返事をすませるつもりかな。

「そんなんじゃ、顔がうまく描けない。動くんだもん、石ころ君が」

「石ころ君?」

「そう」女の子はスケッチブックをぱたんと閉じると、岩が集まってるところをつま先立ちでまわりこんで、ぼくのところまで来た。ぼくとおなじで、靴をはいてない。「だって、ピーターってギリシア語だと、石《ストーン》って意味でしょ。それか、岩。だいたいあたし、あなたのこと、一瞬、岩だと思ったし。ていうか、どうやったらあんなふうにできるの? あんなの、はじめて見た」

「あんなふう?」こんなに人のいうことにふりまわされるのは初めてだ。なんだか、いってることの半分も理解できてないみたいな気がする。

「じっとしてて」女の子は手をのばしてくると、ぼくの片手をつかんでモデルにポーズをとらせるみたいに上にあげさせた。「ほーらね? びくともしない。おみごと。こんな手をもってたら、外科医《げかい》にだってなれるわよ」

女の子の顔に、すっと影がかかる。ぼくは空を見あげた。雲が出てきたのかな。ページをめくる音がして、また女の子のほうを見ると、こちらに自分の絵を見せていた。

ええっ？　ぼくはびっくりして、思わず大きく息を吐いた。これは……。「みごとだ」さっきいわれた言葉を口にしていた。「ほんもののアーティストだ」うそじゃない。岩とカワトンボとぼくの絵は、ほんものとそっくりおなじだ。どんな細かいところも、大きすぎたり小さすぎたりしない。輪郭《りんかく》はチャコール鉛筆を寝かせてぼかし、オークの葉っぱが落とす影も正確に描いてる。ぼくの手の指も、実物どおりだ。前の学校の美術の先生だって、こんな指は描けない。

「ありがとう」女の子は、絵をじっくりながめた。「顔はうまくいったと思う。顔ってむずかしいんだけど。でも、じっとしててくれたから。像みたいに。だから、いつもよりかんたんだった。まったくもう、動きまわってたのはカワトンボよ。たぶん百匹はいたわね」女の子はわきにスケッチブックをはさんで、さっき鉛筆をしまったかばんからスニーカーを引っぱりだすと、立ちあがってはいた。「あなたって、驚異的《きょういてき》。最初、見まちがいかと思ったもん。午前中ずっと、絵のモデルがいたらいいのにって思ってたの。きっと、あなたがここに来たのは、あたしの望みがかなったのね」

ふざけていってるようにはきこえない。「ほんとに？」ぼくは、女の子が岩場をどうにかもどっていくのをしばらくながめていたけど、ふいにたずねた。「ほんとに、ぼくが来たのは望みがかなったせいだと思うの？」

たぶん、女の子もぼくとおなじように感じたんだろう。この谷には、魔法《まほう》がかかってるって。ここでは、説明できないことが起きるって。世界のほかの場所では起きないようなことが。

「そうよ」女の子はいうと、池のまわりにある岩のむこうに見えなくなった。「だってほら、あたし、ウィッシュガールだから。望み《ウィッシュ》を、かなえられるの」

「えっ？」ぼくはききかえして、女の子のあとを追おうとしたけど、いったん立ちどまってブーツをつかんだ。山の斜面を裸足《はだし》で追いかけるなんてむりだ。ブーツをはいて、女の子の姿が見えなくなった木のあいだに行ってみたけど、いない。どこにもいない。それって、このまわりにはかくれるような場所はないから、へんだ。この池だけが、ちょうど山と山のあいだのくぼみにあって、まわりから見えなくなってるけど。

ぼくは少し斜面をのぼって、あたりが見わたせる岩棚の上に行った。だけど、女の子の姿はない。十分くらいその場で、じっと目をこらしていたのに。谷と同化してるのかな？　どこかにかくれて、ぼくがいなくなるのを待ってるのかもしれない。そのあとで出てきて、家に帰るつもりかも……家がどこかは知らないけど。山のこっち側に立ってる二軒《にけん》の家のうちのひとつかな？

またはもしかしたら……あの女の子も、この谷の魔法なのかもしれない。自分でウィッシュガールっていってたし。

いやいや、そんなばかなこと、ありえない。ぼくはすぐに考えを振りはらった。あの子はべつにとくべつじゃない。ただの女の子だ。きっと、つぎはここに友だちをたくさん連れてくるだろう。この平和な場所に。きゃあきゃあはしゃいで、谷を走りまわり、あちこち立ち入っておしゃべりでこの場所をいっぱいにする女の子たちだ。

きっと、この場所を台なしにする。

ぼくが来ることを望んでた？　何いってるんだか。こっちは長いこと、ひとりになりたいって望んでたんだ。だれにもうるさいことをいわれたり、話しかけられたり、まったくだめなやつだなんていわれたりしないで、ひとりっきりになりたいって。やっとそういう場所を見つけたと思ったのに。

あの子のほうは、自分の望みをかなえたのかもしれない。でも、ぼくはどうなる？

あの子は、ぼくの望みとはほど遠い。

第六章

つぎの日、ぼくは思った。あの子に会わなければよかったのに。

すべては、あの池にまた行ったときに始まった。行っちゃいけなかったのに。きのうも、家族はだれひとり、ぼくが家にいないのに気づいてなかったみたいだけど、三日連続で家を脱《ぬ》けだしたら、そろそろ運がつきてもおかしくない。でも、あの谷はとくべつな場所なんだ。それにあの女の子はぼくを、「驚異的《きょういてき》」といった。「おみごと」とも。いままでだれにも、それに近いことさえいわれたことがない。

池に来ると、だれもいなかった。虫がたくさんいるだけだ。アメンボが水面をつーっとすべり、おたまじゃくしがしずくみたいな形の小さな黒いからだを揺《ゆ》らしながら水際《みぎわ》を泳いでいる。ぼくは長いこと、虫たちをながめていた。見れば見るほど、動きがもようのように感じられる。いろんな形を描《えが》き、まるで踊《おど》ってるみたいだ。そのとき、またあの子がいるのに気づいた。

そしてまた、ぼくを描いている。「動かないで」小さな声でいう。ぼくが、蚊《か》にさされたとこをかこうとして首に手をやったときだ。「もうすぐ完成なんだから」

女の子の声が朝の静けさをやぶり、草むらから出てきてすぐそばまできていたスズメたちがびっくりして逃げた。

やれやれ。やっぱり思ったとおり。この子もけっきょく、よくいるうるさい子たちとおんなじだ。

「あのさ、ウィッシュガール」ぼくはいった。だってまだ、ほんとうの名前を知らない。

「アニーよ」女の子は訂正《ていせい》して、スケッチブックをぱたんと閉じると、岩のあいだをはうようにして近づいてきた。両足首に何か巻きつけている。運動部の子が足を痛めたときに巻くサポーターみたいな、紺色《こんいろ》のバンドだ。ぼくの視線に気づいて、女の子はそのバンドをはずした。マジックテープのべりっという音がして、一羽だけ残っていたスズメが飛びたっていく。「あたし、アニー・ブライズ。このへんに住んでるの?」アニーは、リュックのなかにバンドを押しこんだ。

「まあね、残念ながら。あのさ、ぼくがいいたかったのはそういうんじゃなくて、たのむから……」

「いっしょに遊んでほしいんでしょ?」アニーがすかさず口をはさんでくる。「うん、いいわよ。初めて会ったときから、あなたが友だちをほしがってるのがわかったの。あたしってそういうとこ、勘《かん》がいいから」

思わず笑いそうになって、こらえた。いい意味にとられたくない。「ちがう。友だちなんかいらない。ぼくは、静かにしてたかったんだ」

「あら、瞑想《めいそう》してたの?」アニーは、ぼくのとなりにぺたんとすわった。脚《あし》をプレッツェルみたいなへんなかっこうに組むと、目を閉じて、両手をひざの上におき、祈りをささげるみたいにうなる。

「うぉーーーーん」

こんなうるさいお祈り、きいたことがない。チベットまで声が届いてるんじゃないかな。

「ちがう。ぼくはただ、ひとりになりたいんだ」

うぉーんがさらに大きくなる。

むだだ。どっかに行ってくれといいたいのに、どんなに追い払いたくても、うまくいきそうにない。ぼくがここからいなくなるしかない。「じゃあね、アニー、会えてうれしかったよ」うそだけど。

「やだ、何いってるの」アニーは、歩きだそうとしたぼくの腕《うで》をぐいっとつかんで引きもどした。

「悪かったわ、あなたのせっかくの〝虫たちとのひととき〟をじゃましてしまって」

「ぼくの、なんだって？」ぼくはやれやれと首をふって、アニーの手を払いのけた。「まあ、いいや。もう行かなくちゃ」ぼくは、岩棚《いわだな》をおりはじめた。もっと谷底近くに行けばほかの池があるかもしれない。やかましくてめんどくさい女の子が現われない池が。

「いたいっ」声がして、振《ふ》りむいた。アニーがうずくうまって、両手で頭をつかんでいる。というか、帽子《ぼうし》をつかんでいる。また茶色いニット帽をかぶっているから、頭が特大どんぐりみたいに見える。

「だいじょうぶ？」アニーは倒《たお》れこんでいた。スケッチの道具がまわりに散らかっている。やれやれ。これじゃ、ほっとけないよ。ぼくは、引きかえした。「どうかした？　頭、打った？」

「ううん」アニーは返事をした。目をぎゅっとつぶって、くちびるをかたく引きしめている。

「つまずいた？　さっきしてた足首のバンド、つけといたほうがいいんじゃないかな」

「足首はなんともないの」アニーは小声でいった。起きあがって、つま先立ちでからだを軽く前後に揺らしている。「頭だから」

「どうかしたの？」

「べつに。頭が痛いだけ。よくあるの」

「ぼくもだよ」

「へーえ？　なんで？　なんで頭が痛いの？」アニーは、少ししてからようやく口をひらいた。でも、しゃべると痛いみたいだ。

「うるさいから。いつもまわりがうるさいからだよ」カーリーとローラと母さんの顔が浮かぶ。「ほら、女ってやかましいから」

アニーはにこっとした。ほんの一瞬《いっしゅん》だけど。ぼくはいった。「ね、ちょっと手を貸してみて」そして、アニーの手をとった。前に母さんに、ツボを教えてもらった。親指と人差し指のあいだの水かきの部分だ。そこをうまい具合にぐーっと押すと、頭痛が消えることがある。

「だめ、きかない」アニーは、ぼくにぐいぐいやられてる自分の手をじっと見つめている。へんなやつだと思ってるんだろう。「ツボを押してどうにかなるたぐいの頭痛じゃないし。でも、ありがとう」

「あ、うん、ごめん」ぼくはアニーの手をはなした。「まあ、父さんがいつもいってるけど、頭痛で死んだ人はいないしね」

アニーはいきなり笑いだした。頭をかかえたまま、げらげら笑っている。笑い声をあげるたびにナイフで頭をぶすぶす刺《さ》されているみたいだ。

ぼく、何かまずいことといったかな?

少しすると、アニーは立ちあがった。ぼくが拾って手わたす絵の道具をリュックに入れていう。

「じゃ、行きましょ。で、どこに行く?」

ああ、やれやれ。なんていえばいいんだろう? 悪いけど、ひとりになりたい気分なんだ。どこかほかの場所に行ってくれないかな? 北極《ほっきょく》とかどう?

だめだ。傷つけるに決まってる。けんあくになるくらいなら、だまっていなくなったほうがましだ。斜面《しゃめん》をおりはじめたとき、ふと気になってたずねた。「ここまでひとりで来たの?」

「そっちは?」質問を質問で返すと、岩をつたってぼくのあとを追ってくる。

「まあね。で、このあたりに住んでるんだ? どの家?」

「ここには住んでないわ。家は、ヒューストンの近く。これからダブルクリーク農園の丘《おか》の上でサマーキャンプなの」

「この近くにキャンプなんかあるんだ?」キャンプするような広い場所、見た覚えがない。

「だって、小さいキャンプだから。参加する子も二十人くらい。明日スタート」ぜんぜん楽しみじゃなさそうだ。

「どのくらいのあいだ?」どのくらいのあいだこの谷をうろつくつもりだってききたかった。

「二週間」みじめそうにいう。

「短いんだね。お母さんとかに会えなくて、さみしくならない?」

「それならいいんだけど」アニーは、目玉をぐるんとさせた。「いっしょに来てるの」

思わずくすっと笑ってしまった。「ほんとに?」キャンプのいちばんの目的って、子どもが自立することだと思ってたけど。もっとも、この子はそこは問題なさそうだ。

「まあ、週末だけね。日曜の夜に、ヒューストンに車で帰る予定」

「お母さんは怒《おこ》らないの? きみが……勝手にうろついてても」ガラガラヘビのこと、教えといたほうがいいかな。こわがって来なくなるかもしれない。

「怒んないわよ。ていうか、きのうは、なんにもいってなかった。でも、友だちに会ったって話はした。年上の友だちに会って、遊んだって。かまわないでしょ?」

お母さんに、ぼくのことを話した? 「年上? ぼく、まだ十二歳だよ。まあ、もうすぐ十三だ。そっちは?」

「十二だけど?」

「だったら、うそじゃないか。ぼくたち、同い年だ」

アニーは肩をすくめた。「たいしたことじゃないわ。年齢《ねんれい》なんて、ただの数字だもん。前にバースデーカードに書いてあった」

「で、お母さんは、きみがしょっちゅう出歩いててもなんにもいわないんだ？」

「そうよ。ママ、あたしがたのんだことはなんでもやらせてくれるの」アニーは言葉を切って、口をきゅっと結んだ。「まあ、ほとんどなんでも」

「会ったこともない年上の男の子と遊ぶのも？　へーえ、ほんとうになんでもやらせてくれるんだね」

「まあね、緊急連絡用《きんきゅうれんらくよう》にケータイもたされてるけど。もちろん、ここが電波が入らないとは知らないでしょうね。あ、そうそう、それに、あなたのこと、女の子っていってあるし」

「女の子？」

「ていうか、ガールスカウトの子って」アニーは、ぼくがあせってる間に、スキップしてぼくを追いぬかしていった。「名前は、ジャスミン・ペネロープ」

「おい、なんだよ、それ？　なんでそんなこといったんだよ？」ぼくは、さっさと先を行くアニーのあとを追いかけた。アニーは、岩の上を音もなくどんどん進んでいく。「なんでジャスミン・ペネロープなんだよ？」ぼくのどこが、ジャスミン・ペネロープに見えるんだよ？　ポプリのブランドみたいな名前じゃないか。

「だったら、なんていえばよかった？『ママ、あたし、きのう会ったばっかの知らない男の子といっしょに山で遊びに行ってくるね。うん、もしかしたら、斧《おの》もってて殺されちゃうかもね』とか？　まったくもう、ガールスカウトのほうが、安心するに決まってるでしょ」

たしかに。「うまくごまかしたな」ぼくは、そこでためらった。岩はだんだん平らにまばらになってきた。アニーは、低木のあいだをぬって進んでいく。この木、ウルシみたいに見えるけど。「で、どこへ行くつもり？」

「谷の底に決まってるでしょ。小川かなんかがあるんじゃないかと思うの。ちゃんとついてきて、いい？　あなたがヒルやらミツバチやらスズメバチやらなんやらにたかられてる絵を描けるんじゃないかな。底のほうにはサソリがどれくらい住んでるかもわかんないし」

「えっ？」

どうせふざけてるんだよな。そうであってほしい。ぼくは、とりあえずついていった。顔から蚊を追い払いながら、アニーが口ずさむ『クマさんが山に登った』をきく。ああ、ぼくの静かな一日はどこへ行っちゃったんだろう。アニーが来なきゃよかったのに。たぶんいい子なんだろうな。だけど、みょうなことばっかりいうし、いばってる。それに、うそつきだ。このぶんだと、刺されると痛いアリとかにぼくがたかられてるところをほんとうにスケッチするつもりなんだろう。最初は一瞬、自分の絵を描いてもらえるなんてかっこいいような気がしたけど、あっという間にうんざりしてきた。ぼくがここに来たのは、じろじろ見られて観察《かんさつ》されるためじゃない。ぼくは……そうだ、ただ何があるんだろうと思って見に来ただけだ。いまは、アニーが鼻歌をうたってるとこしか見えないけど。

アニーにうるさくされたら、何も見られないじゃないか。

そのとき、谷底に着いた。滝《たき》がある。ぼくたちは、ぴたっと足を止めた。滝は、ダイヤモンドとサファイアが落ちてきてるみたいにきらきら輝《かがや》いている。石に水が当たる音は歌のようで、地面をたたいたときの振動《しんどう》をぼくはじかに足で感じた。

すごい。さすがのアニーもぼくとおなじようにだまってる。こんなに静かなのは初めてだ。きっと、そうでなきゃやきこえなかっただろうけど、そのとき滝の音に混ざって、銃声《じゅうせい》がした。

第七章

「いまの、何?」アニーがいう。雷《かみなり》が鳴ったときのカーリーみたいだ。おびえて下くちびるをかんでいる。パニックを起こさないでくれるといいけど。

「銃だね。だれかが撃《う》ったんじゃないか」

引っ越してくる前、銃声を何度かきいたことがある。サンアントニオでは、銃声イコール撃たれた人がいるってことだ。ここじゃ、ちがうと思うけど。「きっと、狩《か》りをしてるんじゃないかな」ぼくは声をひそめた。銃声は山の上のほうからきこえた。ぼくたちが歩いてた方向だ。それよりもちょっと左のほう。

「何を狩るっていうの?」アニーはまた、生意気な口調にもどっていった。「シカ? ハト? 六月よ。ピーター、ぜんぜん狩りのシーズンじゃないわ」

「練習とか?」ぼくは試しにいってみた。そしてまた、歩きだした。銃声とは反対方向にむかって。なんかへんだ。歩きながら気づいたけど、蚊がみんな、あとスズメバチまで、猛《もう》スピードで山の上のほうに飛んでいく。銃声がするほうに向かって。まるで、遅刻《ちこく》しちゃうとあせってるみたいに。

「このあたり、だれも住んでないのよ」アニーがいう。「この谷はぜんぶ、大佐《たいさ》の奥さんが所有してるの」

やれやれ、アニーといる限りぼくは、どこかに行ってくれないかなと願ってるか、この子は何をいってるんだろうとふしぎがってるかのどちらかだ。

「だれ？　大佐ってどこの？」

「大佐は死んでるわ」アニーは、滝をじっと見つめてる。近くで見てみると、滝といってもかなり小さい。高さは一メートルくらいしかなくて、水が落ちていく先の川の深さもたぶんひざ下くらいだろう。片側は急な岩壁《がんぺき》になっていて、ここからは見えないけどその斜面の真上あたりから水が落ちてきてるようだ。きっと、泉みたいなものがあるんだろう。このあたりの岩はぜんぶ石灰岩《せっかいがん》で、ということは理科の授業で習ったけど、洞窟《どうくつ》があったり地下水が流れてたりするはずだ。

川の両側にあるのはオークの木だけど、小さなイトスギが数本、やせっぽちの茶色い脚《あし》みたいに根っこを水のなかにはってるのが見える。

「大佐は死んでる」ぼくはくりかえして、アニーがつるつるする岩の上をはって滝のてっぺんに行くあとを追った。アニーは、一回すべった。ぼくは思わず手をのばしてつかまえようとしたけど、ほっといてという目で見られた。ふん、勝手にしろ。すべって転んだって、自分の責任だからな。

「そう、大佐は死んでる」アニーは小枝が集まってるところにのぼって足場が安定すると、そういった。枝に止まってた灰色のガの群れがさーっと逃げていく。「ママがいってたの。大佐の奥さんの許可がなかったら、このあたりをうろついちゃいけないって。きのうの朝、ママが大佐の奥さんのところに行ってきたわ」アニーはそこでいったん口をつぐんだ。「許可、もらってないの？」

「えっ、あ……うん」ん？　気のせいかな？　ガの群れがオークの木の幹に止まって、そのもようが老人の顔に見える。

「えっ、許可、もらってないの？」

　ぼくは首を横に振った。「この土地がだれかのものだなんて知らなかったから」

「この不法侵入者《ふほうしんにゅうしゃ》」アニーは勝ち誇《ほこ》っていった。「よくつかまらなかったわね」

「所有してるの、大佐の奥さんっていったよね？」だんだん不安になってきた。大佐ってことは、軍人だ。その奥さんならきっと、銃をたくさんもってるはずだ。「さっきのは、その奥さんが撃ったんだと思う？　ぼく、帰ったほうがいいかも」こんなとこで不法侵入者扱いされて撃たれるなんて、ごめんだ。病院は何キロも先だし。

「ううん、撃たれる心配はないわ。大佐の奥さん、変人だけど、人を殺すような変人じゃないから」

「じゃあ、どんな変人なんだよ？　だいたい、そういういい方、よくないな」前に通ってた学校で、ぼくも変人っていわれたことがある。ぼくがみんなとおなじことをしたがらないってだけの理由で。大声で騒《さわ》いで走りまわったりフットボールをしないやつはばかだと思ってるんだろう。

　アニーは立ちどまって、ちょうど見つけたいちばん太い枝の上にのっかると、その上にすわって足をぶらぶらさせた。

「あら、あたしに怒らないで。変人っていってたの、ママだし」

「どうして？」ぼくもアニーの横にすわった。ここからだと、川床《かわどこ》がぜんぶ見わたせる。ぼくも足をぶらぶらさせた。

「大佐の奥さん、谷が許《ゆる》してくれるなら来てもいいとかなんとか、いってたんだって。自分が決めることじゃない、みたいに。決めるのは、この土地だって。変でしょ？」アニーは笑った。

「うん、まあ、ちょっと変だね」でも、そういえばきのう……自分が試されてるような感じがした。もしぼくが動いてたら――静かにしてなかったら――谷はぼくを二度と来させないようにしただろうか？

　ヘビはぼくをかんでただろうか？

　もしかしたら、大佐の奥さんはちっともおかしくないのかもしれない。まあ、アニーにいうつもりはないけど。

「どっちにしても、あたしは気にしてないけど。ここに来られれば、それでいいの。すっごくきれい。感化されちゃう」アニーはまたにっこりした。口をみょうな形にねじ曲げて、あんまりうれしそうには見えない。「だいたい、だめっていわれるわけないし」

　ぼくは頭がこんがらがった。だめっていうのは、ぼくの経験上《けいけんじょう》、母親が大好きな言葉だ。「どうしてさ？」

「あら、だって、あたし、ウィッシュガールだもん。それであたし、ここにいるのよ。キャンプに行くの。それがあたしの望《ウィッシュ》みなの」

「きみの望み？」笑いそうになった。やっぱりこの子、とんでもない変人だ。「きみがいってること、半分も理解できないよ。脳《のう》みそ、ほんとうにだいじょうぶ？」

　アニーの顔からふっと笑みが消えた。「まあ、いまのところはね」小声でいう。声のどこにも、楽しそうな感じがない。

　ぼくはアニーのほうを向いた。でも、アニーはこっちを見ようとしない。シロアリかなんかが枝に残した線を指でたどってる。やたらめったらぐるぐるしたトンネルみたいなのが、樹皮《じゅひ》のなかをくねくね通っている。

「ぼく、悪いこといっちゃった？」

「あたし、ウィッシュガールだっていったでしょ。わかんない？」

「え、あ、うん……」ウィッシュガール？　じょうだんでいってるだけだと思ってたけど。どういう意味だ？　なんだか、あんまりいいことじゃなさそうだけど。「望みがかなうとか、そういうことじゃないの？」

アニーは落ち着かないようすで枝からぴょんとおりると、また川沿《かわぞ》いを歩きはじめた。アニーが歩くたびに、枯《か》れ葉《は》や土ぼこりが舞《ま》う。

「ちがう」そうきこえた。アニーがこんなにか細い声を出すの、はじめてきいた。「そういうんじゃないの」

第八章

アニーがそれ以上しゃべりたくないのがわかる。ちょっとうれしかった。もう少し下流に進んでいくと、見たことがないほどうつくしい場所を見つけたから。言葉なんか発したら、台なしだっただろう。

最後の曲がり角の先で、もう少しでアニーにぶち当たりそうになった。木は前よりまばらになってきてたけど、角に低木のしげみや大きなアカガシワの木があって、アニーが角を曲がってすぐ、せまい道のまんなかでいきなり立ちどまったからだ。

理由はすぐにわかった。

目の前に、何百メートルも先のほうまで、野生の花畑が広がっている。赤や黄やオレンジ色の、マツカサギクやテンニンギクやカステラソウが一面に咲いている。ぼくは深呼吸して、花粉《かふん》や蜜《みつ》のにおいがする空気をいっぱいに吸いこんだ。

滝の音はもう、きこえなくなっていた。いまきこえてくるのは、ミツバチの羽音だ。何千ものミツバチが、花畑の上をぶんぶん飛びまわってる。あ、バッタもいる。アニーがそーっと花畑のなかに入っていくと、その脚の長い昆虫《こんちゅう》が左右に飛びのいた。

アニーは、ぼくがちょうど考えてたことを口にした。「ずーっとここにいられたらいいのに」アニーは、花畑のまんまん中まで行って、花にすっぽりうもれてすわった。頭までほとんどかくれてるから、花の上にちょっとのぞいてる小さい茶色のニット帽が、メキシカンハットとも呼ばれるヒメバレンギクの巨大な花が突きでてるみたいに見える。そのときアニーが手をのばして、帽子をとった。

えっ……？　アニーの髪《かみ》は、赤かった。よくある赤毛の赤じゃない。染《そ》めた赤だ。消防車とか救急車とか赤信号の赤だ。

思わず、声が出てしまった。びっくりして、笑い声がもれた。アニーが、ぎろりとにらむ。「どうかした？」

「ううん」ぼくも花のあいだをぬって、アニーのとなりに行ってすわった。アニーは、巨大カステラソウみたいだ。「いや、ただ、こんな色の髪の女の子、初めて見たからさ。テレビ以外で。お母さん、理解があるんだね」

「いったでしょ、うちのママ、あたしがやりたいことはなんでもさせてくれるの」アニーはまた目を閉じた。

甘《あま》やかされてるな。「そのぶんじゃ、皿洗いもしたことないだろうな」

「それが何か？」アニーは、目を閉じたまま答えた。「芸術を生みだせる人間が、どうしてお皿を洗わなきゃいけないの？　あのフリーダ・カーロが泡《あわ》だらけの水をためた流しの前で貴重《きちょう》な時間を使ってたと思う？　あのアンディ・ゴールズワージーが、洗濯《せんたく》に時間を費《つい》やしてたと思う？」

ぼくは返事をしなかった。自分がすごいばかみたいに感じる。いや、つまり、フリーダ・カーロはきいたことがある。眉毛がつながってる、メキシコの現代絵画を代表する画家だ。美術の授業で習ったし、自画像によくサルが描いてあるのが好きだ。

アニーが、ふーっとため息をついた。「どうぞ、質問したら」

わかったよ。「フリーダ・カーロは知ってる。アンディ・ゴールズワージーってだれ?」

「まあ、なんてこと!」アニーは声をあげると、急に勢いよくべらべらしゃべりだした。「世界で唯《ゆい》一無二《いつむに》の自然芸術家よ。あたし、八歳のときに最初の望み《ウイッシュ》をかなえてもらってニューヨークに行ったんだけど、どうしても彫刻公園《ちょうこくこうえん》に行きたかったからなの。アンディ・ゴールズワージーは、そのあたりにあるものを——石とか枝とか植物とかそういうあらゆるものを——素材として使って、自然界から芸術を生みだしてるのよ。ほんとうに……すばらしいんだから」

いまいちわからない。枝だの石だのから芸術を生みだす? ぼくは首を横にふった。「こういうので、芸術作品をつくれるの?」ぼくは、花畑にむかって手をひらひらさせた。

「わかってないのね。まあ、わからなくてもしょうがないのかも。せめて、アンディのビデオとか本とかを見たことがあればちがうんでしょうけど。あーあ、本をもってくればよかった。想像したこともないような芸術を見せてあげるのに。あたし、いろんな芸術家の本をもってるの。現代美術家のも、昔の巨匠《オールド・マスター》のも」

思わずにっこりしてしまう。芸術のことでこんなに熱くなるなんて。ぼくは頭に浮かんだことを口にした。「将来は芸術家になるつもり、だろう?」

「将来まで待つつもりはないわ」アニーは小声でいった。「いま、やるつもりよ。やらなきゃいけないの」口をつぐんで、あたりを見まわす。視線をまるでハチドリみたいに、花から空へ、そして木の枝へとぱっぱっと移動させる。ぼくもきょろきょろしてみた。アニーは何をさがしてるんだろうと思って。

「やるわ。いま。今週!」

「何を？」

アニーは答えずに、勝手にひとり言をいってる。「ちゃんと考えてから、かからないと」きっぱりという。「注意が必要ね。山のなかだから、かなり色合いが限られてくるし……」

ぼくはひじをついてあおむけになった。アニーは何をいってるんだろう。なんであれ、それで元気になったみたいだ。少なくとも気が晴れたらしい。草の生えてない場所を歩きまわって、ぶつぶついいながら地面から小さいものを拾ってる。葉っぱ？　それとも枝かな？　わからない。ぼくはゆっくりと草の上に寝そべった。アリや虫がまだ危険区域《きけんくいき》にいたかもしれないので、心のなかでごめんといいながら。このうつくしい場所で何ひとつ損《そこ》ないたくない。たとえうっかりでも。

でも、アリを二、三匹、つぶしたはずだ。しょうがなかった。地面のぼくのまわりに、何百匹もいたから。そのうち一匹に、かじっていたグラノーラバーのくずをあげた。なんか、へんだ。アリたちはふつうだったら、ぼくの上をぞろぞろはうはずだ。なのに、ぼくの脚や腕のところまで近づいてきて、触覚《しょっかく》でたしかめると、そのまま去っていく。ぼくにとくべつな空間を与えてくれてるみたいに。

やっぱり、すごくへんだ。

もっとへんなのは、鳥の飛び方だ。ぼくはずっと空を見つめて、アニーのいうことも、なんだか知らないけどせかせかとさがしものをしてる音も、無視《むし》しようとしてた。鳥が頭上を飛べば、指でその跡《あと》をなぞって、どんなふうに移動したかを追った。ふと、あたらしい軌道《きどう》を思い描いてみて――もしぼくが鳥だったらどんなふうに飛ぶかなと一瞬考えて――ぐるぐる回ったり、斜めに飛んだり、急下降したりしてみた。空に想像上の跡を描いてみる。ゆっくりと、慎重《しんちょう》に指を動かす。すると、数秒後、もしかしたら一分後くらいかもしれないけど、鳥が一羽、ぼくが描いたのとそっくりおなじように飛びはじめた。

似たような動きとかじゃなくて、そっくりそのままなぞって飛んでいる。

最初は、たまたまだと思った。だけど三羽目のツバメが――スズメかもしれないけど、ここからだと区別がつかない――ぼくが描いたとおりに飛んでいったとき、ぼくはからだを起こした。妄想《もうそう》かな？

たしかめる方法はひとつだ。もっと複雑にすればいい。渦巻《うずま》きとか、らせんとかの模様《もよう》を思い描いて指でなぞる。文字もだ。筆記体で、*Annie*（アニー）。ぼくはずっと目を見ひらいてた。いつの間にか眠っちゃって何もかも夢だったなんてことにならないように。

すると、一羽の鳥が――エンビタイランチョウ、だと思うけど――三十秒もたたないうちに飛んできて、磁石《じしゃく》で引きよせられてるみたいに、ぼくの描いたとおりの道をなぞって飛んだ。

ありえない。魔法《まほう》だ。風が、きのうみたいにぼくの髪を揺らす。ぼくはささやいた。「すごい。ありがとう」

アニーに見せなくちゃ。

だけど立ちあがってみると、アニーはいなかった。

うそだろ。こんなにすばやく姿を消す子、ほかに知らない。まるでバッタだ。いまここで跳《と》びはねたかと思うと、つぎの瞬間にはちがうところにいる。ぼくは、花畑を見わたした。あの赤い髪なら、目立つはずだ。もしかしたら、小川のほうにもどったのかもしれない。大声で呼んで谷の静けさをこわしたくないけど、だんだん心配になってきた。さっき、頭が痛いといって倒れたし……具合が悪いのかもしれない。

またいらいらしてきた。ほんとうについてない。世界一すばらしい場所を見つけたはずなのに、いなくなった女の子なんかさがして時間をむだにしなきゃいけないなんて。だけど、アニーをさがしまわって——小川のほとりも、山の上も、岩のまわりも——見つけられないと、だんだん罪悪感《ざいあくかん》が芽ばえてきた。もしかしたら、ほんとうに迷子になったのかもしれない。どこかでけがでもして……。そういえば、花畑の反対側のほうは、まだあんまり見てない。穴かなんかに落ちてたらたいへんだ。もどらなきゃ。ぼくは走りながら、そっと呼んでみた。「アニー！」

遠くから、声がきこえたような気がした。谷のもっと奥深く、花畑のむこうで、あいだには少なくともひとつ、木立《こだち》がある。ぼくは走った。自分がどんなにうるさい音を立ててるかも気にせずに。

「アニー！」もう一度、呼ぶ。

すると、声がきこえてきた。はっきりと言葉になってるけど、まだずいぶん遠い。「助けて！」

第九章

ぼくはそんなに足が速くない。父さんには、家に閉じこもってばかりいるせいだといわれてる。父さんは、走るのが得意だ。高校時代はフットボールチームでクォーターバックまでしてたけど、どこかの腱《けん》が断裂《だんれつ》してやめなきゃいけなかった。

だけど、いまのぼくならオリンピック記録だって更新《こうしん》できそうだ。かすかな「助けて！」という声にむかって、猛スピードで走った。

危険も考えずに立ち木のあいだをどんどんかけぬけていき、ブドウのつるの下や低い枝の下をくぐり、岩や小さなやぶを飛びこえた。

一分もしないで木立をぬけると、またべつの草原に出た。今度はあちこちにかなり大きな岩がごろごろしてて、花は咲いてない。色も灰色と緑だけだ。

あ、あと、アニーの真っ赤な髪。大岩のむこうからのぞいてる。「助けて！」アニーがまたいう。

ああ、やっぱり、アニーは穴にはまったか何かに刺されたか……あらゆる可能性が頭をかけめぐる。

ぼくはアニーにかけよった。ちゃんと助けてもらうには、医者とかにみてもらうには、ここからどれくらい行けばいいんだろう。

だけど、アニーのそばに来て、ぼくはぴたっと立ちどまった。けがなんかしてない。穴にはまってもいない。アニーは……「何してるんだ？」

アニーはにっこりした。「芸術をつくってるの。だけど、ちょっと時間がかかりそう」

心臓《しんぞう》がばくばくいって、かがみこまなきゃ呼吸が苦しい。アニーを思いっきり揺さぶるかなんかしてやりたくて、指がうずく。「だったらなんで、助けてなんて悲鳴をあげたんだよ？」ぼくは息を吸いこんだ。なんなんだよ……手を出したい衝動《しょうどう》をおさえるのに必死だ。

「悲鳴をあげた？」アニーは笑った。「やだ、ちょっと手つだってほしくて呼んだのよ。ほら、おもしろいの。どう？」アニーは地面のほうを手で示した。あざやかな緑色の小さいあたらしい草が、ものすごくたくさん積み重なってる。テントウムシがたくさん、草の上じゅうを動きまわっていて、草の山が生きてるみたいにかさかさ動いてる。

まだ呼吸が整ってなかったので、ぼくはぜいぜいいいながら、アニーが作りはじめたものを見つめた。アニーの前にある大岩に、ふしぎなもようがついてる。細長い溝《みぞ》やら大きく切りとられた草やら、まるでなんか……。「恐竜《きょうりゅう》の足跡？」ぼくはやっといった。

「まあね、ほんものじゃないと思うけど」アニーはいって、一度に二、三枚、草をつかむと――テントウムシとかもいっしょに――足跡のなかの太いひび割《わ》れに埋《う》めていく。「ほんものそっくりでしょ。だけど、あたしがうっとりしちゃうのは、素材《そざい》そのものが呼び起こす考えなの。草と、ティラノサウルスの足跡。あと、生きてる宝石」アニーはテントウムシが止まった指を高くあげた。テントウムシは逃げていかない。「ほら、昔は巨大でどう猛な生物が歩く先々であらゆるものを踏みつけていて、その数百万年後に、その生物の足跡の化石のなかに、こんなふうにつみたての草や小さいテントウムシが埋まってたら、どう？　永久に変わらないものと、つかのまのものとを、同時にそれとなく表現してるのって、すてきだと思わない？」

　頭のなかが、ぐるぐるしてる。「つかのま？」

「そうよ」アニーは、片方の眉《まゆ》をくいっとあげた。「ほら、変わりやすくて、ずっと続かなくて……」

「意味はわかる」ぼくは口をはさんだ。うそじゃない。どういう意味かは知ってる。とにかく、いまは理解した。「ぼくが知りたいのは、どうしてあんなふうにいきなりいなくなったのかってことだよ！」まだ心臓のばくばくがおさまらなくて、喉《のど》のすぐ奥に感じるくらいだ。

　わめき散らしそうになってた。叫《さけ》び声をあげて、この谷のことも静けさのこともおかまいなしになりそうだ。ローラみたいに金切《かなき》り声《ごえ》をあげてもふしぎじゃない。この子のせいで、どうにかなりそうだ。「ばかなんじゃないか」ぼくは、できるだけ冷静《れいせい》にいった。「死んじゃうと思っただろ！」

「あたしが死ぬと思ったの？」アニーはいって、ぱっと立ちあがった。花びらがあたりに飛び散る。

「へーえ、そっちこそ、世界一ばかなんじゃないかと思ってたけど。少なくともひとつだけは正しく理解したってわけね」

　そういって、アニーはずんずん歩いていった。残されたぼくは、アニーのうしろ姿を見つめて、恐竜の足跡のなかにあるつかのまの草の葉をながめた。

　そのとき、ピンと来た。ウィッシュガール……ウィッシュガールってもしかして……。

　うそだろ。また心臓がばくばくしてきた。アニーがいってたことで、いまいち理解できなかったとすべてが、アニーがずっといってた「ウィッシュ」が、頭をかけめぐる。まさか、まちがいであってくれ。だけど、もしぼくが思ってるとおりなら……あやまらなくちゃ。ぼくは、アニーのあとを追って走った。すぐに追いつくとアニーは立ちどまった。こっちを見ようとはしないけど、耳をすませてる。「アニー、ごめん」ぼくは口をひらいた。

「べつに。かまわないわ。いいから帰って」

ぼくは首を横にふった。アニーには見えてないけど。ぼくたちは、花畑のほうにむかって歩きだした。帰る方向に。数分後、ぼくはまた口をひらいた。「ウィッシュガールっていってたのは、〝メイク・ア・ウィッシュ〟のこと？」

「そうよ」やけに低くて落ち着いた声だ。

口のなかがからからになってくる。〝メイク・ア・ウィッシュ〟が何かは知ってる。子どもたちのいろんな望み――ディズニーワールドに行きたいとか、海に行きたいとか、あと……サマーキャンプに行きたいとか――をかなえる手つだいをするボランティア団体だ。この先の望みをかなえることができそうもない子どもたちの。

成長して、大学に行って、家族をもつとかいう望みを。

生きるという望み。

ぼくたちはまた、花畑のなかにいた。アニーは立ちどまって、色とりどりのうつくしさにひたってる。ぼくは、きかずにいられなかった。「あのさ、きみ……死んじゃうの？」

アニーはため息をついた。「望むところよ《ウィッシュ》」アニーはそういって、悲しそうにくすくす笑った。「まあ、ちがうかな。でも、そうかも。あたしの病気？　死ぬよりもひどいわね、たぶん。っていうか、たまにそう思う」アニーは、花のなかにまたぺたんとすわった。

死ぬよりもひどい？　ぼくは動けなくなった。そんなにひどいことってなんだろう？　でも、いまはこれ以上きけない。アニーは目を閉じて、顔を太陽のほうに向けている。アニーの茶色い肌《はだ》に、もっと濃《こ》い色のそばかすが見える。

知りたい気持ちをおさえて、ぼくは両手をうしろについてのけぞると、アニーのまねをして、顔を太陽のほうに向けた。谷をここまでおりてくるとかなり空気が冷たくて、風もずっとやさしい。たまに風が吹いてくると、何千もの花の香りを運んでくる。蜜と土ぼこりみたいなにおいがする。ぼくは深く息を吸いこんで、そのにおいをからだいっぱいに取りこんだ。

しばらくして、アニーが口をひらいた。ミツバチの羽音みたいにかすかな声でいう。

「あたし、癌《がん》なの」

なんとなく、そんなことじゃないかと思ってた。

「小さいときになっちゃって。白血病《はっけつびょう》みたいなもの。六歳のとき、骨のなかにできたの。いままで生きてきて、ほとんど病院にいた気がする。小康状態《しょうこうじょうたい》だっていわれてたんだけど。ここ数年間はね。だけど先月、頭痛がするようになって」

ぼくはうなずいた。アニーには見えてないけど。

「定期検診《ていきけんしん》に行ったとき、髄液《ずいえき》のなかに癌細胞《がんさいぼう》が見つかったの。それはもう、たくさん。前回よりずっと増えてた。放射線《ほうしゃせん》治療《ちりょう》をしなかったら――すぐにたくさん放射線を当てて、あと化学療法《かがくりょうほう》もひと通りやらなかったら――死んじゃうかもしれないって」

いまいちわからない。放射線治療をすると、気分が悪くなったりするのは知ってる。だけど、どうして癌治療が死ぬよりひどいって思うんだろう？　ものすごくつらかったりするのかな。「その治療、痛いの？」ぼくはやっと、たずねた。

アニーは、息をふるわせながらゆっくり吐いた。「まあ、髄液を採取《さいしゅ》したり、ポートを皮下《ひか》に埋めこまれたりするのは、楽しくはないわね。それはそうよ。あと、化学療法の直後は……」アニーの顔がゆがむ。「だけど、痛いのはどうとでもなるの。こわいのは、そっちじゃないわ」

そっちじゃないって、どっち？　ききたいけど、きけない。ぼくは風を受けとめながら、じっとしてた。谷全体が、ぼくといっしょにじっとしてるように感じる。待っている。

「それで癌は治るかもしれないけど」アニーは、しばらくしてからいった。「前は治ったから。でも、あたしがこわいのは、晩期障害《ばんきしょうがい》のほう」

「ばんきしょうがい?」副作用ならきいたことあるけど。初耳だ。

「そう。治療が終了したあと、残る障害があるの。すごく、ものすごーく、いやなおみやげみたいなものね。『癌ランドへようこそ、ほーら、脳《のう》に損傷《そんしょう》が残りましたよ。そうそう、あとお帰りの際は、運動神経《うんどうしんけい》をぜんぶおいていくのをお忘れなく!』」

脳の損傷……。そんな、まさか。自分がいった、心ない言葉を思いだす。脳みそ、だいじょうぶ?とか。ああ、どうしよう。またあやまったほうがいいかな? そんなことしたらよけいこじれるかな? 本気でいったみたいに。

「障害って、どれくらい?」ぼくは、ミツバチがアニーの顔に止まって、ほっぺたにかすかな花粉の跡をつけながら歩きまわるのをながめてた。手で払ったりしちゃいけないことくらい、わかってる。

「わからないの」アニーは、ミツバチが飛んでいくといった。「いろいろうまくできなくなることがあるんじゃないかっていうのが、むこうの考えだけど」アニーは、くすっと笑った。「考え……。そうね、考えることは、まちがいなくうまくできなくなるみたい」

信じられない。ぼくがきいたこともないような言葉を使いまくるこの女の子が、まさか……頭がはたらかなくなる? それ以上にひどいことなんて、あるのか?

あるらしい。

「あと、歩けなくなるかも。そういう女の子、知ってるもん。いまは車いす使ってるわ」アニーは、その考えを振りはらうみたいに首をぷるぷるっと振った。「いったでしょ、わかんないのよ。前回は、たいしたことなかった。ていうか、治療のせいで関節《かんせつ》が弱くなっちゃったから、それであのサポーターつけてなきゃいけないんだけど」アニーは、リュックのほうに手をやった。足首に巻いてたバンドを突っこんだリュックだ。「前はバレエ習ってたのよ。ばかみたいに、バレリーナになりたいなんて夢見てたの。癌になってからは、完ぺき問題外になっちゃったけど」

アニーは、つらそうにふふっと笑った。「とにかく、それでママから今週末、好きに出歩くお許しが出たの。あと、キャンプに行くことも。医者たちには、金曜日に治療を始めたいっていってさんざんいわれたんだけど。ママは、あと二、三週間もしたら、あたしが二度と好きに走りまわれなくなるかもしれないってわかってるから。あと、本を読むとか。それから、絵を描くことも。たまに、記憶に影《えい》響《きょう》することもあるんだって。あたしはもう……あたしじゃなくなるの。いまのあたしじゃなくなっちゃうの」

アニーは話すのをやめた。何かべつのことを考えさせなきゃいけない。ぼくも考えなきゃ。ああ、伝わってくる。アニーはぼくに、何かいってほしがってる。話題をかえてほしがってる。そして、ぼくの心はミツバチよりもやかましくざわざわして、死ぬよりもひどいことでいっぱいになってるのに、アニーを気分よくしてあげられそうな言葉を何ひとつ思いつかない。そんな言葉があるのかどうかさえ、わからない。だからぼくは、草が生えてない場所まで歩いていって、ぼくが知ってるただひとつのうまくいくかもしれない方法を試した。

じっと動かないまま、じっとしてることに可能性をかけた。

望みをかけた。

そして谷は、答えてくれた。

第十章

何かアニーを気分よくさせるもの。ぼくはそれを望んだ。何かアニーの気をまぎらわせるもの。

背の高い花が、いちばん近くの木の影のなかでカサカサ音を立てて、ぼくは思わず息をつめた。動物がいる。木陰《こかげ》をせかせか動いて、古いドングリや枯れ葉のあいだをかぎまわってる。「アニー」ぼくは、その動物が何かわかると、できるだけそっとささやいた。「見てみなよ」

ぼくの言葉は花畑のなかを吹く風に乗って、アニーに届いた。ああ、よかった。アニーは静かに歩いてくる。ほとんど音を立てずに、ぼくのところまで来た。なあに、というふうに片方の眉をくいっとあげる。ぼくはアニーの手をとって、そーっと、木陰のほうに連れていった。

ぼくたちは、並んでしゃがんだ。むりもないけど、アニーはうれしそうなため息をもらした。ぼくだって、おなじ気持ちだ。

アルマジロの赤ちゃんが、ぼくたちのひざから一メートルもはなれてないところにいる。体長十五センチくらいで、うすいグレーのからだに小さな黒い瞳《ひとみ》をしてる。向こうからはこっちが見えてないはずだ——少なくとも、ちゃんとは見えてない。逃げようともしないから。

「見て、この殻《から》」アニーはささやいた。指をのばして触《ふ》れようとするけど、ためらう。赤ちゃんがくんくんにおいをかぎながらこちらを向いたからだ。そのぎざぎざもようのついた殻は、おとなのアルマジロみたいにかたくなさそうだ。てっぺんや横のしわやひだが、まだぐにゃぐにゃしてる。カーリーが生まれたばかりのころ、頭がまだやわらかかったのを思いだす。

アニーがアルマジロをいじめる心配はしてなかったけど、ふと思いだしたことがある。「触っちゃだめだよ。たしかアルマジロって、ばい菌《きん》をもっててうつることもあるんだ」

アニーはにっこりして、目玉をぐるんとさせた。「あたし、どうせ死にかけてるし。こわくない」

そういうと、手をのばしてアルマジロをなでた。

アルマジロは逃げなかった。ぼくたちの足元をかれこれ二十分くらいのろのろと歩きまわっている。まるで、自分が何をするつもりか忘れちゃったみたいだ。そのころにはアニーは、スケッチブックを取りだして、ささっとスケッチしていた。例によって、だけど。

「みごとだわ」アニーはそういって立ちあがると、ひざについた雑草《ざっそう》や木の葉を払った。

「うん」ぼくもいった。アニーのいいたいことは、わかる。アルマジロはうつくしい生きものとはいえないけど、この赤ちゃんはすごく小さくて……。

「きいてなかったけど、あなたも描きたい？」アニーはスケッチブックをぼくのほうによこした。

「絵、描くの？」

「ううん、美術は苦手なんだ」

「じゃあ、何が得意なの？　楽器とか？」

笑いそうになって、首を横に振る。

「あ、わかった。文章を書くことでしょ」

思わず、ぶるっとふるえた。「いまはもう、書いてないよ」

「どうして?」アニーはスケッチブックを片づけ、ぼくの顔をじっと見つめて返事を待っている。「何かあったの?」

「べつに」うそをついた。最後に書いたことを思いだしたからだ。あんなことを書いたせいで、母さんと父さんに大騒ぎされて、それでぼくの人生は引っくりかえっちゃったんだ。

ぼくたち家族全員の人生だ。

そろそろまた話題を変えなくちゃ。ぼくはアルマジロを指さした。「この子のお母さん、さがしてるんじゃないかな?」ぼくは、小川の近くに立つ木々が落とす濃い影のなかに目をこらした。地面のそばで小さなものがせわしなく動いてる。「さがしてるね」ぼくは、自分の質問に自分で答えた。「帰してやったほうがいい」ぼくはまた、アニーの手を取った。そしてふたりしてわきにどいて、赤ちゃんが木陰に消えていくのを見守った。

「ありがとう」ぼくは谷にむかってささやいた。アニーにきこえないくらい小さい声で。大佐の奥さんみたいな変人だと思われたくない。

もっとも、自覚はしつつあるけど。

ぼくたちはゆっくりと、花畑を横切った。行く先に立ってる木のあいだに、さっきは気づかなかった通り道があった。木にはブドウのつるがぐるぐるからまってぶら下がってる。まだ熟してないブドウのふさが、つるに実ってるのが見える。アニーはなんでも知ってるみたいだから、ブドウはいつ熟すのか、たずねてみた。「知らないわ」アニーは答えて、自分の手首ほどの太さがあるつるに片手をすべらせ、体重をかけても平気かどうか確かめた。だいじょうぶそうだ。

アニーはすわれるくらい低い位置で輪っかになってるつるを見つけて、つるをブランコにして腰かけた。「さ、押して」

思わずくすっと笑ってしまう。カーリーが「ピープ！」と叫びながら両腕を広げて抱っこしろとぼくに命じるときに、そっくりだ。きっと女の子って、生後一か月くらいでもう、こういうお姫《ひめ》さま声を習得するんだろう。「お望みのままに」

アニーはにっこりした。「そうよ、わたしの望みはぜんぶ、かなわなくちゃいけないの。ちゃんと押してくれたら、そっちの望みもひとつ、かなえてあげようかしら。ただし、当てにはしないでちょうだい、ピーター・ストーン」

ぼくはアニーをしばらく押した。ブランコが高く上がったので、つるがたえきれずに少しずり下がる。「では、ピーター・ストーン」アニーは、つるからぴょんとおりた。「ひとつだけ望みがかなうとしたら、何がお望み？」

ぼくは、考えることもなくぱっと答えた。何年もずっと望んできたことだから。谷を見つけてからは、とくに。ほんとうの静けさがどんなものか、知ってしまったから。「ぼくの望みは、ひとりになることだ。ひとりになって、平和と静けさを感じたい。それなりの時間をかけて。その時間をだれとも共有しなくてよくて。だれかにじゃまされる心配もしなくていい」家に帰らなくてもいい、とはいわなかった。もちろん、ぼくの頭にあったのは、家族のことだ。家族がどうしてもわかってくれないってこと。どうしても、静かな時間のなかにあるうつくしさを理解しようとしないってこと。たぶん、永遠にわかんないだろうけど。

でも、アニーはそんなこと、知らない。

言葉が口から出た瞬間、アニーの表情が目に入って、自分が何をいったかに気づいた。「待って、ちがう」ぼくはあわてていった。「きみのことをいったんじゃない。ぼくがいったのは、べつの人たちのことだよ。姉さんとか、あと……待って、行かないで！」遅かった。

「お望みのままに」アニーは早足で歩いていきながらぱっと振りかえり、いい放った。「もうじゃましないわ、石ころ君」声で、泣いてるのがわかる。ぼくは地面を蹴《け》った。ミツバチが一匹、どこからともなく飛んできて、ぼくの手を刺《さ》す。

「いたっ！」ぼくは叫んで、肌に残った針《はり》をぬき、刺されたところをしぼり出した。「ごめん」またいったけど、大きな声が出ない。「行かなくていいんだよ！」

アニーはもう、いなくなっていた。花畑をぬけながら、またべつのハチに刺された。そして山をまたのぼりはじめたころには、もうだめだとわかった。

もう、追いつけない。それにどんなに速く走っても、怒《おこ》ったブヨの群れがぼくを刺そうと追いかけてくる。

容赦《ようしゃ》なく刺されて、からだの外側も心のなかとそっくりおなじ感じになった。ずたずただ。

ぼくは、しょうもない考えなしだ。谷もそう思ったらしい。もどりながら、二十回くらい足をすべらせた。踏《ふ》んだときにはまったくそんな感じのしなかった岩が、いきなりつるっとすべる。両ひざも両手も、山のてっぺんに着くころにはすり傷で血だらけになっていた。

そのときになってやっと、道をまちがったのに気づいた。のぼってきたのは、ちがう山だ。ぼくの家は、この山の向こうにはない。ぼくが立ってる真正面に、べつの家がある。ふしぎな三角形の、白いふちどりがある赤い家だ。

そしてその家のドアの前には、おばあさんが立っていた。ショットガンをもって。その銃をぼくのほうに向けて。

第十一章

「あんた、ここは私有地だよ」おばあさんはいった。低いけど、よく響《ひび》く声だ。顔はまだ見てない。銃《じゅう》から目がはなせないから。「あたしの土地だ」

「ごめんなさい」ぼくはやっとのことでいった。どうやって声を出したのかはわからない。口のなかが、綿《わた》よりもかわいてた。「道に迷《まよ》ったみたいで」

「あんた、谷のほうに行ってたんだろう?」おばあさんは笑った。「谷に追いだされたんだね。さんざん虫に刺《さ》されてるじゃないか。あたしの土地に勝手に立ち入るとどうなるか、わかっただろう。ヤマアラシの針《はり》で耳やらなんやらを突きさされなかっただけでもありがたいと思いな」あっ、そうか。きっとこの人が、大佐《たいさ》の奥さんだ。変人の。

たしかに、しっかり変人に見える。古いオーバーオールに長袖《ながそで》シャツというかっこうで、白髪《しらが》まじりの黒い髪《かみ》を頭のてっぺんでひとつにたばね、汚れた棒《ぼう》みたいなものを刺して止めている。足音をひびかせてこっちに近づいてくる。はいてるのは、泥《どろ》だらけの茶色くてでかい男もののブーツだ。おばあさんは、抱《かか》えていた銃をおろした。「あそこで鳥を殺してた子たちのひとりだと思ったんだけどね。どうやら新顔みたいだ。どこに住んでる?」

「えっと……」ぼくは、きょろきょろした。「この山のうちのひとつ、かな？」やっと、それだけいう。自分の住所さえわからない。「まくら木のフェンスがあるところ」

「ああ、カールソンが住んでた家だね！　あの材木を積んだだけのがらくたみたいな家を、だれがだまされて借りたんだろうと思ってたんだよ」

「うちの母と父です。マクシーン・ストーンとジョシュア・ストーン」ぼくは口をつぐんだ。銃を片づけてほしいってたのんでみようかな。

「あんた、狩《か》りはする？」

なんでそんなことをきくんだ？　あ、そうか、アニーといっしょに銃声をきいたっけ。やっぱりあれ、大佐の奥さんが撃ったんだな。狩りに出て……でも、なんのために？「いいえ」ぼくは答えた。

「銃はもってる？」

「いいえ」ぼくはまたいうと、じりじりと後ずさりした。「撃ったこともありません」そして、実演も見たくない。

大佐の奥さんは、そうかんたんには逃がしてくれなかった。ぼくの後ずさりに合わせて、ゆっくり着々と近づいてくる。「生まれてこのかた、鳥一羽撃ったこともない？　殺したことは？　子ねこをおぼれさせたり、子犬を小川に落としたことは？」

「いいえ」胃がきりきりしてくる。やっぱり、ほんとうに変人なんだ。「そんなおそろしいこと、したことないです！　なんでそんなこと、きくんですか？」

大佐の奥さんは、何かをカチッとやった。よかった、引き金を引いたんじゃない。安全装置《あんぜんそうち》？　それから、銃を肩にかけた。「ふーん、だけど、あたしの谷で、虫にさんざん刺されてるじゃないか。そういう目にあうだけのことをしたんだろう？」

あっ、それは……。「アニーに、いっちゃいけないことをいいました」

「あの癌《がん》の小さい娘？」大佐の奥さんは、あやしんでるような目でぼくをじろじろ見た。「あんた、病気の娘をいじめるのが趣味《しゅみ》？」

「いいえっ！」ぼくはあわてていった。「いいえ、ちがいます。ぼくはただ、この谷のどこが好きかを伝えようとしてただけです。ここがどんなに、まほ……どんなにとくべつか」ぼくは、いい直した。魔法《まほう》がかかってるなんて、変人のいうことだ。だけど、大佐の奥さんはぼくが何をいおうとしたか、わかったらしい。目がきらりと光った。「どうして谷に行くのが好きか、伝えようとしてたんです。そしたら、誤解《ごかい》されちゃって。さがして、あやまらなくちゃ」

「ふぅん、この谷が……とくべつだってわかるってことは、そう悪い子じゃなさそうだね。虫には刺されてるけど」大佐の奥さんは、しばらくしていった。家のほうにどすどす歩いていき、ぼくについてこいと手招《てまね》きした。「あんたの家、だいぶはなれてるよ。アニーが行くキャンプとおなじくらいの距離《きょり》だね。あたしのゴーカートに乗りな。家まで送ってやるよ。あの子を追いかけるのは、明日にするんだね。女の子ってのがどんなものか知ってるなら――ちなみにあたしは知ってるけどね。石器時《せっきじ》代《だい》にはあたしも女の子だったから――あんたの言《い》い訳《わけ》なんか、少なくとも火曜日まではきく耳もたないよ。頭を冷やす時間をやることだね」

大佐の奥さんが家に送ってくれる……。ほっとすると同時に、ぞっとする。

知らない人といっしょに車に乗っちゃいけないのは、わかってる。そしてこのおばあさんは、まちがいなく知らない人だ。だけど、車ってわけじゃないのは、数分後にわかった。ものすごくへんな見たこともないほどばかでかいゴーカートだ。しかも、どんどん時間が遅《おそ》くなってる。母さんたちに殺されそうだ。なのに、帰り道さえわからない。だれかを信用するしかない。

大佐の奥さんはぼくに、自分のとおなじヘルメットをよこした。黒地に、赤とオレンジの炎《ほのお》の絵が描《えが》いてある。「これをかぶりな」ぼくはバックルをとめて、ほんとうだったらドアがついてたはずの場所にある、ウレタンシートを巻いたサイドバーにつかまった。

それはもう、必死でしがみついてた。大佐の奥さんは変人かどうかはともかく、スピード狂《きょう》なのはたしかだ。風が吹く音とエンジンがうなる音に混ざって——掃除機《そうじき》を四十台いっぺんにフル稼働《かどう》させたみたいな音だ——奥さんのわめき声がきこえてくる。「ひゃっほーっ！」そしてその瞬間《しゅんかん》、ものすごく急な下り坂に入った。胃が足元まで落っこちた気がする。いままで乗ったどんなジェットコースターよりもこわいし速い。

曲がり角が見えてきた。急カーブだ。スピードが出すぎてる。一瞬、殺されると思った。このまま突っこんで、ぼくを殺す気だと。だけど、大佐の奥さんは、ぎりぎりセーフのタイミングで急ブレーキを踏《ふ》んだ。道のはしっこ近くの砂利《じゃり》の上にちょっとだけ乗りあげて左右におしりを振《ふ》ったゴーカートは、またつぎの上り坂へと加速していった。

しばらくすると、ぼくはすっかり、こわいのを忘れてた。こんなに楽しいのはいつ以来だろう……いや、たぶん初めてだ。

「ほら、あれが癌の娘のキャンプだよ」風が吹きつける音に混ざって、声がした。大佐の奥さんが、小さめの谷の向こうにある赤いペンキの建物を指さしている。まわりには、ヤギ小屋みたいな建物がいくつかある。あれが宿泊施設《しゅくはくしせつ》かな？　まわりがぬかるんでる湖——池っていったほうがいいかも——があって、釣り船《つりぶね》が杭《くい》につないであった。まちがいなく、あそこじゃ泳げない。馬もいないし、庭もないし……見たところ、何もない。

想像してたメイク・ア・ウィッシュのキャンプとはぜんぜんちがう。それどころか、なんか……みすぼらしい。癌で死ぬかもしれない子どもたちにしてやれる、あれがせいいっぱい？

「あんたの家は、すぐその先だよ」大佐の奥さんが大声でいった。山のてっぺんでゴーカートを止めて、エンジンを切る。「見える？」

たしかに、正面に立ってるオークの木のむこうに、屋根がかろうじて見える。「はい、見えます」ぼくは答えた。どうしてここで止まったんだろうと思いながら。

「じゃ、おりて歩いていきな。わたしは、あとふたつ先の山に住んでるべつの子たちに、いいたいことがあるんだよ。鳥を殺してる。さっき、銃声をきいたから。急げば、そいつらが家に帰る前につかまえられるはずだ」奥さんはにたっと笑って、うしろに手をのばすと、ショットガンをぼくがすわってたシートに置いた。

ぼくがヘルメットをなかに放りこんだとたん、ゴーカートは走り去っていった。砂利が飛び散って、排気《はいき》ガスが立ちのぼり、ほこりが舞《ま》いあがる。

大佐の奥さんがいなくなって、エンジン音が遠くに消えていくと、あの谷がどんなに静かだったか、あらためて感じた。山のこっち側は、人間が出す音でいっぱいだ。芝刈《しばか》り機《き》、ラジオから流れる音楽……母さんがぼくの名前を呼ぶ声。パニック混じりの、完全にキレてる声。

まずい。ぼくは家に向かって走った。もう一度、あの谷に行きたいと願いながら。あの谷でぼくを包《つつ》んでくれるのは、風と、鳥と、さらさら揺《ゆ》れる葉と、あとはアニーの笑い声。

第十二章

これから一生、外出禁止。母さんにいいわたされた。部屋から出ないようにいわれたけど、ローラが、自分の部屋なんてぼくがいちばん好きな場所だとよけいなことをいったので、やっぱりみんなといっしょにリビングにいなさいといわれた。

リビングは、家のなかでもいちばんやかましい。カーリーは木のブロックを一式もってカチカチ打ち鳴らしてるし、父さんは大音量で『ダイ・ハード』を観《み》てる。母さんはリビングの一角を自分専用のオフィスとして使うことに決めたらしく、ファイリングキャビネットの引き出しをやかましく開け閉めしてるし、ローラは電話の前からはなれない。これだけ騒《さわ》がしいのに、よく友だちが何をいってるのかききとれると思う。

もちろん、頭がずきずきしてきた。それで、アニーのことを思いだした。アニーの頭痛はきっと、こんなもんじゃないんだろうな。なのにぼくは、アニーをひどく傷つけた。どうやってあやまればいいんだろう？　キャンプの場所はわかったけど、母さんにあんな目で監視《かんし》されてたら、行けるわけない。

それにしても、ぼくが家をあけたのを母さんが気にする理由がわからない。けがをしたわけでもない。オースティンまで行って家族でブランチをしようと計画してたなんて、きいてないし。母さんがぼくも含《ふく》めて予定してたのを知ってたら、ぼくだって家にいた。

たぶん。

ため息をついて、頭痛のつぼをまた押した。アニーに会えたとしても、後悔してることをどうやって伝えればいいんだろう。アニーはあのとき、ものすごく動揺《どうよう》してた。泣いてた、と思う。ぼくは、メイク・ア・ウィッシュの女の子を泣かせたんだ。それ以上ひどいことなんて、そうそうない。

頭が痛いくらい、とうぜんの報《むく》いだ。

つぎの日、とうぜん以上の報いを与えられた。カーリー・ストーン。乳歯が二本しか生えてない赤ん坊のめんどうをみる。母さんが仕事に行ってる九時間のあいだ。

「ねえ、ローラ」ぼくは、バスルームのドアにむかって何度も呼びかけた。「お願いだから、出てくれない？　カーリーのおむつの替えがいるんだよ」午前中もずっと、いいかげんバスルームをゆずってほしいとローラにたのみつづけてたけど、ききとどけられなかった。けっきょく、外の木の茂みに行くことになって、カーリーは大よろこびだった。もちろん、外でおしっこできるなんてカーリーにとってはおもしろくてしょうがないので、それからおむつをつけてくれなくなった。いまだって、おむつをつけたとたん、びりびり破きだした。

「あとちょっとっていったでしょ」ローラが叫《さけ》ぶ。

「もう一時間半たつよ！」自分でもびっくりだけど、ぼくは声をはりあげてた。どうやら父さんもびっくりしたらしい。

「おっと、ピーター、いまのおまえか？」父さんは廊下《ろうか》を歩いていきながら、ぼくの腕《うで》をふざけてパンチした。二、三か月前にガレージセールで買った古いアンプを運んでる。自分のドラムに合わせてローラがギターの練習をできるようにだ。「鼓膜《こまく》がやぶれそうだ」

ぼくは、父さんの背中をにらみつけた。あのアンプは、ぼくたちがアパートを追いだされた原因のひとつだ。父さんが買って帰ってきたときに、コードを切っとけばよかった。そうすれば、問題が大きくならずにすんだだろう。

「ピープ！」カーリーがいつの間にかベビーサークルから抜けだして――あたらしく覚えた技だ――となりに立っていた。おしり丸だしだ。

「カーリー？　うそだろ？　おむつ五枚目だよ？　枕《まくら》カバー、使うしかないよ」

あ、いいこと思いついた。ローラの枕カバーを使おう。

ローラの枕カバーをはがしてるとき、父さんがぼくの名前を呼ぶのがきこえた。「ピーター？　お客さんだ」

お客さん？　あ、アニー！　ぼくは枕をおき、カーリーをカバーでくるんでわきに抱え、玄関《げんかん》のほうに走っていった。ドアがあいていて、父さんが出てすぐのところでだれかとしゃべってる。

アニーじゃない。男の声がする。男の子がふたり？

「カーリー、ほら」ぼくはささやいて、カーリーをベビーサークルのなかにおろすと、グラハムクラッカーを何枚かもたせた。食事用のハイチェア以外では食べちゃいけないことになってるけど――カーリーはくちゃくちゃかんでクッキーをセメントみたいにしちゃう、と母さんがいうから――おむつの替えはないし、はだかの赤ん坊を抱えたまま知らない人に会いたくない。

ドアまで出ていくと、やっぱりカーリーを置いてきてよかったと思った。

すぐ外にふたりの男の子がいて、ヒメコンドルの死骸《しがい》をもってたから。鳥を殺してたのは、このふたりだ。

頭が真っ白になる。ひたすら……気色悪い。死骸の足をもってるほうは、ぼくよりも背が高くて、鳥の頭がちょうど地面すれすれの位置にある。たぶん歳も上で、十四歳くらい。もうひとりは、十歳か十一歳くらい。こんな感じに光る目、サンアントニオにいたときも見たことがある。ぼくのおなかにパンチを食らわせて朝食がなんだったか見ようと思ってるみたいな目だ。まちがいなく、ふつうの十歳とはちがう。

　ふたりはぼくをじろじろ見た。年上のほうは、笑いをこらえてる。そのとき、カーリーが破いたおむつをまだ持ったままなのに気づいた。ぼくはドアの向こうにおむつを放りこんで、日ざしのなかに出た。

「ああ、ピーター」父さんがいう。ふたりがぼくを見る目に気づいてない。自分を見る目にも。「この子たちは、この道の二キロくらい先に住んでるそうなんだ。最初に母さんといっしょにこの家を見にきたとき、ガソリンスタンドでご両親に会ってね。前に話しただろう？　ちょっといっしょに遊んできたらどうだ？」

　弟のほうが笑い声をあげる。「うん、ちょっといっしょに遊ぼう」

「外出禁止中だよ」ぼくは小声で父さんにいった。兄のほうが大きな鳥の死骸をぶらぶらさせてることは口に出さなかった。鳥の赤みをおびたピンク色の頭が、土と血で汚れている。

「ひとまず外出禁止は解除《かいじょ》だ」父さんはいって、ぼくの背中を押した。ぼくは玄関前《げんかんまえ》の踏《ふ》み段《だん》の上でつまずいて、もう少しでふたりのうちどっちかに突っこみそうになった。「家に来ないかっていってくれてるんだ。母さんだって、知らないことには怒れないさ。昼食までにはもどってこいよ」

父さんは、さっさとドアを閉めてしまった。行かない口実を考えるひまもない。とっさに浮かんだ口実は、このふたり、めんどくさそうだよで、それ以外思いつかなかった。

「で、おまえがピーターか」弟のほうがいう。「おれ、ジェイク」

「おれはダグ」もうひとりがいって、ヒメコンドルをぼくのほうにむかって強く振りうごかした。かわいそうな鳥の頭が、ぼくのひざをかすめる。ダグは、ぼくがどういう反応をするか見たがってるんだ。こわがるかどうか。ぼくは肩をすくめて、ちょっとわきにずれた。つぎのひと振りで、お腹を直《ちょく》撃《げき》されないように。

「狩り、好きか？」ジェイクがたずねて、ぼくに並んできた。ぼくは、玄関前の道を歩きはじめてた。あんまり早足にならないようにして。ジェイクがポケットから何か取りだして――ツイストキャンディのトゥイズラーだ――口のなかに突っこみ、たばこを吸ってるみたいにくわえた。

「銃を持ってないから」ぼくはいった。「持ってるの？」

「おれたちがどうやってこのコンドルを殺したと思うんだよ？」ダグがいう。話し方がゆっくりだ。言葉をひとつひとつ考えないと口から出せないみたいに。「手で、とか？」ふたりはげらげら笑った。

「今度、試してみようぜ」ジェイクがいう。ぼくのほうをじっと見て、何かいうのを待ってる。

「ああ、見てみたいな」うそをついた。鳥を見て、〝こいつを殺したい〟って思うなんて、どういう神経《しんけい》だ？　ぼくにとって鳥は……あまりにもきゃしゃで、うつくしい。もちろんこのふたりにも、だれにも、そんなふうに感じてることをいうつもりはないけど。

「どんな銃を持ってるの？」ぼくは、かわりにたずねた。

「エアライフルだよ」ジェイクが答える。「持ってた二十二《にじゅうに》口径《こうけい》は、ねこのことがあってから、おやじに取りあげられちゃってさ」ジェイクはまた、さっきとおなじ目でぼくを見る。なんかいってみろよっていってる目だ。

ねこのことって？　きく気にもなれない。ぼくたちは歩きつづけた。車が走る通りに出て、たしかトレーラーハウスみたいなのを見た気がする街道《かいどう》のほうに向かう。「で、外出禁止だって？」ジェイクはそういって、石を蹴《け》った。「そっちの親は、どんな？　テレビとかを取りあげるとか？」

「うん。あと、家事をいろいろやらされる」

「ふつうの外出禁止だけ？　それ以外は？」

「えっ、べつにないけど」

「へーえ、いいな」ジェイクはつぶやいて、腕で鼻をこすった。「うちのおやじも、外出禁止くらいでやめてくれればいいのに」

外出禁止が、いいな？　この兄弟、問題を起こしたときはどうなるんだろう？　何かいおうと思ったけど、ジェイクに冷たく光る目でちらっと見られて、舌《した》がこおりついてしまった。

「なんで外出禁止になったんだ？」ダグがたずねた。片方の肩にヒメコンドルをひょいとかつぐ。

ぼくは息をのんだ。「家を抜けだした」

「どこへ？」ダグはききながら、トゥイズラーを口に入れた。細長いトゥイズラーの先っぽを両手でごしごしこすって、爪《つめ》や指先のまわりに巻きつけてる。両手は泥《どろ》と血だらけだ。ヒメコンドルの血だろう。

「谷があってさ、家は一軒《いっけん》もないんだけど……」

「死の谷か？」ダグがむっとしたような声をあげる。「ありえねえ！」

死の谷？　ぼくは首を横に振った。きっと、どこかべつの場所のことだろう。ぼくの谷は、そんなんじゃない。「ちがうんじゃないかな。谷底に小川が流れてて、大きな木が立ってて、あと……」

「それだ！」ジェイクがいう。「ひゃーっ、おまえ、死の谷の底まで行ったのか？」ジェイクはぼくをまじまじと見て、蚊《か》やハチに刺された跡《あと》やらひっかき傷やらを点検した。いわれてみると、このふたりも虫に刺された跡とすり傷だらけだ。まるで、襲《おそ》われたみたいに。

「あそこでさんざんな目にあったみたいだな？　おれたちもだ。気をつけろよ。虫なんて、まだいいほうだ。あの谷は、狩りをするには最高だけど……」ジェイクが兄のほうをちらっと見る。「谷底までおりてくと、とんでもねえことが起きる。意味不明なことだ」

「ああ、なんかわかる気がする」ぼくはいった。そして、きのうきいた銃声のことを思いだした。「狩りに行ったの？」

「きのうな」ダグがいう。「うさぎだ。もう少しだったのに、虫のせいで」

虫？　きこうとして、はっとした。そういえばきのう、蚊やらスズメバチやらがいっせいに山の上に飛んでいった。遅れるとまずい、みたいに。あれは、このふたりを刺すためだったんだ。谷から追い払うためだ。

やっぱり、あの谷には魔法がかかってる。あの谷は、なんでも知っている。

ぼくは何もいわずに歩いてたのに、ジェイクは質問に答えるみたいにしゃべりつづけた。「山のこっち側でうさぎを見つけたんだけど、谷のほうに走っていきやがってさ。あいつら、そっちに逃げれば安全だって知ってるんだ」

「安全だって思ってる」ダグがいう。

「まあ、いまんとこは安全だ。だけど、ここにいるコンドルのおかげで、わかったことがある」ジェイクはコンドルの羽を一枚つかんで広げた。「こいつを追いかけて、山のてっぺんまでのぼったんだ。こいつは、谷におりてすぐのところの枯《か》れ枝《えだ》にとまってた。おれたち、もう少しで……」

「もう少し！」ダグがくっくっと笑う。

「おれが話してるんだから、だまってろよ。おれたち、こいつのすぐ近くに来た。風はいつもどおり、谷底から吹いてた。おれたちのにおいはしない。谷に入ってるわけじゃねえだろ？　おれたちに手出しはできねえ。で、おれたちはこのコンドルのすぐうしろに、エアライフルを持って近づいてった」

「バーン！」ダグがいって、コンドルをゆさゆささせる。

「これ、どうするつもり？」ぼくは、コンドルのほうをあごで示しながらたずねた。ああ、かんべんしてほしい。見るたびに吐き気がする。近くで見ると、うつくしい生きものとはいえない。羽がぼさぼさで、顔はおじいさんが怒《おこ》ってるみたいだ。だけど、空を飛びながら熱風に乗って舞いあがっていくヒメコンドルなら何千回も見たことがある。楽しみのためだけに殺すなんて……気分が悪くなる。

「食いやしねえよ」ダグがいう。「ヒメコンドルなんか食ったら、吐《は》いちまう」まるで味を知ってるみたいにいう。

ジェイクもうなずく。「エンプソンばあさんの家のポーチに投げこんでやろうかと思ってんだ。大佐の奥さんだ」

鳥の死骸を、だれにも害を与えてない——まあ、ちょっと変人だけど——おばあさんの家の前に放りなげようっていうのか？「どうして？」

「うぜえからだよ」ダグがいう。ジェイクは遠くに目をこらして何かをさがしてる。「あのばあさんのせいで、銃を取りあげられた」

「取りあげられた？」

「おやじに、おれが小動物を撃ってるってチクりやがった」

「あ、ああ」そういえば、さっきそんなこといってたな。「おばあさんのねこかなんか、撃ったの？」

ダグは答えずにけらけら笑うと、鳥の死骸を自分の頭のまわりでぶんと振った。ぼくに投げつけようとしてるみたいに。ぼくは、頭をひっこめた。

あと一秒でもこのふたりといっしょにいたら、ぜったいに吐く。

「あっ、いいこと思いついた」ジェイクがいう。「こいつを、あのサマーキャンプに持ってこうぜ。池に投げこむんだ。あいつら、気持ち悪がるだろうな」

「メイク・ア・ウィッシュのキャンプ？」これ以上ぞっとすることなんてない。この兄弟、どんな親に育てられたんだ？　切り裂きジャックと『エルム街《がい》の悪夢』のフレディ・クルーガーか？

「いや、ダブルクリーク・キャンプだ」ジェイクはいって、ダグが食べてるトゥイズラーの先っぽに手をのばしてちぎった。少し考えてから、ぼくのほうに差しだす。「最後のひと口、食うか？」

親切のつもりなんだろうけど。ぼくは首を横に振ってつぶやいた。「いらない、ありがとう」

「でも、癌の子たちのキャンプだよね？」ぼくはたずねた。ジェイクはその最後のかけらをダグにもどしてる。ダグは受けとって口に放りこんだ。ヒメコンドルの死骸を握《にぎ》ってたのとおなじ手を使って。そして、その指をなめた。

「ちげえよ、ただの工作と手芸のキャンプだぜ。なんで癌の子だと思ったんだ？」

「キャンプの子に会って……」ぼくはそういってから、言葉をにごした。こいつらに、アニーの話はしたくない。

「だれだ？」ジェイクがいう。目がまた冷たく光る。「女の子か？」

「あ、ぼく……帰らなきゃ」ぼくはそういうと、両手をお腹に当てた。

「どうした？」ダグがいって、コンドルの死骸を片方の肩にかつぐ。

なんて言い訳しよう？「お腹痛くなってきちゃって。かなり。下痢《げり》だよ。家に帰らなきゃ」

「そのへんの茂みですればいいだろ、おいピーター」ジェイクの声がうしろから追いかけてくる。ぼくは早足で歩いた。兄弟がげらげら笑いながらぼくをからかう声を、帰り道ずっときかされてもかまわない。田舎《いなか》だと、声がよく通るから。ただしそのかわり、あいつらはキャンプのことを忘れてくれるはずだ。アニーに注意しなくちゃ。あいつらに近づくなって。あと、あやまらなくちゃ。

だけど、一生外出禁止の身だから、今日みたいなチャンスがつぎいつ来るかもわからない。今日なら父さんは、昼食までぼくが帰ってこないと思ってる。

山を横切っていけば、キャンプに着けるはずだ……そうすれば、ずっとこの土地に住んでる兄弟が、メイク・ア・ウィッシュのキャンプじゃないと思ってる理由もわかる。

アニーはぼくにうそをついたのかな？　なんたって、アニーも変わってるから。変人なのは、大佐の奥さんじゃなくて、アニーのほうかもしれない。

だけど、有刺鉄線《ゆうしてっせん》の下をくぐりぬけて、木々が立ち並ぶ裏《うら》にまわりこんでキャンプのほうに走っていきながら、ぼくは思った。やっぱり、この山でいちばんおかしい人間は、ぼくがさっきまでいっしよにいたやつらだ。鳥の死骸を持ってるあのふたり。

おかしいだけじゃなく、たぶん、危険だ。

第十三章

木々のあいだにキャンプの建物が見えてこないうちに、音楽がきこえてきた。なんだか……ちゃちな演奏《えんそう》だ。三日間かんたんレッスンでギターを習った人が人前で発表してもいいと思いこんじゃったみたいな感じだ。数か月前の姉みたいに。

建物が見えてくると、ぼくはこそこそするのをやめて、堂々と歩きだした。だれかに見られて、忍びこもうとしてるように思われたくない。近づいてみると、ヤギ小屋みたいに見えてたのはふつうの宿泊施設だった。ペンキを何度か塗《ぬ》りなおしたほうがよさそうなトタン屋根もついてる。

まんなかにある建物から、音楽は流れてくる。あそこにキャンプの子たちがいるんだろう。ぼくはゆっくりと、大きな両びらきのドアのなかに入った。風が建物のなかに吹きこむ。わきに寄って突っ立ったまま、暗い室内に目が慣《な》れるのを待った。

長いテーブルがいくつか置いてあって、一面に工作の材料が広がってる。いろんな長さのアイスキャンディの棒とか、ありとあらゆる色の毛糸とか、束《たば》になった厚紙《あつがみ》や新聞紙とか。接着用《せっちゃくよう》のグルーガンやらフェルトやら布切《ぬのき》れやらもある。幼稚園《ようちえん》の子たちなら、これだけの材料がそろってたら、この世のおわりまで夢中になって遊ぶだろう。

だけど、テーブルの前にいる子たちは、幼稚園児じゃない。アイスキャンディの棒で工作するような歳には見えない。体格からしてたぶん、三年生以上だろう。そして、全員女の子だ。

まずい。女の子だけのキャンプとは思ってなかった。そういうわけだったのか。

「何かご用?」カウンセラー――かどうかはわかんないけど、とにかくこの部屋でいちばん年上の人――が立ちあがって、こっちに歩いてきた。力が強そう――バレーボールかなんかのスポーツ推薦《すいせん》で大学に入ったみたいな感じ――だけど、気さくに話しかけてくる。「道に迷った?」

「ちがいます」ぼくは答えた。テーブルの前にいる女の子たちがいっせいに笑いだす。アニー以外全員。アニーは、テーブルのはしっこにすわって、ほかの子たちとは距離《きょり》を置いてる感じだ。何か作ってる。全員、おなじ工作をしてるみたいだけど、アニーはもう作りおわってる。毛糸を棒に巻きつけたものだ。アニーはぼくのほうを見てない。見ようとしない。

「なんのご用?」カウンセラーの声が問いつめるみたいになる。

「あっ、えっと、あの……」ぼくは口ごもり、深く息を吸ってから答えた。「あの……今週、このキャンプにいとこが来てるってきいたので。顔を見にきたんです。ぼく、この近くに住んでるから」

「いとこ? だれのかしら?」カウンセラーは女の子たちのほうを向いた。

「あたし、いとこになってあげる!」ひとりが叫んだ。ほかの子たちがひゅうひゅうとはやし立てる。

ぼくは顔が赤くなるのがわかった。

アニーが立ちあがる。「あたしです」ふいに、テーブルがしーんとなった。ほかの女の子たちはぴたっとふざけるのをやめて、アニーのほうを見ようともしない。ほんの数時間で全員にきらわれるなんて、ありえるか?

うん、ありえる。アニーはいばりくさってるし、病気だし、頭がいいし、髪はくるくるで真っ赤だ。

それだけでじゅうぶんだ。「外で少し話してもいいですか？」ぼくはカウンセラーにたずねた。「すぐに帰りますから」

「ええと……いとこなのね？　こんな場所の近くに住んでるの？」カウンセラーは、うなずいた。「二、三分くらいなら。今日のぶんの課題は作りおえたんでしょ？」カウンセラーは、アニーの工作を手に取ってながめてから、またもどした。「アニー・ブライズ、あなたはほんとうに小さな芸術家ね。ここ数年でいちばんよくできてる〝神の目〟よ」

「ありがとう」アニーはいって、さっさと歩きだした。ぼくを待とうともしないで、だまってドアの外に出ていく。ぼくはあとを追った。アニーは、ぬかるんだ池のほうに向かった。

もしアニーがぼくを殺して死体をここに投げこむつもりなら、これ以上のかくし場所はないな。ぼくはそう思って、くすっと笑った。

「何？」アニーが立ちどまって、ぼくをちらっと見る。

いま思ったことを伝えると、アニーも笑った。「殺さないわよ。まあ、殺されてもしかたないけど」

ぼくたちは、ぬかるみに埋《う》もれるようにして置いてあるぐらぐらの木の台のはしっこに腰《こし》かけて、トンボやハチが水や浮草《うきくさ》の上をかすめるように飛んでいるのをしばらくながめた。

すると、アニーが口をひらいた。「なんで来たの？」

「毛糸の工作から救いだすため」ぼくは、やっといった。「あと、ごめんねっていいたくて。そんなつもりでいったんじゃないんだ」

アニーは片手をあげた。「気にしないで。考えてみたら、何がいいたかったのかわかるし。だいたいあたしだって、おなじ理由で谷に行ったんだもん」アニーはちょっと笑顔を見せてから、池をじっと見つめた。「あなたをはじめてあそこで、あの〝望外《ぼうがい》の淵《ふち》〟で見たとき、あたし、すっごく頭に来ちゃったの。あの場所を見つけたのはあたしが世界初だと思ってたから」

「ぼうがい？」

「そうよ」アニーは、工作の毛糸のはしっこをつかんで、ゆっくりとほどき始めた。花を一輪、そのほどいた先に結びつけると、水面にむかっておろし、釣りざおみたいにくるくるさせて毛糸をほどいていく。「どう？　〝望外の淵〟って、よくない？　それとも、〝感激《かんげき》の泉《いずみ》〟のほうがいいかしら？」

「どうして名前をつけるの？」

アニーは肩をすくめた。「うーん、そうねえ、そのほうが実感わくでしょ。ていうかね、お気に入りの言葉リストをチェックしてたら、トップのほうにあったし」

「お気に入りの言葉リスト？」ほほ笑ましくて、ぼくは笑った。いかにもアニーがやりそうなことだ。

「そうよ」アニーは毛糸をくいくい動かした。先っぽについた花が水面にさざ波をたてる。「あたし、前からむずかしい言葉が好きなの。とくに……」

「気づいてたよ。きみのいってること、半分くらいしか理解できないし」

「それで？　どうぞご遠慮《えんりょ》なく」アニーはぼくが何かいうのを待っている。学校の先生みたいだ。ぼくは、舌をべーっと突きだした。

「いいわ。あたし、言葉が大好きだから。とくに、うつくしい言葉。甘美《かんび》な言葉よ。そうそう、〝甘美〟っていうのも、お気に入りのひとつ」

「どういう意味？」

「甘くうつくしい響《ひび》き。試してごらんなさいよ。じっさいに口に出してみるの。舌の上で、甘く感じられない？　砂糖菓子《さとうがし》かなんかみたいに」ぼくたちは並んですわって、ゆっくりと「甘美」という言葉をつぶやいてみた。そんなことしてるなんてばかみたいに思えたけど、まわりにはだれもいない。

それに、アニーのいうとおりだ。甘い味がする気がする。

「〝壮麗《そうれい》〟ってのもいってみて。それか、〝ぐぐもり〟。または、最近のお気に入りなんだけど、キャンプに来てから好きになったのは、〝感慨《かんがい》〟よ」

「感慨？」それなら知ってる。去年、国語のテストに出た。深く感じて心を動かされることだ。「キャンプのほかの子たちって、いじわるしたりする？」

「うん。あ、でも、ううん」アニーは小さい声でいった。「そうでもないかな。あたし、このところ、社交的ってわけじゃないし。みんな、そりゃあ、あたしのこと、へんだって思うわよね。しょっちゅう休まなきゃいけないし、カウンセラーが白血病《はっけつびょう》のこと、話したし。今朝はママがやらかしてくれちゃって。ほら、涙《なみだ》のお別れ、みたいなの」

「うわ、まいるね」そして、ずっと疑問に思ってたことをたずねてみた。「ってことは、これ、メイク・ア・ウィッシュのキャンプってわけじゃないの？」

「うん、ちがうわよ。かなえてもらえる望みは、ひとつだけだもん。あたしの場合、八歳のときに小康状態《しょうこうじょうたい》になったあと、望みをかなえてもらったの。ほら、前に話したニューヨーク旅行。盛大《せいだい》なお祝《いわ》いってわけ。やったーっ、よくぞ生き残った、ってね。だから、見つけた美術館《びじゅつかん》はぜんぶ行ったわ。すばらしい芸術にたくさん触《ふ》れたの。ほんものの芸術よ」

「ほかに旅行は行かせてもらえないの？　ほかの望みは？　だって……いまは？」ひとつだけなんて、ひどい気がする。

「ううん」アニーは立ちあがって、毛糸をゆっくりと巻きもどした。「おひとりさまにつき、望みはおひとつ。そう決まってるの。今回のキャンプは、ママがお金を出してくれたのよ。ありがたいことなんでしょうけど。ただ、あたしが望んでたのは……」

「何？」

「だってこれ、芸術キャンプのはずなのよ」アニーは笑った。「正直、あんまり調べる時間の余裕もなかったしね。医者たちは、ママがあたしをキャンプに行かせるのを、めちゃくちゃ怒ってたし。あたしたちが考えてたのは、絵を描《えが》いたり彫刻《ちょうこく》したり……」

「そういうのは、もっとあとでやるんじゃないの？」そういうもんだと思ってた。アニーのためを思って、もっとかっこいいものをつくるキャンプを期待してた。

「まあ、おもちゃの粘土《ねんど》を使った彫刻とかね」アニーはため息をついた。「ああ、あの谷に行きたい」アニーは片方の眉《まゆ》をくいっと上げた。「あたしといっしょに逃げない？　あたし、寝袋《ねぶくろ》と水筒《すいとう》、もってるし。あとはグラノーラバーが何本かあれば、少なくとも一週間はもつわ」

「一週間？　グラノーラバーと寝袋だけじゃ、むりだよ」自分が去年つくったリストを思いうかべる。けっこうな長さのリストだった。「あと、リュックと、たぶんナイフと、浄水《じょうすい》タブレットと……」

「釣《つ》り針《ばり》は？」

「魚のはらわた、自分で取りだすつもり？　ぼく、ふたりぶんなんかやらないよ」

アニーは顔をしかめた。「おえーっ。むり。ほら、やっぱり、グラノーラバーってことになるでしょ。または、ここにこのままいるか」アニーは、うしろにある宿泊施設の小屋をじっと見た。目に浮かんでるのは……絶望感《ぜつぼうかん》？　ぼくも前におなじ気持ちになったことがある。閉じこめられてる感じだ。

あのころ、ぼくは出口を見つけようとしてた。だけど、やっと脱出方法《だっしゅつほうほう》を具体的に書きはじめたとき、本気でやろうとは思ってなかったのに……何もかもがまちがった方向に進んでしまった。いま、ぼくもアニーとおなじように、まったく身動きがとれなくなってる。少なくともぼくは、毛糸の工作はしなくてていいけど。

「ここにいるしかなさそうだね」ぼくはそういって、アニーを水のほうにちょっとだけ押した。「魚のはらわたを取りだす気になったら知らせて。そうしたら、逃げる手つだいをするよ」

「約束《やくそく》する？」

みょうな感じだ。ふざけていってるだけだとわかってるのに、アニーはなんだか本気みたいな口調だ。このキャンプが心からいやなんだろうな。「わかった。単語をひとつ、いってくれれば、それを合図におおせのままに」

「なんていえばいい？　感慨、とか？」

「ううん、魚のはらわた」

アニーは笑って、それじゃあ単語ふたつでしょ、といってからかいもしなかった。小魚が花をつついていたけど、アニーはかじられる前に引きあげた。「じゃあ、逃げるのは、なしね……いまはまだ。でもね、ピーター、ずっと考えてたんだけど。あたし、あの谷にもどって、ほんものの芸術をつくりたいの。あの場所全体を、展覧会《てんらんかい》にできるわ。作品をスケッチして、写真にもとるの。カメラもってきたし」アニーは、いったん言葉を切った。「いっしょにやれるわ」

なんていえばいいのか、わからない。夏じゅう、アニーといっしょに過ごそうとは思ってなかったし、かといって、許《ゆる》してもらうために何かしたいって気持ちもあるし……それに、ほんものの芸術をつくるなんて、それって何かはわかんないけど、楽しそうだ。

「ここ、抜けだせるの？」ぼくはそっとたずねた。さっき、カウンセラーが建物から出てくるのが見えた。ぼくたちをさがしてるはずだ。

アニーはにやりとした。何がなんでもやってやるって顔だ。「抜けだすわ。明日か、もしかしたらあさって。待っててくれる？　あの……〝つかのまの池〟で？」

「うーん、〝望外の淵〟のほうがいいな」

「みんな、勝手なことばっかいうのね」アニーはぴしゃりといった。それから、「いま行きます！」とカウンセラーに向かって叫んだ。呼ぶ声で、本気でさがしてるのがわかる。アニーはぼくのほうを向いた。「午後に水泳の時間があるの。あたし、今日、水泳のテストで〝不合格〟になる予定だから。かわいそうな病気の少女の役を演《えん》じて、昼寝の時間を許可してもらうわ」

「昼寝？」

アニーは肩をすくめた。「あたし、小屋だけはひとりで使わせてもらってるの。ママがたのんでくれて。いなくなっても、だれにもわからないわ。頭痛薬《ずつうやく》のせいで何時間か眠らなきゃいけないっていうから。二時ごろ、待ち合わせでいい？」

外出禁止になってることはだまっておこう。こんなに人がたくさんいるキャンプからアニーが抜けだすつもりなら、ぼくだって父さんの目を盗《ぬす》む方法くらい考えつくはずだ。

「行くよ」ぼくは答えた。「だけどさ、谷を芸術にかえるっていうのがどういうことか、いまいちわかんないんだ。いまだって、きれいだから」

「芸術は、きれいとかそういうんじゃないわ」アニーはいって、くるっと回った。「変容《へんよう》の力をもってるの！ ほんものの芸術は、わたしたちを変えるのよ――こっちの意志がどうであれ。ほんものの芸術は……」アニーは、手にもった毛糸の工作を見おろした。「棒に毛糸を巻きつけるとか、色を塗《ぬ》るとか、それだけじゃないの。ほんものの芸術は、変化をもたらすのよ。意味があるの。明日、見せてあげる」

「アニー、もういい？」カウンセラーが近づいてきてた。アニーが熱く語ってるのを見て、ぎょっとした顔をしないようにしてるけど、ばればれだ。「つぎは貝がらでフォトフレームをつくるのよ。楽しみでしょう？」

アニーは、あきらめ顔でぼくをちらっと見た。気持ち、よくわかる。ローラと父さんがアンプの音量を上げたり、母さんと父さんがけんかを始めたりするとき、ぼくもいつもこんな顔をしてるんだろう。まちがいなく、頭痛の予感。

「家は歩いて帰れる距離《きょり》なの？」カウンセラーは、うたがわしそうにいった。「じっさい、どこなの？」

ぼくは、ダグとジェイクの家のほうをなんとなく指さした。「あっちの方向に、一キロも行かないところです」

カウンセラーは、やれやれと首を横に振った。「ここで一日じゅう、何して過ごしてるの？」

谷のことが思い浮かんだ。じっと静かに過ごしてること。だけど、この人にいってわかるはずがない。「狩りです」ぼくはうそをついた。ジェイクだったらなんて答えるかなと考えて。いいながら、心臓《しんぞう》がばくばくいいだす。声がふるえないようにしなくちゃいけない。ごまかすために、テキサスなまりを強くした。「野鳥がほとんどかな。あと、アルマジロとか、コンドルとか、そんなとこです。エアライフルで」

カウンセラーは、すごくいやそうな顔をした。「ほんとうなの？」

「ええ、まあ」ぼくは、両方の親指で短パンをぐいっと上げた。やりすぎかな？　アニーが、目をまん丸くしてる。怒ってる？　そろそろ帰ったほうがよさそうだ。これ以上よけいなことをいわないうちに……。

カウンセラーも、目を丸くしてた。「それで、どうするの？　その、獲物《えもの》を？」

つづけるしかない。ぼくは肩をすくめた。「フクロネズミは食用にいいんです。今度、もってきましようか?」

「いいえ!」

アニーが笑いをかみ殺してるのがわかる。「じゃあね、アニー」ぼくはいった。アニーは、カウンセラーに引っぱられてぼくから遠ざけられてる。

「メイベルおばさんとフェスターおじさんによろしく伝えてね、ピーター」アニーはふりかえって声をはりあげた。目がきらっと光る。「あと、来週末のフクロネズミシチューのときは、忘れずに招待《しょうたい》してよ」

「もちろんだよ」ぼくも声をはりあげた。

家まで走って帰った。なんていい気分なんだろうと思いながら。二日前、ぼくはアニーがあの谷をうろついてると思うといらいらしてた。ぼくの谷なのに、と。それがいまはどうだ? アニーがあの谷にいると思うだけで、顔じゅうがにやけてくる。

その夜はひたすら、辞書とか関連語辞典《かんれんごじてん》とかのサイトで、むずかしくてうつくしい単語を調べたり、アウトドアの芸術作品をながめたりしてた。ローラにコンピュータからどかされるまで、ずっと。

アニーがいってたこと、わかった気がした。

「あの子たちと出かけて、楽しかったか?」父さんが夕食のあと、母さんが部屋を出たすきにこっそりいった。そうか、父さんは、ぼくの外出を許可したことをいってないんだ。「名前、なんだっけ?」

「ダグとジェイク。あのさ、あのふたり、あのヒメコンドルを撃ち殺したんだよ」

「ああ、たくましいじゃないか。なあ?」父さんは、ちょっと困ってるみたいに見えたけど、うれしそうだ。

たくましい? とんでもないよ。残酷《ざんこく》、としかいえない。「え、あ、うん」

「まあ、あのふたり、なかなかいい子なんじゃないか。ちょっとやんちゃそうだけどな」父さんは、自分のハゲの大きさをたしかめるみたいに頭のてっぺんを手でなでた。「だが、おまえに男の友だちができるのは、いいことだと思うぞ。明日、うちに遊びに来てもらってもいいんじゃないか」

遊びに来てもらう？　そんなことしたら、カーリーをからかっていじめぬくに決まってる。ぼくはぜったい、何があっても、あのふたりをこの家に入れるつもりはない。

父さんは、ぼくが何かいうのを待ってる。ぼくはだまって肩をすくめた。父さんが、ひとつ咳《せき》ばらいをする。「ほら、ときどき心配になるんだ。おまえは、サンアントニオではあまり友だちがいなかっただろう。おそらく根本的な原因はそこだと思うぞ。いろんな……問題のな。やり直すいい機会かもしれない。あの子たちがおまえの親友になるってこともあるかもしれない」

親友？　吐きそうになる。ねこのこととか、あのコンドルをどうするつもりだったかとか、いってやろうかな。ぼくがほんとうはどう思ってるか、話したほうがいい？　いや、きっとまた、父さんをがっかりさせるだけだ。父さんはぼくのことをわかってない。わかった試しがない。

ぼくの知ってるかぎりでは、父さんはぼくにあのふたりみたいになってほしいんだ。もしかして、つぎは銃を買ってやるとかいいだすんじゃないか。

「考えてたんだが」父さんが、ドアのほうに歩いていってむこうをのぞきこむ。立ちぎきされてないか、たしかめてるみたいに。「ここに引っ越してくるのがきつかったのはわかってる。いっしょに過ごす相手もいないしな」

前から、いっしょに過ごす相手なんかいないよ。そういいたかった。口には出さなかったけど、おなじことを考えてるのは父さんの目を見ればわかる。父さんには理解できっこない。父さんは、だれからも好かれるタイプだ。いつも笑って明るく騒いでるし、ローラに妹のお守りをたのめるときは必ず、ミュージシャン仲間とつるんでる。

ぼくはどうだ？　小学校のときだって友だちはいなかった。二、三人の女の子と仲良くなったけど、二年生のときに引っ越してしまった。無口な子は、まじめな子は、だれにも好かれない。ぼくはたぶんだけど、生まれたときからずっと、そうだった。赤ん坊のときの写真を見ても、笑ってるのがほとんどない。

気まずい沈黙《ちんもく》が流れて、とうとう父さんがこほんと咳ばらいをした。「いい考えがある。友だちをつくるために、あのふたりと友だちになるために、思いついたんだが。どうだ、エアライフルを買ってやろうか？」

笑いそうになる。ほんと、父さんってわかりやすい。「まだいいよ、父さん」ぼくは答えた。いい考えが浮かんだ。でも、実行しようと思っただけで、手のひらが汗びっしょりになってくる。

父さんにうそをつくつもりだ。いままで、ついたことない。ほとんど。ぼくは、すーっと息を吸った。「あのさ、じつはあのふたり、あまってる銃があるんだって。で、明日の午後、いっしょに狩りに行かないかってさそわれたんだ。外出禁止中だからって答えたんだけど……」

「五時までにもどれるか？」父さんが小声でいう。ぼくはうなずいた。顔が赤くなってるのに気づかれませんように。

「なら、行ってこい」父さんがにっこりする。「父さんは子どものとき、ずっと狩りをしてみたかったんだ。できなかったけどな。何を撃つつもりだ？」

アニーがいってたことを思いだす。六月はぜんぜん狩りのシーズンじゃない、といってた。「えっと、イタチとか。ネズミとか、そのあたりかな」あのあたりにネズミなんかいるのか？　これ以上、質問しないでくれるといいけど。だいたい、ほんものの銃の撃ち方さえ知らない。まさか父さん、いっしょについてきて教えてやるとかいいださないよね。「ウサギとかも」

「すごいな」父さんは、不自然に肩を組んできた。「おれの息子が、ハンターになるのか」

やれやれ。ついにぼくも、父さんに認められることをしてるってわけか。少なくとも、父さんはそう思ってる。

ああ、ぼくはほんとうにしょうもない。

あ、でも……やった！　これでまたあの谷に行ける。そのためにはこそこそしなきゃいけないけど、アニーといっしょに芸術をつくれば、ぼくにはぜったいできないと思ってたことができるような予感がする。逃げだす以外の方法なんて、ないと思ってたけど。

幸せな気持ちになるために。

第十四章

つぎの日、こっそり家を抜けだすのはなんてことなかった。でも、芸術作品をつくる？　絵の具も紙もなんの道具もないのに？　そっちは、かなりたいへんそうだ。

　午後、あの池に着いたとき、アニーはいなかった。この自然のなかで芸術作品をつくるのに使えそうなものを考えようとしたけど、なんにもない。あるのは水と岩と葉っぱと、きげんが悪いときのカーリーみたいにうるさく鳴いてるばかでかいウシガエルだけだ。ぼくは草を数本引っこぬいて編《あ》んで、小さな輪っかをつくった。待ってるあいだ、何個かつくって、水面に浮かべてみる。あっという間に小魚のハヤが集まってきて、輪っかをかじりだした。それから、輪っかをくぐってジャンプしだした。シーワールドにいるイルカのミニチュアみたいだ。

　ぼくは、にっこりした。ぴょんぴょんはねるハヤが、日差しのまだらもようのなかできらめいている。思ったよりずっとたくさん水しぶきがあがって、小魚らしくもない大きな音を立てている。へーえ、すごい……にぎやかだな。

　しばらくすると、鳥たちがコンテストかなんかみたいに歌いだし、茂みにいた虫たちがやかましくジージー鳴き、歯がガチガチなるほどやかましくなった。自然がこんなに騒がしいなんて、思ったことなかった。池のほうにおりていって、気づいた。水際《みぎわ》からにゅっと突きだしている石のせいで、音がよけいうるさくなってるんだ。〝増幅《ぞうふく》の池〟って呼んでもいいかもしれないな。それか、〝反響《はんきょう》の池〟。または……。

「ちょっと、石ころ君!」やっとアニーが来た。「何してんの?」

「なんにも」

「いい、あと二時間もしたら、あのキャンプのカウンセラーがあたしはどこに行ったのかって騒ぎだすわ。だから、さっさと谷におりてって、芸術をつくりましょう」アニーはかがみこんで、足首のサポーターをべりっとはずすと、リュックに押しこんだ。その声の調子に、ぼくはアニーの顔をまじまじとのぞきこんだ。顔をぎゅっと引きしめてる。まるで口と目をしっかり閉じてないと、何かがあふれてしまうみたいに。怒りか、痛み?

「アニー、どうかした?」ぼくは立ちあがって、岩のあいだを飛んでアニーの横に行った。「具合、悪いの?」

「そうともいうわね。だけど、芸術がすべてを解決してくれるわ。ニューヨークでそれを知ったの」

アニーは谷のほうにおりていった。ぼくもあとを追う。細かいことはたずねなかった。ぼくも、自分でもよくわかってないのに人にあれこれ質問されるのは大きらいだから。アニーもそのうち、説明してくれるだろう。まあ、しないかもしれないけど。アニーが決めることだ。そして思ったとおり、谷底の小川に着くころには、アニーはしゃべりはじめてた。

「あたしね、六歳のときに病気になったの。かなり重症《じゅうしょう》っていう診断《しんだん》だったわ」アニーは、くすっと笑った。「わからないことだらけだったの……とにかく、治療に二年か二年半くらい費《つい》やせば、『小康状態』みたいな言葉がつかえるようになるってことだけ。あたしは前からママに、ヒューストンの現代美術館に連れてってほしいってしつこくたのんでたから、じっさいに行ったとき……芸術と恋に落ちたの。それでママが、メイク・ア・ウィッシュに申しこみをして、ニューヨークの大きい美術館に行かせてもらえることになった。すばらしかったわ。それまで知らなかった。人を感動させるようなものをつくりだすのに、あらゆるものが使えるなんて。キャンバスはもちろんだけど、廃棄物《はいきぶつ》でつくった作品とか、コンクリートの落書きとか、自然にあるものとか。たとえば、石とか棒とか葉っぱとか……」アニーが立ちどまる。「ねえ、泥《どろ》がある！」

ぼくたちは、小川のほとりに来ていた。アニーは両手を粘《ねば》り気《け》のある泥のなかにぐいっと突っこんだ。ゆっくりと流れる川の片側が、泥の海岸みたいになってる。「これだったら、あとで接着剤《せっちゃくざい》として使えるわ。でも今日のところは必要なのは……」アニーはまた言葉を切って、あたりを小走りに行ったり来たりして、何かをさがしてる。やがて、見つけた。「化石！」川床《かわどこ》には、石灰岩《せっかいがん》の化石が散らばっていた。二枚貝みたいな形をしたのとか、巻き貝とか、小さいアンモナイトが埋めこまれてるのとか。「いい、石ころ君、これがあなたの任務《にんむ》よ」声ににじんでた痛みがすっかり消えている。アニーは仕事を開始した。やれやれ。ぼくはため息をついた。アニーのいう任務はどうやら、ぼくにとっての激務《げきむ》になりそうな予感がする。

「できるだけたくさん、こういう化石が必要なの。少なくとも百個」アニーはいった。やっぱり、いやな予感は当たった。

「なんに使うの？」

「化石のケルンをつくるの」アニーはそういうなり、走っていってしまった。それだけいえばわかるでしょ、みたいに。ん？　ケルンってなんだ？

ぼくは靴《くつ》を脱《ぬ》いで岸に置き、川に入っていくと、化石をさがした。二、三個見つけると、ポケットにつっこんだ。だけど、そんなやり方はそこまでだった。あっという間に、ぼくは川岸にかなり大きな化石の山をつくった。なんか、みょうな感じだ。ぱっと見では、そんなにたくさんの化石が見つかる気はしなかった。だけどしばらく黙々とさがしつづけて、呼吸以外何も音を立てずに、足首や岩に当たる静かな水音だけに耳をすませていると、化石がだんだん……浮きでてくるようになった。みょうな感じは、どんどん強くなってくる。二十分くらいすると、手をのばせばぜんぶ、横から見ると化石だとわかるようになった。または、ぼくの手が、最初につかもうとしていたのとはちがう石に最後の最後になって引き寄せられ、けっきょくそれがきれいに形が残った貝がらの化石ということもあった。

谷のしわざかな？　わからない。わかるのは、一時間で少なくとも二百個の化石の山ができたということだけだ。アニーは森のなかからもどってくると、叫んだ。「いい場所を見つけたわ！」そして、立ちどまって、ぼくのほうをまじまじと見た。ぼくに羽が生えてるみたいに。

「こんなにたくさん、どこで見つけたの？」アニーは早口できいた。「三百個くらいあるじゃない！」三百？「二百個くらいはあるかと思ってたけど。ごめん、もっとがんばるよ」ぼくはふざけた。

「がんばる？　っていうか、どこでこんな……どうやって……」

ぼくは、からだを起こした。ずっと曲げていた背中がぐきっとなる。「さあ？　なんか勝手に……浮きでてきたんだ」

「まあ、いいわ」アニーは少し不安そうな顔をした。たしかに、化石の数が多すぎる。うさんくさいくらいだ。谷がぼくたちといっしょに楽しんでるのかな。

それとも、ぼくたちをからかってるのかも。

「で、これをどうするつもりなんだっけ？」

「ケルンをつくるの」アニーは、山のなかでもいちばん形がきれいな化石をいくつか、じっくりながめている。「あの大きい岩があった草原が最適《さいてき》だと思うの」

「で、ケルンって？」

「えっ、あ……あ、ごめん」アニーは口ごもった。なんであせってるんだろう。ばかみたいなのはぼくのほうなのに。「積み石のことよ。ほとんどすべての文明をもった人々が、死者をまつるためにケルンをつくってきたの」

「陽気な話だね。だったら、このままここに石を積んどけばいいんじゃや？」

「あら、だめよ。草原まで運んでもらわなきゃ。それで、積みあげて形にするの。くずれないようにするために何か使ってもいいのかもしれないけど、きちんと積めばもつんじゃないかって……」

ぼくは笑いそうになった。アニーは、自分がどんなにいばってるか、気づいてない。ほんとうに、カーリーそっくりだ。

「ぼくがこれを運ばなきゃいけないの？　ぜんぶ？」

アニーは、目をぱちくりさせた。まるで、ぼくが外国語をしゃべってるみたいに。

「ぼくひとりで？」

アニーがまた、まばたきをする。「そうよ、ひとりで。あたしじゃ、ぜんぶ運べないもん。しかも、また頭が痛くなってきたし」アニーは川岸にすわりこんで、手でぱたぱたとあおいだ。かけてもいいけど、仮病《けびょう》だ。

「どんな形？」返事をきく前から、なんとなく気づいてた。

「ピラミッド型よ」

ピラミッド。ぼくは、にやっとした。「わかったよ。で、ファラオ、どちらへ運べばよろしいですか？」

　ぼくはそのあとしばらく、アニーをファラオと呼んだ。そのうちアニーは口をきかなくなって、本気で作業を始めた。やっと気づいたらしい。癌だろうがなんだろうが、一時間で三百個の石を運んで積みあげようと思ったら、自分も手つだわなきゃいけないってことに。

　それまで気づいてなかったけど、ぼくが石を集めてるあいだ、アニーは草原でほかの材料を準備《じゅんび》してた。アニーがつくってたのは……まあ、いってみれば花びらの小さいじゅうたんだ。大岩ごとに、ちがう色の花びらが敷《し》きつめてある。

「あたし、並列《へいれつ》が好きなの」アニーはいった。ぼくたちは、花びらの上に化石を積みあげていた。

「うつろいやすいものが、永遠なるものの土台になってるわ」

　ぼくは、アニーの芸術家っぽい言葉をきいて、目玉をぐるんとさせた。「どうとでも。ぼくにとっては、永遠の仕事だけどね」

　芸術について語るつもりはない。語ろうとしても、つまんないことしかいえない気がする。だけど、アニーがいいたいことが、わかった気がした。作業をおえたとき、草原のなかの七つの大岩には、オレンジや赤や黄色の花びらのじゅうたんが敷いてあって、そのじゅうたんの上に、ほぼ正確な四角錐《しかくすい》のピラミッド型に化石が積みあがっていた。明るい色の上に石の灰色があって……うん、たしかにおもしろい。

　しかも、考えさせられた。この化石はどれくらいのあいだ、あそこにあったんだろうとか、何百万年も前には生きていたのかなとか。それから、あの花びらはなくなってしまうまで、何分くらい残ってるんだろう、とか。形をとどめる化石もなく。花びらのことを覚えてるのは、ぼくとアニーだけで……パチッ！

振りかえると、アニーが手にカメラをもって写真をとっていた。「ピーター、じゃまだからどいて」アニーが命令する。

「かしこまりました、ファラオ」ぼくはいいながら、おじぎをした。アニーは、人にていねいにお願いするってことを知ってるのかな？

「ごめん、夢中になっちゃって。手つだってくれてありがとう。気が気じゃないの。そんなにはもたないわ。少なくとも、花びらは……」アニーは草原を歩きまわって、大岩の写真をつぎつぎととっていった。

作業中にぼくたちの顔をあおいでくれてた涼《すず》しい風が、ふしぎなことに花びらは一枚も動かさない。ぼくは空にむかってにっこりした。谷がぼくたちを見守ってくれてるのかな。最初は化石で、今度は風？　きっとこの谷は、芸術が好きなんだろう。

ぼくは好きだ。そして、アニーの定義《ていぎ》が正しければ、これはまさに芸術だ。ながめてるうちに、ただの花びらと石には見えなくなってくる。そこには意味がある。しばらくこのなかにすわって、考えごとをしたい。じっとしていたい。まあ、アニーみたいにやかましくしてもいいけど。

ふうん。アニーといっしょにこんなに楽しめるなんて思ってなかった。谷のなかにあるものをよりすばらしくできるなんて、考えてもみなかった。

「もう写真はいいわ。終了《しゅうりょう》」声がした。

すると、さーっと風が吹いてきて、花びらがふわっと浮かび、ぼくのまわりを……それからアニーのまわりを舞《ま》った。花びらのトルネードみたいに、赤やオレンジや黄色が筒状《つつじょう》になってぼくたちのまわりをくるくる回っている。空が色の水玉もようでいっぱいになり、色あざやかな雪みたいだ。息をのむほどうつくしいけど……。

「アニー、消えちゃったね」ぼくはいった。

アニーは目を閉じてたから、自分の芸術作品に何が起きたのか、見てなかった。なんとなくアニーが気の毒になる。消えてしまった。あっという間に、一瞬の強い風で。

だけど、アニーは目をあけると、見たことがないほどにこにこしていた。

「えっ、きみは……うれしいんだ」ぼくは口ごもった。

「これも芸術の一部よ」アニーは、小川のほうに手をやった。「部分をひとつに集めて、ときが来たら消える。風だったり水だったり重力だったり、いろんなものが、芸術作品をばらばらにするの。もともと、永遠に形を保つようなものじゃないのよ。なかには……」アニーはいったん言葉を切った。「なかには、わからない人もいるでしょうね。形をとどめようと努力する。いろいろ不自然なことをして、そのままの形を保とうとするの。接着したり、針でとめたり、セメントでかためたり。そんなことしたら、台なしなのに」

頭上をタカが飛び、空をまっぷたつに切り裂いていく。ぼくたちは、だまってながめた。そしてタカが飛んでいってしまうと、歩きだした。

アニーがまた口をひらいたとき、その声は低かった。「ときが来たら手ばなすことを学ばなきゃね」

アニーはまたこわばった笑いを浮かべた。痛みや秘密《ひみつ》をたくさんかくしてるような笑顔だ。ぼくは、こんな晴れた日のただなかで、暗い気持ちになった。

アニーはもう、芸術のことを話してるんじゃない。きっと命の話をしてるんだ。

自分の命の。

第十五章

その日の夜、ぼくの気持ちはもっと暗くなった。母さんが仕事から帰ってくるなり、ローラが父さんとぼくのことを告げ口《ぐち》した。たぶんローラはたいくつをもてあましてたんだろう。ぼくがその日、ローラになんかしたわけじゃないから。だいたい家にいなかったんだし……あ、そうか。皿洗い。おそらくローラは、ぼくの分担《ぶんたん》の家事をかわりにやらなきゃいけなかったんだ。まずい。

母さんの怒りは、最高レベルだった。父さんが失業してからずっと怒ってることを考えても、それはもう、たいした怒りようだ。父さんが仕事を見つけてくれればいいのに。どんな仕事でもいいから。そうすれば、母さんだっていつも疲《つか》れてくたくた、なんてことはなくなる。心配ばっかりしなくてすむ。きっと、前みたいな母さんにもどってくれるだろう。たいていうれしそうで、たまにゆったりすわって本を読んでくれるほど、幸せな母さんに。

だけどもう長いこと、母さんはいそがしすぎて、そんなことはしてくれてない。

ぼくはどなり声から逃れるために部屋に行った。母さんが、わたしも軽く見られたものねと叫んでる。もう少し気を楽にもてないのかと、父さんが大声でいいかえす。

ふたりはこのところ、しょっちゅうけんかをしてる。だけど、今回のはいちばんひどい……しかも、ぼくが原因だ。ぼくのせいだ。どなり声がいちいち、お腹に食らうパンチみたいにこたえる。そして、けんかはみるみる見苦しくなっていった。あなたは自分がやるべきことをやってないと母さんがいえば、きみだって……とにかく、父さんは汚《きたな》い言葉でののしりだした。

父さんが母さんをののしるなんて、きいたことがない。

ここにはいられない。ローラはまたバスルームにこもってる。きこえてくる音からして、シャワーに頭を突っこんでるんだろう。

カーリーがリビングで泣いていた。テレビは見てなくて、けんかの声に耳をすませてる。こんなの、カーリーにとっていいわけがない。もちろん、ぼくにもよくない。

アニーのいうとおりかもしれない。もしかしたら、そろそろ逃げだすべきなのかも。ただし、ひとりじゃなくて。

「カーリー、行こう」ぼくはいった。「いいもの、見せてあげるよ」抱きあげると、カーリーのおむつはちょっと重たくなってた。だけど、カーリーの部屋にあたらしいおむつをさがしにいったりしたら、父さんと母さんに、あいてるドアからぼくが通るのを見られてしまうかもしれない。カーリーが、ぼくのほうに腕を広げた。「ピープ」悲しそうにいう。小さい声だ。

「うん、そうだね。ここは、やかましすぎる」そしてぼくは、やかましくない場所を知ってる。

カーリーがこんなに重いとは、想定外だった。ずっと化石を運んでたせいで腕がつかれてるのかも。とにかく谷の入り口に着いたとき、ぼくはくたくただった。

もちろん、カーリーを下におろすわけにはいかない。靴をはいてないし、ヘビだっている。「カーリー、見てごらん」ぼくは、カーリーがもがくのをやめさせようとしていった。夕日が、向かいの山のふちに沈《しず》んでいく。空が、ピンクと黄色とオレンジに染《そ》まっている。あの谷の野の花を思いだした。

「ピープ！」カーリーがはしゃいで声をあげる。

「しーっ。だまって、光をよーく見ててごらん」カーリーがうなずく。ぼくはカーリーをおんぶした。よく見えるように、それから自分の腕ががくがくにならないように。

ぼくたちは数分間、夕日が沈むのをながめていた。カーリーが、コンドルを指さす。枯れ木のほうに飛んで行って、はしっこに止まる。きっと、コンドルはみんな夜になると、おなじ木をねぐらにするんだろう。ダグとジェイクに、どの木で寝てるのか気づかれないといいけど。夜の狩りなんて、あのふたりならよろこんで出かけるような気がする。たんなる楽しみのためだけに。

あ、まずい。時間の感覚がなくなってた。どんどん暗くなってきて、山の影《かげ》がいちばん近くの窪地《くぼち》の一部をふちどっているし、まわりの低木の茂みも、暗い影を落としている。ぼくたちの下、谷のなかで、ほたるが飛んでるのが見える。だけど、こっちまで上がってはこない。どんなにカーリーが声を出して呼んで、手をのばしても。「びかり」カーリーはいって、指をさした。「びかり」

「カーリー？　いま、なんていった？」「びかり」なんていったかは、わかった。カーリーは、「ぴかり」といった。たぶん、「ひかり」のつもりだろう。カーリーはいままで、「ママ」とか「ピープ」とか、名前しかいったことがない。ほんとうの言葉を初めていったいま、ぼくはいっしょにいられた。

うれしかった。

「ピープ？」カーリーが背中でもぞもぞ動く。いごこちが悪いのかな。それともこわがってる？「わかったよ、カーリー、家に帰ろう」

家まではそんなに遠くない。少し歩けば着く。だけど、真っ暗だったから、サボテンに片方の足首をこすったし、石につま先をぶつけたし、何かが――コウモリかな？――顔のまん前を横切ったとき、もう少しでカーリーを落としそうになった。

少なくとも、家は静まってた。だけど、もうすぐ玄関《げんかん》というところまで来たとき、ドアがばんとあいた。

「いったい、どこに行ってたの？　どうしてカーリーを連れていったの？　まったく、何考えてるのよ？」母さんは、どうやら父さんとのけんかはおえたらしい。だけど、すべてのけんかが終了ってわけじゃなさそうだ。ぼくは、カーリーがこわがってたからと説明しようとしたけど、母さんが大声でつぎからつぎへとわめくから、まったく言葉をはさめない。母さんはカーリーをつかんで、ベビーサークルに入れた。父さんは姿が見えない。「ここにすわりなさい」母さんがぼくにむかって指を振る。その指が銃とか棒とか、もっと荒っぽいものだったらよかったのにと思ってるみたいだ。「いいたいことがいくつかあるの。家族の――それから妹の――安全を、軽く見るにもほどがあるんじゃないの」

笑いそうになった。じゃあ、母さんはいま、カーリーのことを考えてるの？　自分たちがどなりあいをしてるあいだ、カーリーがおむつをぬらして泣いてたとき、どこにいた？　いくらでもいいたいことはあったけど、いっても意味ない。しかも、また頭がずきずき痛くなってきた。だからぼくは、母さんのお説教《せっきょう》のあいだ、空想にふけっていた。谷のことを思いだして、あそこにかかっていた魔法のことを考えた。ああ、ぼくの望みもかなうなら、アニーが提案《ていあん》してたみたいに、アニーを連れだしたい。あの谷に逃げて……二度と帰ってこない。もう二度としなくていい。どなられたり、むりやり話をさせられたり、ほんとうの自分をいつわったり。

まちがいなく、この家にいたらそんなことがつづく……たぶん、永遠に。ぼくはただ、あんな騒がしさやいいあいにがまんできないだけだ。だけど自分に正直になれば、ほんとうはそんなんじゃないとわかってる。内心こわくていいかえせないだけだ。ありのままの自分でいるために戦うこともできない。

母さんはやっといいたいことをいいおえると、たずねた。「それで、何か弁解《べんかい》できることは?」

「ごめんなさい」ぼくはいった。口のなかで、言葉がぴりっとする。ほんとうは、まったく悪いとは思ってない。だけど、いまはここから逃げたい。「部屋に行ってもいい?」

母さんは、口をぽかんとあけて、立ちすくんでた。ぼくが何かしら弁解すると思ってたみたいに。もっと何かしらあるんじゃないかと期待してたみたいに。

「いい?」ぼくは、しばらくしてまたたずねた。

「ええ」母さんは、やっとそれだけいうと、歯をかちんといわせて口を閉じた。あごがふるえてる。泣くのをがまんしてるみたいだ。母さんになんの泣くことがあるっていうんだよ?「ピーター、わたしがいったこと、考えてみなさい。よく考えて」

「わかったよ」うそだ。ぼくは部屋に行って、アニーのことを考えた。アニーは勇気があって、頭がいい。どうしてアニーがぼくを好いてくれてるのか、ふしぎだ。

あ、でもそういえば……アニーは、ぼくがじっとしてられるのに感心してた。だけど、それくらい岩だってできる。ぼくもアニーに、少しは賢《かしこ》いところを見せなくちゃ。アニーの心を動かすようなこと、何か思いつけるかな? 芸術に関することじゃなきゃだめだ。あたらしくて、いままでにないもの。化石と花びらはもう使えない。でも、ほかに何かある?

泥で何かできるかもしれない。ぼくはそう考えながら、眠った。ひと晩じゅう、泥でできたヘビの夢を見た。ヘビの長いしっぽのあとをついていくと、何キロもひらけた道がつづいていて、ぼくは家からどんどん遠ざかっていった。もうどなり声がきこえないところまで。

第十六章

「ちょっと、どこ行くつもり？」つぎの朝、ローラがいばりくさった声でいった。ぼくはめずらしく、寝すごした。ローラはもう着《き》替《が》えてて、冷凍《れいとう》ワッフルのお皿を片手に持ってた。「ママに外出禁止っていわれたでしょ？」

　ローラといいあらそうつもりはない。しかも、ぼくは何ひとつ悪いことなんかしてない。「ごみを出すんだよ」ぼくはそういって、キッチンから持ってきたビニール袋《ぶくろ》を持ちあげてみせた。「出したい？」ぼくはにこっとした。「きのうは、皿洗いやらせちゃってごめん」

「お皿？」ローラはあきれたという顔をしたけど、髪《かみ》の毛《け》をさかんにいじくってる。うろたえてるときにするしぐさだ。「お皿のことで怒《おこ》ってるんじゃないわ。ピーター、あたし、こわかったの。この前の春、あんなことがあったし。ねえ……あんなふうに、いきなりいなくならないでよ」

「うん、わかってる、二度といなくならないよ」ぼくはいった。ローラを心配させた罪悪感《ざいあくかん》に気づかないようにして。ローラが心配してたこと自体おどろきなのを、見せないようにして。「おかげで、一生外出禁止になったよ」

　ローラは、ふんっといった。「カーリーを勝手に連れだしたこと、あやまったらどう？　ママ、キレまくってて、それをずっときかされてたんだからね」そういって、ぼくが返事もしないうちに部屋を出ていった。数秒後には、コンピュータのキーをたたく音がしてきた。

よかった、きかれなくて。ぼくがもってた袋に入ってるのは、ごみじゃない。食料だ。

父さんが、ぼくの部屋のドアの下からメモを差しこんであった。きのうの夜だと思うけど、今朝かもしれない。カーリーをヘンリーにある一日保育に試しに連れていくそうだ。そのあいだ、自分はウインバリーロデオでやる一回だけの演奏会《えんそうかい》でドラムをたたくオーディションを受けにいく。四時にはもどってくる、と書いてあった。ぼくは、ずっと家にいなきゃいけないそうだ。

ふーん。朝食とふたりぶんのお昼は袋につめてある。道具も少し用意した。あとはきのうの夜、ぬきそこなったサボテンのとげをもうひとつ。

ひとつ思いついて、部屋に走ってもどった。足音からぬいたら出かけて、四時までにもどればいい。ローラはぼくがいるかどうか、たしかめに来ないはずだ。ラジオをつけて、音量をあげる。こうすれば、部屋でごろごろしてると思うだろう。だけど念のため、枕《まくら》の上にメモを残した。「この近くで散歩してます。だから心配しないで。すぐ帰ります」

こうして、ぼくは自由の身になった。急げば、アニーが来る前に泥《どろ》で何かつくれるだろう。ぼくは走った。

谷のふちで立ちどまって、朝のあいさつっぽいことをした。ふたつ向こうの山で何かが動いてるのが見える。大佐《たいさ》の奥さんみたいだ。はっきりだれかはわからないけど、金物の道具みたいなものを持って、ぼくに向かって振《ふ》ってる。ぼくも手を振りかえして、斜面《しゃめん》をおりはじめた。びっくりだ。足元の石がぜんぜんすべらないし、土も弾力《だんりょく》があって走りやすい。

まるで谷も、ぼくに早くとりかかってほしいみたいに。

小川まで来ると、ぼくは道具を取りだした。キッチンにあった大きめのスプーン、金物のボウル、陶芸《とうげい》の道具をいくつか。母さんが前に、ぼくがおとなしいから彫刻家《ちょうこくか》に向いてるんじゃないかといって、買ってくれた。しかもおどろいたのは、四年生のとき、陶芸教室に入れられたことだ。ぼくが耳と鼻の穴《あな》に粘土《ねんど》をつめられて――帰ってきたあと、すぐにやめさせられたけど。その子のお母さんも、問題解決になるかと思って教室に入れたんだろう。どっちも解決しなかったけど。

土を手ですくって、指のあいだでぐちゃっとつぶしてみる。母さんがいまのぼくを見たら、どう思うかな。芸術作品をつくろうとしてることを誇《ほこ》らしく思うかな？　ほんものの芸術を。きっと、激怒《げきど》するだろうな。なんたって、ほんものの粘土じゃないし。ただの泥だ。それに、壺《つぼ》とか鉛筆立《えんぴつた》てとかをつくろうとしてるんじゃない。役には立たない。ぼくがつくってるのは、ヘビだ。

ヘビといっても、頭もしっぽもない。ただの長い、ヘビのからだだ。まずは、川岸の泥から出てくるところから始めた。そこで生まれたみたいに、泥でからだをつくりあげた。そのまましばらく、スニーカーのつま先で泥をかきわけて道をつくって、泥のヘビを長くしていった。ヘビのからだをくねらせながら、川床《かわどこ》のわきにある大きめの石の上をはわせ、それから――石灰岩《せっかいがん》がほら穴みたいになって向こう側の水がかくれてるのを見つけて――穴のなかに消えていくようにした。

川床をぴょんぴょん飛びながら、土のヘビをどんどん遠くまではわせていく。ああ、バケツを持ってくるんだったな。両手でつかめる土だけじゃ、一度にヘビのからだを数センチぶんしかつくれない。二、三時間はたったと思ったとき、葉っぱのあいだから空を見上げた。思ったとおり、枝のあいだから光を投げている太陽は、ちょうど頭の真上にある。たぶん、正午だろう。

ぼくは少しのあいだはなれたところに立って、どれくらい進んだかながめてみた。頭の上をおおっている葉っぱのあいだから差しこんでくる日ざしが、ところどころ泥をかわかしはじめてる。ヘビの色が変わりつつある。まだしめった場所のヘビは濃《こ》い茶色だし、かわいたところはうすい色になってる。最初の日に見たガラガラヘビを思いだす。ぼくはしばらくじっとしたまま、あの日のことを、あの瞬間《しゅんかん》のことを、思いだしていた。

じっと動かないでいたから、ふんふんと草のにおいをかぐ音がきこえたんだろう。ぼくはそーっと立ちあがり、耳をすませた。きっと、シカだろう。低木のあいだを小川のほうに近づいてくる。

一頭じゃなさそうだ。もっとたくさんいそうな音がする。茂みの向こうから出てきた姿を見て、まちがってたのに気づいた。

ブタだ。黒くて毛がつんつんしている野生のブタ。口の両側に小さな牙《きば》がのぞいてる。小川に入っていって水を飲みはじめたけど、やたらと動作がゆっくりだ。もしかして……足をひきずってる？　わからない。泥のヘビのところに来て、においをかいでたしかめてから、顔をあげてきょろきょろする。あんな小さな黒い目じゃ、たいして見えないんじゃないかな。だといいけど。あの牙、けっこう太くて強そうだ。その気になればあの牙で自分の身を守るだろう。

雌《めす》だ。おなかが低く垂れさがってるし、下のほうにふくらんだ乳首《ちくび》がふたつ、並んでる。そして片方の脚《あし》もおなじようにふくらんでる。何かにかまれたか、すり傷かな。

お母さんブタだ。だけど、赤ちゃんはどこにいるんだろう？　すぐに、ぼくの疑問に答えるようにお母さんブタが鳴き声を出したかと思うと、四匹の小さな黒い子ブタが下生えのあいだをぬって、お母さんのところに走って来た。ぼくは木陰《こかげ》にかくれて、子ブタが遊んでるのをながめてた。そのうち一匹が泥のヘビの上にぴょんと乗ると、小さな足跡《あしあと》がついた。かまわない。化石みたいになった。そのうち、ほんとうに化石になるかもしれない。

一匹の子ブタがぼくのほうにふらふらと近づいてきたとき、べつの音がきこえてきた。ブタじゃない生きものが、こっちに向かってる。

人間がふたり、だ。まずい。ききおぼえのある声がする。

「おい、ダグ、あのブタ、この川のほうにおりてるはずだぜ。ここで二十二口径《にじゅうにこうけい》を持って立っててくれ。おれが逆側から追いつめるから。そんなに速くは走れねえはずだ」ジェイクは声をひそめてるつもりらしいけど、水際《みぎわ》で音が反響《はんきょう》してる。あ、そうか、そういうことか。

ブタの脚の傷は……引っかき傷なんかじゃない。撃《う》たれたんだ。

なんとかしなくちゃ。一年のいまごろは、動物たちはみんな出産する。お母さんが殺されたら、赤ん坊も死んでしまう。このブタを、あのときのヒメコンドルみたいな目にあわせるわけにはいかない。おもしろ半分に殺されて、池に投げこまれるなんて、ぜったいにいけない。だけど、時間があんまりない。あのふたりは、もうすぐここに来る。ぼくは少しだけ動いた。ブタがびっくりして逃げてくれないかなと期待して。

失敗だ。

母ブタは毛を逆立てて、片方のひづめで地面を蹴《け》った。ぼくに襲《おそ》いかかろうとしてるみたいに。

「たのむよ、逃げて」ぼくはささやいた。

するとそのとき――まちがいない――ブタがうなずいた。子ブタたちはもう、母親が最初に危険を察知《さっち》したときに茂みのなかに逃げていった。母ブタは数秒おくれて姿を消したけど、ジェイクの声がきこえるほうに足をひきずっていった。まずい。

あのふたりの気をそらさなきゃ。

「よう、ダグ、ジェイク、どうした？」

ぼくは両手を短パンでぬぐって、ふたりの声がするほうに歩いていった。だけどふたりはもう、ぼくが小川から一メートルもはなれないうちに来ていた。

「ピーターか？」

「うん」ぼくは、父さんが友だちを家に呼んだときみたいな声を出そうとした。お気楽で、さりげない感じ。あんまりうまくできてないけど。でも、あの母ブタをこのふたりに殺されたくない。「お昼、食べない？」

「食う、食う」ジェイクが叫《さけ》ぶ。「ちょっと待て。ダグ、あいつ、いないか？　おいピーター、このへんでブタを見なかったか？」

「ううん」うそをついたとき、ぼくのまわりじゅうの泥に足跡がついてるのに気づいた。

「くそっ」ジェイクは、木陰《こかげ》から出てきた。「明け方からずっと、雌ブタを追いかけてんだ。ダグが脚を撃ったはずなんだけどな。ピーター、おまえもいっしょに追いかけるか？」ふたりは小川の向こう側にいる。ひとつ跳びで川を越えてくると、ブーツがすべってダグはおしりをついて転んだ。銃《じゅう》を――きのうのとはちがって、もっと大きい――頭の上にかかげて、赤ん坊みたいに保護《ほご》してる。水しぶきがあがって、ヘビにかかる。ぼくが手を貸して立たせたとき、ブーツがヘビを踏みつぶした。だけど同時に、泥についた足跡も消してくれた。ぼくがブタを見たなんて、このふたりにわかりっこない。

「いや、行けないや。今朝、家を抜けだしてきたから。まだ外出禁止ってことになっててさ」ふたりはげらげら笑った。ジェイクがぼくのリュックをつかんで、なかをあさる。サンドイッチを出してビニールをやぶいた。「いっただきー」そういって、手にしたサンドイッチに一気にたかってきたハエの群れを手で払う。「おれたちも、抜けだしてきたんだぜ」

「どうして？」ジェイクがビニールを川に投げこむのを、ぼくは目で追った。うそだろ？　拾いにいってリュックのなかにもどしたいけど、がまんした。いまはこのふたりから目をはなしちゃいけない。

ダグもすわった。そして、ジェイクにわたされたもうひとつのサンドイッチを受けとった。ぼくのサンドイッチだ。これが「シェア」ってことらしい。もちろん、ふたりがサンドイッチに触《ふ》れたとたん、ハエやら蚊やらがたかってきて、食べてるそばからパンの上をはいまわってる。ぼくは、取られないうちにと思ってグラノーラバーをリュックから出すと、平らな石の上にすわった。

ダグがむしゃむしゃやりながら話す。「銃を取りもどしてやったんだ。キャビネットの鍵《かぎ》を盗《ぬす》んでさ。おやじ、気づいてないぜ」

「へーえ。あとでめんどうなことにならない?」

「ブタをもってかえれば平気さ」ジェイクがいって、黄色い上着を頭の上で振った。「一か月ぶんのベーコンだ。まちがいねえ」頭の上の木からドングリが落ちてきて、ジェイクの目の真下に当たった。赤いみみずばれが残る。

「けど、この谷は大きらいだ。あのブタに弾《たま》が当たってなければ、こんなとこまで追いかけてこなかったんだけどよ」

「撃ったのは、べつの場所?」

「ああ」ダグがいう。「おまえの家んとこだ。すぐ裏だよ」

このふたりが、ぼくの家の近くに来た? 銃を持って? まさか、ぼくを監視《かんし》してた?

「家の近くで銃を撃ったらあぶなくない?」ぼくはいってから後悔《こうかい》した。まずい、軟弱《なんじゃく》っぽくきこえる。

「ああ、そうだな」ジェイクがいって、パンのかけらを川のなかに投げこんだ。「まあ、弱っちいやつだったらな。おまえ、弱っちいんだろ、ピーター?」ジェイクはぼくの腕をぐいっとつかんで、水のなかに投げこもうとした。なんとか腕をふりほどけたのは、ジェイクが岩のはしっこ近くについてた藻《も》ですべってくれたからだ。

「ふざけないでくれよ」

「言葉に気をつけるんだな、銃なしのピーター」ジェイクはダグから銃を奪って、安全装置《あんぜんそうち》をカチカチいわせた。銃口がぼくの脚のすぐ近くを指していて、不安になる。

ぼくは、じりじりと後ずさった。「えっ？」ふいに口のなかがからからになってきて、つばをのむ。

「ぼくを撃つ気？」

ジェイクはにやっとして、銃を持ちあげるといった。「かもな」それからこちらに向かってねらいを定めた。ジェイクの指が引き金にかかるのを、ぼくは見つめていた。もう一度、つばをのむ。ごくりと。目の前で起きてることが、信じられない。

ジェイクはぼくを撃つつもりだ。

身動きができない。声も出ない。だけど、近くの木立ちのなかの虫たちが、音を立てた。セミがいっせいに、悲鳴を上げてるみたいにやかましく鳴きだした。ジェイクはセミの声を無視《むし》し、視界の真ん前に飛んでくるガやハエも無視してる。虫たちは、銃の真ん前に飛んでくる。まるで、ガの羽で弾を止められるみたいに。

最後の最後になって、ジェイクは銃を横にそらし、ぼくの頭のうしろめがけて撃った。

「ジェイク、人間を撃つな」ダグがいって、銃を取りかえした。暗記してるみたいな言い方だ。何度もくりかえし、きかされた規則《きそく》を復唱《ふくしょう》してるみたいに。それでやっと覚えたみたいに。ダグは眉《まゆ》をひそめた。「ピーターを撃つな」今度はさっきよりもきびしい声で、ぼくの名前を追加する。「おれはピーターが好きだから」弟がぼくを殺そうとしてないとわかると、ダグはちょっとこちらを向いた。

「おまえ、無口だから。おれとおなじだ」

「ピーターを撃つつもりなんかねえよ。リスだ」ジェイクがいう。「逃げてったけどな」ジェイクは、ダグにお気に入りのおもちゃを取りあげられたみたいな顔をしてる。「あのブタ、もう遠くに行っちまったぜ。手ぶらで帰って、しかもおやじに二十二口径を盗んだのがバレたら、こっちが撃たれちまう」

ぼくは、うしろを振りかえって見た。ぼくが来たときには、リスはいなかった。ぜったい、うそだ。

「だけどおまえに、自分の顔、見せてやりたかったな」ジェイクがいう。またぼくの食料をあさりはじめた。ポテトチップの袋を取りだして、ダグに渡す。「ウサギみたいにおびえてたぜ。そんな顔してたら、学校のやつらのいい標的《ひょうてき》だ」

「甘いもんが好きなんだ」ダグがいって、うなずく。「あるか？」

リュックの中身のことだと気づいて、答えた。「ごめん、ない。デザートは持ってきてないんだ」

心配になってきた。あんまり長くここにいると、アニーが来てしまう。ぼくに平気で銃を向けたくらいだから、アニーに何をするか、わからない。アニーは、この手のやつらがからかいたくなるタイプそのものだ。小さくて、やせてて、頭がよすぎて、生意気だ。このふたりを、ここから追い払わなきゃ。

「じゃあね、帰るよ」

「下痢《げり》か？」ダグが事務的にたずねる。「くさったベリーでも食ったか？」

「ううん、ちがう。ほら、外出禁止中だから。帰らないとまずいんだ」

「だったらここで何してたんだ？」ジェイクがたずねて、腕の虫刺《むしさ》されをかいた。「死の谷だって、いっただろ？　虫に刺されるのはまちがいない」ジェイクは歩きまわって、ぼくのつくったヘビに目を止めた。ずいぶん長いな、と改めて思う。何メートルもある。ぼくがながめてると、ジェイクはスニーカーの先っぽでかわいた部分を蹴りはじめた。土を川のなかに蹴りいれてる。ヘビをこわしてる。

ぼくは気分が悪いのを顔に出さないようにしながら、じっと見つめてた。「ぶらぶらしてただけだよ。田舎《いなか》はたいくつでさ」ドングリが落ちてきて、ぼくの顔に当たる。そっと、だけど。そんなことないよ、とぼくは心のなかでいった。たいくつなんてこと、ないよ。

ジェイクは話しつづけてる。「そうそう、おまえのアネキ、おまえがどこにいるか、知りたがってるぜ。おれたちが連れて帰るっていったんだ。たいせつに送りとどけてやるよ、カワイ子ちゃん」

なんていったらいいのか、わからない。ぼくをばかにした呼び方なのか？　それともローラのことをいやみでそう呼んでるのか？

「姉さんなんて、うざいだけだよ」ぼくはいった。

「ああ、うざえだろうな」ジェイクがいう。「けど、おまえのアネキ、けっこういい女だな。考えてたんだ。あの女なら、おれと……」胃がむかむかして引っくりかえりそうだ。ジェイクがその先をいうと、空気を汚《けが》してるように感じる。

ジェイクは、ローラの話をしおえると、片方の眉をくいっと上げた。ぼくが何かいうのを待ってる。どうすればいいかは、ちゃんとわかってる。世界じゅうどこだろうと——都会だろうと田舎《いなか》だろうと——人の姉をそんなふうにいっていい場所なんてない。だけどジェイク——とダグ——は、どうせぼくみたいな弱虫には何もできないだろうって顔でこっちを見てる。

ふたりの思ってるとおりだ。ぼくは弱虫だ。こわい。生まれてから一度もだれかをなぐったことはない。そうすればなぐられなくてすんでたかもしれなくても。

何度も何度も、なぐられずにすんだかもしれないのに。

ジェイクの目に浮かんでた期待が、むかむかに変わるのを見ていたら、父さんの声が頭のなかで響《ひび》いてきた。この前の夏、サンアントニオでいわれた言葉だ。「やりかえせ、ピーター。ときには、やりかえすことを覚えなきゃだめだ。そうしなきゃ、おまえの人生はこれからもずっと、負けっぱなしだ。たぶん、けんかだけの問題じゃない」

父さんはぼくを、放課後《ほうかご》のカラテ教室に通わせた。ほかの子になぐられて両目のまわりに黒いあざができるまで。わざとじゃない、とその子はいった。「ごめんなさい、でもこいつ、防御《ぼうぎょ》しようともしなかったから」

父さんはぼくの顔がまともに見られないほどくやしがってた。その週のうちに、ぼくは教室をやめさせられた。

そしていまも、いままで何度もあったみたいに、ぼくは戦わなきゃいけない場面で、やれるもんならやってみろとけしかけられてるのに、何も手出しできずにいる。やりかえしたくないわけじゃない。ただ、からだが地面に固定されたみたいに動けないんだ。

自分の臆病《おくびょう》さのせいで、かたまっちゃってるんだ。

はじめて会ったとき、アニーがいってたっけ。石ころ君、って。その通りだ。ぼくは、自分が石でできてるような気がした。腕も脚《あし》も、石みたいに重たい。なかでもいちばん重たいのは、心臓《しんぞう》だ。一瞬、途方もない考えが浮かんだ。サンアントニオでは自分の身を自分で守ることもできなかったし、とうとうそのことを考えるのさえやめちゃったけど、ここだったら……この谷だったら……もしかしてここなら、強くなれるかもしれない。うまくいくかもしれない。

少なくとも姉のためなら立ちむかえるかもしれない。

ぼくは、片方の手でこぶしをつくった。このこぶしを上にあげて、この腕を動かしさえすれば……。

だけどぼくの腕は、恐怖《きょうふ》で石のように重い。前にやりかえそうとしたときの記憶がよみがえってくる。こぶしを振りあげて、そして当たらなかったときの記憶だ。

寄ってたかって顔めがけて棒《ぼう》をふりおろされるところが目に浮かんだ。なぐられたり蹴られたりして、やっとおさまったのは、血だらけの耳にサイレンの音が響いてきたときだった。

それでも、やらなくちゃいけない。ローラのために……。

だけど、もう遅かった。時間をかけすぎた。ジェイクがにやにやして、ぼくの勇気はうすれていった。「おい、どうかしたのか?」ジェイクは、なぐろうとしてるみたいにぼくに向かってくる。ぼくがやりかえすかどうか、見てる。だけどダグが、太い手をジェイクの腕にかけて止めた。

「ピーターは、アネキが好きじゃねえんだろ」ダグがいう。あいてるほうの手で、肩に止まったアブをぴしゃりとたたく。ジェイクは止まって、考えている。

「うん」ぼくはいった。うんざりだけど、ダグのおかげで助かったとほっとしながら。うそでもかまわない。ローラを裏切《うらぎ》ることになってもかまわない。ぼくは、ぐっとつばをのみこんだ。「あいつ、がまんできないんだ」うそをついた。

自分にがまんできない。「あいつ、最悪だよ」

最悪なのはぼくだ。世界一、ひどい弟だ。

ジェイクは、まだぼくをなぐりたいみたいな顔をしてる。だけどそのとき、ダグが笑いだした。笑って手をのばして、ぼくたちをばんばんたたいた。ジェイクもどうでもよくなったみたいだ。

「そうだろうな」ジェイクはいった。ぼくをなぐるのはやめたようだけど、自分の出したテストにぼくが落ちたかなんかみたいな顔をしてる。「うちのおやじより、やばそうだ。殴《なぐ》るのか?」

「ううん」どうにか否定した。「それはないけど、でも……」口ごもってると、ジェイクはジーンズのすそをまくって、赤くなった小さい部分を見せた。やけどみたいだ。

「うちでまずいことになると、こうなるんだ。おまえのアネキがたばこを吸わなくてラッキーだな」

口のなかが苦くなる。ジェイクのお父さん、やけどをさせるのか？　たばこで？

ふいに、父さんがいくらぼくにがっかりしてても、たいしたことじゃないような気がしてきた。

そのとき、ダグがジェイクの足首に石を投げた。「水ぼうそうの跡《あと》を見せびらかすのはやめろ。さ、ここを出よう。蚊《か》がピラニアみたいにおそってくる」

水ぼうそうの跡？　どう考えればいいのか、だれを信じればいいのか、わからない。あんな水ぼうそうの跡、見たことないけど。

「ピーター、帰るんだろ？」ダグが片手でぼくを自分の前にさっと押しだす。

ぼくはうなずいた。虫がいるのには気づいてなかった。過呼吸《かこきゅう》にならないように、必死だった。涼《すず》しい風が顔をかすめるように吹いている。赤くなったほっぺたに、風がそっと当たる。ぼくは、一回も虫に刺されなかった。ダグとジェイクは、蚊の大好物みたいになっていた。ぼくも、ふたりとおなじように手でしきりに払うふりをしながら、山をのぼった。ふたりは、ぼくが前にアニーにひどいことをいった直後みたいに、何度も足をすべらせていた。この谷はやっぱり、自分の身を守る方法を知ってるんだ。

だけど、何もかも谷にまかせてはおけない。あの母ブタが心配だ。小さい子どもたちを守ろうと必死になって、脚から血を流してた。あの脚、よくなりますように。ぼくがもっとなんとかしてたら……。

だめだ。ぼくは弱虫だ。姉のために立ちむかうこともできない臆病者だ。

いまは、この谷を去るのがぼくにできるいちばんいいことだ。このふたりを、ブタから遠ざけるために。アニーから遠ざけるために。

少なくともそれくらい、ぼくにもできる。

「アニー、怒らないで」ぼくは、声を殺してささやいた。アニーがやってきて、午後じゅうひとりで過ごすところを想像する。

だけど、このふたりといるくらいなら、ひとりのほうがずっといい。ぼくは、谷にむかって心のなかで声をかけた。てっぺんまでのぼってきて、振りかえりながら。ねえ、つぎにこんなことがあったら、こいつらふたりを追いだすために、もっと何かしてくれる？　蚊もいいけど、プーマとかはいないの？　ふざけて考えただけだ。答えなんか期待してない。だけどそのとき、足を踏《ふ》みだした瞬間《しゅんかん》、あのガラガラヘビを見つけた。あのときのヘビだ。ぼくが最初に見たときとおなじ低木のところにいる。首をもちあげて、においをかいで、黒い小さな舌《した》をちろちろ動かしている。

そして、風がささやいた。わかったよ、と。

第十七章

つぎの日も、父さんはカーリーをデイケアに連れていった。わかったのは、カーリーはじつはブロックやら人形やらで遊ぶほうが、一日じゅうベビーサークルのなかでテレビを観《み》てるだけよりも好きってこと。いままでわからなかったほうがふしぎだけど。父さんは、カーリーがしょっちゅう泣いてるのにも気づいてた。たぶん。ネットオークションで売った古いギターも車に積んだ。デイケアの費《ひ》用《よう》をかせぐためだ。ちょっとびっくりした。父さんの頭のなかには最近、バンド関係のことしかないと思ってたから。

よかったねカーリー、とぼくは思った。だけどぼくのほうは、ベビーサークルに入れられた赤ん坊の妹よりも、しっかり家のなかに閉じこめられてしまった。ローラはずっと、ぼくがどこに行ってるのか、あやしんでた。「あの男の子たち、今週ずっとあんたと遊んだりしてないっていってたわよ。何してたの？」

「ハイキング」ぼくは答えた。そして、ローラが家事でいちばんきらいな洗たくをかわりにやるといってみた。そうすればネットに夢中になって、ぼくのことはほっといてくれると思ったからだ。ローラはぼくを監視してるかもんくをいってるかのどちらかだったけど、やっと飽《あ》きてくれたのは二時過ぎだった。そのあとローラは、ティーンの女子たちが週に一回集まって、生活に変化がないとなげいて癒《いや》されるグループチャットだかなんだかを始めた。

ローラから解放されると、やっとまた呼吸ができるようになった気がした。正直いって、ローラの顔を見るたびに気がとがめてしょうがない。あのふたりがローラのことをあんなふうにいってたのを思いだすと、罪悪感でいっぱいになる。この家から出なきゃ。思いださなくてすむようにどこかへ行かなきゃ。

アニーは池にはいなかったけど、水面のまん中に花が一輪、浮かんでる。きっと、谷底のほうにおりていって、ぼくをさがしてるんだろう。

思ったとおり、アニーは小川のほとりにすわって、土のヘビの残がいを爪《つめ》でつついてた。

ぼくがそばに行っても顔もあげない。怒《おこ》ってるんだろうな。

「アニー」ぼくは、静けさをやぶって声をかけた。虫たちの鳴き声が止まる。「ぼくがつくったの、見てくれた？　まあ、ほとんど残ってないけど。気に入ってくれるんじゃないかと思ったんだ」

「これ、何をつくったわけ？」おっと、氷みたいな声だ。まちがいなく、怒ってる。

ぼくは、泥でヘビをつくるつもりだったと話した。岩のまわりをはわせて——もしかしたら木ものぼらせて——谷じゅうをくねくねさせるつもりだった。

「それのどこに意味があるの？　ピーター、芸術には意味がなくちゃいけないのよ。いったでしょ」

ぼくは、ぎくっとして言葉がでなくなった。アニーのしゃべり方は、ローラがぼくをばか扱いするときとおなじだ。「なんかあった？」

「あのね、芸術作品をつくったつもりでしょ？　だったら、どこが芸術なのか、いってみなさいよ。教えてほしいもんだわ。どんな天才的な思いつきがあると、これが……」アニーはヘビのからだの一部をもちあげて、川のむこうにほうり投げた。「……人に興味をもたせるようなものになるわけ？」

「わかんないよ、そんなの」ぼくはいった。アニー、どうしちゃったんだろう？　なんだか、らしくない。たしかにいつもいばってるけど……いじわるではない。「この地面が――この土が――ヘビとおなじに生きてるふうに見せたかったのかな。ぼくとおなじに」こんな答えでアニーを感心させようなんて、よく思えたものだ。口に出してみたとたん、くだらなく感じた。

どうやら、アニーもそう感じたらしい。

アニーは、ふんっといった。「安全策《あんぜんさく》」

えっ？　どういう意味だ？　よくわからないけど、いい意味のわけがない。耳がかーっと熱くなってきて、ほっぺたもおなじくらい熱を持ってるのがわかる。「どう安全なの？　どういうつもりか、教えてくれよ」

「安易《あんい》。ありがち。安全策」アニーは立ちあがってずんずん歩いていったけど、声ははっきり、まわりの木に止まってる鳥の声みたいにききとれた。「芸術家がこわがって、あたらしいこと、ほんとうのことに挑戦《ちょうせん》できなくなったとき、そういうふうになるの。で、こわかったわけね、ピーター・ストーン？」

こわかった？　なんでそんなこときくんだ？　もしかして……。

まさかきのう、アニーはここにいたのか？　ダグとジェイクがローラの話をしてたのを、きいてたのか？　ぼくがだまっていわせてたのを？

「ここにいたんだね？」ぼくはやっとつぶやいた。「きのう。ぼくが何時間もここで過ごしてたとき。あいつらがぼくにいったこと、きいてたんだね。だったらもう、答えはわかってるだろ」顔が燃えるように熱い。

アニーは、ぜんぶ見てたんだ。それでぼくのことを、きらいになったんだ。

「そうさ、こわかったさ。ぼくは意気地《いくじ》なしだ。それだけだよ。もう、きみにかまうのはやめるよ」

ぼくは回れ右をして、立ち去ろうとした。「好きなだけ、わけわかんない芸術でもやってればいいさ」

胸が痛い。ダグとジェイクは残酷《ざんこく》だけど、それはあらゆるものに対してだ。アニーは、ぼくに対してだけ残酷な態度をとってる。てっきり……友だちができたと思ってたのに。

ぼくの考えちがいだった。喉《のど》のあたりが苦しくなってくる。もう逃げていいころだ。どこへ逃げるか、あてがあるわけじゃないけれど。

草原をぬけようというころ、そもそもどうして来ちゃったのか、どうしてアニーはほかの人とはちがうと思ったのか考えてたとき、声がきこえた。「待ちなさい」と、ひと言だけ。

「あたし、きのうはここに来てない」アニーがいった。声がおかしい。くぐもってきこえる。「何もきいてない」

いうとおりにするつもりはなかったのに、足が勝手に止まった。「だったらどうして、こわかったかなんてきいたんだよ?」

「あたしがこわかったから」

えっ? アニーが、こわかった? どうして?

声がくぐもってた理由がわかった。泣いてるんだ。ぼくはゆっくりと振りかえった。怒りがすーっと引いていくのがわかる。アニーは、ケルンをつくらなかった大岩のひとつにちょこんとすわってた。肩がぶるぶる震《ふる》えてる。落ちちゃうんじゃないかと心配になった。

「ピーター、ごめんね。あたし、いじわるだったわ。あのヘビ……あのヘビ、きっと、すてきだったでしょうね。よけいなこと、いうんじゃなかったわ」

「待っててくれなかったでしょ。あたし、たぶんあなたが帰ったあとに来たの。どうして待っててくれなかったの？」

「待てなかったんだよ！　あいつらが、銃を持ってたから。アニー、あいつらはろくなやつらじゃない。ぼくなんか、撃たれそうになったんだ」きのうの恐怖を思いだす。みぞおちのあたりが、うつろでむかむかした感じになる。

「えっ、ほんとに？」アニーは片方の腕で顔をぬぐった。「あいつらって、だれ？」

ぼくはじれったくて、息をふーっと吐《は》いた。アニーに何があったか知らないけど、その気になったら話してくれるだろう。それまでのあいだ、ジェイクとダグと野ブタの話をしよう。そのほうが、アニーの気を……何からかはわからないけど、そらせるだろう。つらさを減らせるかもしれない。

話をおえるころ――ジェイクがいったローラのことは省《はぶ》いたけど――アニーはまだ震えてた。ただし、こんどは怒りのせいだ。「ひどすぎる。ああ、銃があったらいいのに。撃たれたらどんな気分か、あたしが教えてやるわ」

ぼくは笑いそうになった。アニーはまるで、怒って毛を逆立てたハリネズミだ。短い赤毛が、ぷるぷる震えてる。

「ぼくはきのう、実体験で知りそうになったけどね。一生、銃には近づきたくないよ」

「ピーターは、ハンターってタイプじゃないもん」アニーがいう。「芸術家の魂《たましい》を持ってるから」どういう意味かたずねる間もなく、アニーはつづけた。「秘密を教えてあげる。こわがりは、あたしなの。あたし……臆病者なの」

「なんでそう思うの？」

アニーは肩をすくめた。「すごく悪いことがしたいの。だけど、こわいの」

悪いことがしたい？　悪いことって？　また笑いそうになる。「そんなに悪いこと？　シャベル持ってきてくれよ。死体を埋《う》めるなら手つだうよ」

アニーは笑った。「ちがう、殺人じゃないわ」

「だったら何？」ぼくはアニーが腰かけてる岩にもたれてすわって、アニーを見上げた。日差しの角度のせいで、顔はよく見えなかったけど。アニーは、ほとんど輝《かがや》いて見えた。

「逃げたいの。ほんとうに。だけど、どうやって実行すればいいのか、わかんない」

またその話か。きっと、ほんとうは何があったのか、まだいえずにいるんだろうな。ぼくにはわかる。あのときも逃げる空想のおかげで、母さんのどなり声がそこまで気にならなかった。だから、アニーがいま引っかかってることからも、気持ちをそらせるかもしれない。

「まず、寝袋《ねぶくろ》と水筒《すいとう》は持ってくだろ」ぼくはいった。「あと、グラノーラバー。ぼくは浄水器《じょうすいき》を持ってくよ。冷蔵庫《れいぞうこ》のなかに入れておくやつだけど、大腸菌《だいちょうきん》の毒素《どくそ》で死ぬ前に、どうせヘビにかまれて死んじゃうだろうから……」

「からかわないで。あたし、本気なの」アニーはふくれた。

「おいおい、大腸菌は本気でこわいよ。ま、いいや」ぼくは、カーリーをからかうときとおなじ声でいった。「現実問題として、ほかに何が必要かな？」

アニーは片手を上げた。「コンパス、かな。あと、ナイフはぜったいいるわね。たぶんふたつ……」

アニーはどんどん名前をあげていく。いっしょうけんめい考えてるのがわかる。本気なのか？　まさか。だけど……。

ぼくは、リストアップをつづけるアニーをさえぎった。「釣《つ》り針《ばり》はいいの？」そういって、アニーの顔を見るために立ちあがる。アニーは、ふくれて目玉をぐるんとさせる。そのとき、気づいた。アニーの腕……。ぼくは、反対側にまわった。

両方の腕に、打撲《だぼく》みたいな跡が残ってる。

「アニー、これ、何？」ぼくは、そのうちひとつを指さした。

「べつに」アニーは、腕をうしろにかくした。「キャンプでくだらないことがあっただけ」

ぼくの知ってる限り、指くらいの大きさの跡が残るようなプログラムなんか、キャンプにはないはずだ。「だれかにやられたの？」

「たいしたことじゃないのよ。あたしに水彩画《すいさいが》を批評《ひひょう》されて怒っちゃった子たちがいて。そのうちひとりなんか、完全にキレちゃったの。ほら、あたし、跡が残りやすいから。だからカウンセラーに、これから水彩画の時間は自分の部屋に行ってるっていったわ」

きのうダグとジェイクに感じた怒りが、一気にまたもどってきた。「どこがたいしたことないんだよ？」だれか、その女の子たちにまともな神経《しんけい》をたたきこんでやらなくちゃ。癌《がん》の子にあざをつけるなんて。

だけど考えてみたら、アニーがぼくのことを臆病者ってなじるときみたいなものの言い方をしてたら、あざのひとつやふたつ、つけたくなる子がいても不思議じゃない。

だからって、こんなのはよくない。「みんな、アニーが病気だって知ってるの？」

「ええ、知ってるわよ」アニーの声が小さくなる。「いやんなる」

「どうして？」

アニーは立ちあがって、ほとんど叫ぶみたいにいった。「だってあたし、あの子たちにしてみたら、ただの〝癌の女の子〟だもん。アニー・ブライスじゃなくて。近代美術館で将来フィーチャーされる芸術家、アニー・ブライスじゃないの。ただの、へんな子なの」アニーは小石を蹴った。地面を転がって、小さな虫たちがあわてて飛んでいく。「ほんと、いやんなっちゃう。だれも、あたしに話しかけもしないのよ。あたしのこと……まるで、病気でも持ってるみたいに扱うの」

ぼくたちのあいだにあったのは、セミの鳴き声と、あと、いっちゃいけない言葉。

だけど、ぼくは思わずくすっと笑ってしまった。「えっと……」

アニーも笑って、ぺたんと地面にすわった。「そう、そうよ、わかってるわよ。あたし、病気持ってるわよ。だけど、感染《かんせん》とかしないもん。ていうか、感染症とかじゃないし」

ぼくは肩をすくめて、アニーのとなりにすわった。「ほら、でも、あのアルマジロ、なでただろ？もう、ばい菌《きん》がうつったかもしれない」アニーがぼくをどんと押す。ぼくは向こう側にたおれて、うめき声をあげた。

アニーがあきれたというふうに目玉をぐるんとまわす。それから両手で自分の短いカールを触《さわ》った。まだ髪が残ってるか、たしかめるみたいに。あ、そうか、そう遠くない将来、髪がほんとうになくなるかもしれないんだ。放射線治療《ほうしゃせんちりょう》――化学療法《かがくりょうほう》だったかな。どっちかわかんないけど――のせいで、髪って抜けちゃうんだ。四年生のとき、クラスの女子たちがみんな、髪をのばしてロックス・オブ・ラブっていうボランティア団体に寄付《きふ》してた。癌の治療を受けた子にかつらをつくるためだ。アニーが、あの子たちみたいなふつうのつまんない髪になったら、どんなふうだろう？　なんか、ちがう。

ぜんぜん似合わない。

「どっちにしても、あたし、そういう芸術家にはなれないから」アニーが沈黙《ちんもく》をやぶった。「ＭｏＭＡだろうとどこだろうと、展示されるようにはぜったいにならないの。たぶん、芸術作品なんかつくるほどの脳《のう》みそなんか残らないから」

「それって、ぜったいなの？」

「わかんない。だけど、いろいろ調べたから」

「ネットで？」

アニーはうなずいた。「ママが参加してる、白血病《はっけつびょう》の子を持つ親のチャットルームにこっそり入ったの。あたしがパスワード知ってること、ママは知らないけど。そしたらね、あたしくらいレベルが進んでて、再発ってことになると……そうね、何かすてきなことを思いつきたいなら今週のうち、って感じかしら。あと二、三か月もしたら、靴《くつ》ひもの結び方をもう一度習ってるだろうし」

「ほんとうに？」思わずたずねた。「もしかしたら、副作用はまったくないかもしれないじゃないか。母さんがいつもいってるけど、希望は捨てちゃいけない」もちろん、母さんにその言葉をいわれるといやだけど。

アニーは肩をすくめた。「晩《ばん》期障害《きしょうがい》。副作用じゃなくて。それに正直いって、希望は捨てちゃいけないって、あたしがいま実践《じっせん》してることよ。ていうか、あたし、自分の靴ひもも結べなくなるかもしれないのよ。でしょ？　ＭＤアンダーソンがんセンターにいる男の子がそうなったの、知ってるの。運動神経《うんどうしんけい》は、まっ先にやられちゃうもののひとつ。ママはぜったい話してくれないけど。そうよ、あたし、ネットなんかで自分で調べなきゃいけなかったの」

「お母さんは、何も話してくれてないの？　その……晩期障害について」

「つまり、うそをつかれてるのかってこと？　ええ、そうよ。ママは、たいしたことないっていってるわ。二、三か月もすれば、元どおりになるだろうとか、そんな感じ。この前のときとおなじ、って」アニーは、ひとつ咳《せき》ばらいをした。「だけど、あたしをキャンプに行かせることで医者と電話でけんかしてたとき、きいちゃったの。で、そのあと、ママの友だちがネットでずっといってることも読んだし。何が起きるか、その友だちは知ってて……たぶんママは、あたしには知られたくなかったのね。それが正解かもしれないけど」

「正解？　ちがうよ」ぼくは、ぶるっと身震《みぶる》いした。「どんなときだって、知ってるほうがいい」

「自信もっていえる？」アニーは皮肉っぽくいった。「ていうか、もしピーターが病気で、そのせいで手足の一部を切断しなきゃいけなかったとして、前もって知りたい？　そのあいだずっと、悩《なや》んで心配してこわい思いするのよ。いまのあたしみたいに」アニーは、くすりと笑った。「それとも、目が覚めたら手足がなくなってたってほうがいい？　または、脳の一部が使えなくなってたとか」

ぼくは考えた。頭の上を雲が流れていく。ぼくたちはふたりとも、だまりこくってた。とうとう、ぼくは答えを出した。「知ってるほうがいい。ぜったいに」

「そうね」アニーがうなずく。「だからあたしも、こそこそ調べてるの。ママが、先のことを話してくれるとは思えないから。もちろん、ママはきっとわかってるんでしょうね。あたしに意見をいわせたら……うん、少なくともあたしは、自分のままでいたいと願うって。だって、もし……」アニーは、言葉をにごした。何をいおうとしたんだろう。わかる気がする。

アニーは、放射線治療を受けないことを選びたいんだ。

アニーの選択は、このまま……死ぬこと？　ほんとうに？

くらくらしてくる。それがどういうことを意味するかなんて、考えたくもない。そんな話、したくない。

だけどそれじゃ、ぼくはアニーのお母さんといっしょだ。ぼくはすーっと息を吸って、なんていえばいいのか考えた。これ以上ひどいことにならない方法があるか、考えた。

だけど、何かいう時間はなかった。アニーは立ちあがって、両手をぬぐうと、ぼくを引っぱって立たせた。「作品用の材料が必要ね。もっと下までおりていって、さがしてみましょう。これからやりたいことにはね、かなりの反射神経《はんしゃしんけい》が必要なの」

「もう……だいじょうぶなの？」かなりしょうもない質問だ。

「もう平気よ。ちょっと、人に話したかっただけ」アニーは、むりにうれしそうな声を出して、めくってた袖《そで》をおろして傷をかくした。そんなふうにむりをするなよ、といいたい。逃げるためにみんなにうそをつかなくちゃいけなくても、ごまかさなきゃいけなくても——ぼくは、父さんをよろこばせるために自分をごまかして、アニーは病人として扱われるのがいやなのをごまかして、だれもほんとうのことを教えてくれない治療を受けさせられるのがどんな気分かをごまかしてるけど——ここにいる限りは、この谷にいたら、正直でいるのがいちばんだって思えてくる。

ここでは、ほんとうの気持ちをいつわらないのがたいせつだって思える。相手にも、自分自身にも。ほかの場所では、ごまかさなきゃいけなくても。

だからこそ、ここでは正直でいたい。

第十八章

二時間後、ぼくは想像したこともないほどたくさんの木にのぼって、こんなにあると思ってさえいなかった枯《か》れたブドウのつるをはぎとった。

「くもの巣《す》をつくるのよ」ぼくがやっとひと息ついて、どうして幅《はば》三メートル高さ一メートルもブドウのつるを積みあげなきゃいけないのかたずねると、アニーは答えた。

「くもの巣?」ぼくはくりかえした。それのどこが芸術なのか、ききたかったけど、踏《ふ》みとどまった。

「まあ、今日じゃないけど。明日ね」

あたりが暗くなったので、空を見上げた。濃い灰色の雲が、谷のふちの上に重なりあってる。雨だ。たぶん、もうすぐ。帰らなくちゃ。もう遅いかもしれない。「アニー、走ろう。でないと、びしょぬれになっちゃうよ」

母さんに服がぬれてるのを見られたら、そうとうめんどくさいことになる。遠くで雷《かみなり》の音が響《ひび》いた。そのとおり、といってるみたいに。

「うん、帰りましょ」アニーもいった。「時間の感覚がなくなっちゃってたわ」アニーはカメラを取りだすと、積みあげたブドウのつるの写真をいそいでとった。

ぼくたちは山をかけのぼった。アニーは何度か立ちどまって頭を押さえた。たぶん、また頭痛がしてきたんだろう。てっぺんにつくと、アニーは手を振った。「じゃ、また明日！」そして、走っていった。

家のほうに走りだそうとしたとき、斜面に人の姿が見えた。さっきより近い。まちがいなく、大佐の奥さんだ。木のまわりで何やら作業をしてる。ブドウのつるを切ってるみたいに見えるけど……もしかして、アニーとぼくをずっと監視してた？　きっと、さびしいんだろうな。ブドウのつるでくもの巣をつくる仲間に入りたいのかも。

「ごめんね、この谷は、ふたりくらいがちょうどいい大きさだから」ぼくは風にむかってつぶやいた。

数秒後、大佐の奥さんが顔をあげた。叫び声がする。「そうだろうよ。さっさと帰りな。でないと、ハチをけしかけてやるよ！」風の音に混ざって、大佐の奥さんの笑い声が響く。

うわ。ぼくは思わず後ずさりした。なんでぼくのいったこと、きこえたんだろう？　それにいまのって、自分は谷に話しかけることができるっていう意味？

「ごめんなさい」ぼくはつぶやいた。風がまた、言葉を運ぶ。大佐の奥さんは片方の腕をさっと振った。ぼくを追い払うみたいに。そしてまた、作業をつづけた。

ぼくも向きをかえて、家まで走った。親たちより先に着けますように、と祈《いの》りつつ。

母さんはいつも、祈りは届くといってるけど、今回ばっかりはまちがってた。谷にいたほうが、ぜったいにまちがいなく、よかった。

母さんは、早めに帰ってきてた。ぼくがドアをあけて入っていくと、すぐそこのキッチンのテーブルの前で待ってた。心配するのも、わかるような気がした。雨はとんでもないざんざん降りだし――

庭を突っ切ってるとき、雨粒が雹《ひょう》みたいに感じた――ぼくはびしょぬれだった。

母さんの顔には涙《なみだ》のあとがあって、目の前のテーブルには丸めたティッシュが転がってる。ぼくのことで泣いてたの？　あやまりたかったけど、母さんはそんなすきもくれなかった。いきなり、どなりだした。

「どういうつもりなの、ピーター・エドワード・ストーン？　いったい何を考えてるの？　知らない土地で勝手に出ていって、行き先をだれにもいわないなんて。それどころか、うそまでついて」母さんの手のなかに、ぼくがローラにおいていったメモがくしゃくしゃになってる。「寝てるから起こさないで」今回は、ドアの前においておいた。残念ながら、それ以上の策《さく》は思いつかなかった。どうせローラはようすを見にきたりしないだろうと思って。

「ちょっと考えてみようとは思わなかった？　もしあなたの身に何か起きたら、あなたのお姉さんが、こんなどうしようもない荒野でどうしてたかって？」

どうしようもない荒野？　母さんが、このあたらしい家のことをわるくいうの、はじめてきいた。

「けがでもしてたら、死んでたかもしれないのよ。いちばん近くの病院だって田舎道を七十キロくらい行かなきゃないの。今日はどういうわけか、何時間も電話が通じなくなって、携帯電話《けいたいでんわ》なんかそもそもぜんぜん使えないし。まったく」母さんはぼくのせいみたいに、こっちに向かって携帯電話を振った。

「母さん、ぼく、だいじょうぶだから」試しにいってみた。だまってればよかった。よけい怒りに火をつけてしまった。

「今回はだいじょうぶだったでしょうよ。でもつぎは？　ローラがどれほど心配したと思うの？　やっとわたしに電話が通じて、こっちだってたいせつな会議をふたつもキャンセルして家に帰ってきたのよ。なんのために？　あなたが山をふらつくため？　ずっとひとりで……ひとり、だったのよね？」

アニーのこと、話さなくちゃ。きっと、わかってくれるだろう。もしかしたら、癌の話をどんなふうにアニーにしたらいいか、いっしょに考えてくれるかもしれない。「ううん、友だちがいて……」だけど、母さんはその先をいわせてもくれなかった。

「うそをつくもんじゃないわ！　ローラからきいてるのよ。あの男の子たちがなんていってたか……ぜんぜんいっしょに遊んでない、って。あの子たちの家に行ってもいないんでしょ？」

信じられない。どうしてローラはまた、わざわざ今日を選んで告げ口をするんだ？

「で？」母さんが、ぼくの顔に向かって叫ぶ。「何かいうことは？」

これって、質問でさえない気がする。でも、本気でたずねてるといけないから、ぼくは肩をすくめてみた。正しい答えが何か、見当もつかない。

「もうけっこう」母さんがいった。そして、パンフレットの山を――何かの小冊子みたいに見える――手にとって、ぼくの顔の前でひらひらさせた。「デイケアに入るほど子どもじゃないし。まったく、カーリーといっしょにしばらく入っててほしいくらいだけど。てことで、キャンプに行きなさい」

「キャンプ？」母さんがもってるのって、サマーキャンプのパンフレット？

「そうよ。キャンプ。ほかの子たちに混ざって、工作したり、サッカーやフットボールしたり、歌をうたったり。あなたが大っきらいだっていってることばかりね。わたしにいわせれば、試したこともないくせに、だけど」

「行きたくない」あごが動かなくなる。あんまりがっちりかみしめてるから、歯が折れそうだ。これ以上ひどい夏なんて、想像もできない。学校だって、じゅうぶんにいやなのに。この夏だけが、ひとりになれるチャンスなのに。自分でいられるチャンスだ。ほかのみんなとおなじでなくちゃいけないと努力するんじゃなくて。

「行きたくないのは残念だけど、交渉《こうしょう》の余地なしよ。お父さんとふたりで、少し前から相談してたの。泊《と》まりのキャンプに行かせるお金はないけど、近くに日帰りのキャンプがたくさんあるわ。ありがたいことに、お父さんには送り迎えする時間がたっぷりあるし」

相談してた？　少し前から？　ぼくを追い払う相談を？　いかにも父さんがやりそうなことだ。四歳のとき、父さんにはっきりいわれた。ぼくは「荒療治《あらりょうじ》」の必要があるって。もっと自分みたいな明るい人間にならなくちゃいけないって。だけど、まさか母さんまで……うそだろ。これだけのパンフレット、集めるのには時間がかかったはずだ。自分がよけい強く歯を食いしばるのがわかる。これって、今日に始まったことじゃない。

「どのキャンプがいいか、選ばせてあげる。だけど、これ以上人生をむだに過ごさせるわけにはいかない。このままじゃ、ひとりぼっちで、のけ者で……」

胃がむかむかしてくる。だけど、はっきりいわなくちゃいけない。「ひとりぼっちが好きなんだ」ぼくは口をはさんだ。「どう転んでものけ者だよ」

だまってればいいものを。

「少しは、このことがわたしたちにとってなぜたいせつかを理解する努力をすることね！　みんな、あなたのことが心配なのよ！　それなのにあなたは、まったく気にしてもいないみたいだし。逃亡？　家出？　去年、日記にあんなことを書いておいて、よくもまあ」

「いったよね、あれはただのつくり話だよ」ぼくは、何度目かになるけどいった。「あの話はもうしなくていいっていったのに」

母さんの目に涙があふれる。「家出する子の話なんか書いて……家出して、それから……」

ぼくは立ちあがった。いすがうしろに倒れる。「だからいったよね。あれは、ただのつくり話だ。だいたい、ぼくの日記を勝手に読んでいいわけないし」ほとんどどなり声みたいになってた。自分の頭も痛くなったけど、少なくとも母さんの興奮《こうふん》はおさまった。

「ピーター」母さんの声が低くなって、切れ切れになる。かんべんしてくれ。どなられるほうが、まだましだ。「どんなに心配になったか、わかるでしょう？　わたしも、みんなも。あの男の子たちのせいだって思ったから、ここに引っ越してきたの。ピーター、あなたのためなのよ。それなのにあなたは、引っ越してからますます孤立していって」

孤立なんか、してないよ。そういいたかった。アニーといっしょにいるんだから。谷にいるときは、ちがう。家のなかだけだ。だけど、いえなかった。キャンプって……母さんは、ぼくをキャンプに行かせようとしてる。母さんがぼくのことをわかってない証拠《しょうこ》があるとしたら、これこそがそうだ。

「ピーター、どうしたっていうの？　わかってるの？」屋根にあたる雨がどんどんはげしくなって、頭上の雨音とぼくの心臓の音がおなじ速度になる。もう限界だ。倒れそうだ。母さんのいう言葉のひとつひとつが、雨みたいに、雹みたいに、ぼくにたたきつける。もう、たえられない。

「何か問題があるの？」母さんは、またいった。ほんとうは、こういいたかったんだろう。「あなたは、何か問題があるの？」って。

ぼくは立ちすくんでた。手にもったパンフレットが、有罪宣告《ゆうざいせんこく》みたいに感じる。母さんが判事《はんじ》だ。母さんは、答えを待ってる。真実なんか、求めてない。わかってくれっこない。

自分のどこが問題なのかは、わかってる。ぼくは、静かな声で、だけどはっきりといった。そしてそのあとで、自分の部屋に行って、そのままひと晩じゅう、パンフレットを紙吹雪《かみふぶき》みたいにやぶいていた。

「たぶん、生まれてくる家族をまちがったんだと思う」

第十九章

その夜は、ずっと雨音をきいていた。たぶん、雨だと思う。母さんと父さんはまたけんかしてたし、うとうとして目が覚めたとき、泣いてるみたいな声もきこえた。母さんだ。もしかしたら、ただの雨音かもしれないけど。

つぎの朝、ローラはすでにバスルームを占領《せんりょう》してた。だけど、ぼくの部屋のドアの外にクッキーをのせたお皿が置いてあって、メモがついてた。「ごめん」クッキーは捨ててやった。ごめんなんて言葉じゃ、どうにもならない。

朝食のとき、父さんに、どのキャンプにするか決めたかときかれた。

ぼくは返事もしなかった。この親たちにどんな言葉で伝えても意味がないのは身に染《し》みてわかった。言葉なんてただの……音だ。ぼくの口から出たとたん、なんの意味ももたなくなるらしい。しゃべるのを完全にやめたほうがましだ。

父さんが、またたずねる。ぼくは首を横に振った。

「そうか、だったらいま選ぼう。パンフレットはどこだ?」ぼくは部屋に行って、紙吹雪の山を集めると、キッチンにもどってきた。テーブルの上にばらまいたとき、父さんはまばたきひとつしなかった。

「そうか、わかった。怒ってるんだな。だが、行くのはもう決まったことだ。母さんと父さんで選んでやろう」父さんは、のんでるコーヒーに向かってにっこりした。「乗馬キャンプ、あたりかな。前から馬に乗ってみたかったんだ」

ぼくは乗りたくない。そういいたかった。

カーリーだけが、ぼくが口をきいてないのに気づいてるらしかった。「ピープ！　ピープ！」と叫びつづけてる。本気で不安になってきたらしく、べそをかきながら「ピープ！」と泣きそうな声でいうので、ぼくは胸が痛くなって、すぐそばに行って少しだけ声をかけた。ただし、ほかのだれにも見られないよう、きかれないよう気をつけた。

そして、ぼくは監視下におかれた。かんぜんに。

まず、ローラは、ぼくがほっといてくれなかった。罪《つみ》の意識を感じてるらしい。「ピーター、ほんとごめん」ローラは、ぼくが横を通ったとき、コンピュータから顔を上げていった。「ママたちがあそこまで発狂しちゃうとは思ってなかったから。でも、ぜったいへん。そうでしょ？　あたしたち、あんたをあのばかなやつらから遠ざけるためにここに引っ越してきたの。あたらしい友だちをつくって、ママとパパを安心させるくらい、そうむずかしくないはずでしょ？　友だちになりたがってる子だってふたり、いるし。自分のほうからも近づけるようにならなくちゃ」

ぼくはとうとう、沈黙をやぶった。「父親から盗んだ銃をこっちに向けておどすようなやつらと、友だちになれって？　ていうか、じっさい撃ってきたし。ぼくに死んでほしい？」

ローラは口をあんぐりあけて、キーボードをたたくのをやめた。「うそでしょ？　マジで？　ピーター、待って！」ローラは叫んだけど、ぼくはさっさと部屋に行ってドアを閉めた。勝手にずっとノックしてればいい。こっちはローラに用はない。ぼくが好きなのは、カーリーだけだ。

あ、あと、アニー。きのうは雨がずっと降ってたから、その翌日にアニーが谷に来ることはないだろう。だけど、そのつぎの金曜日も、ぼくはまだ家に閉じこめられてた。父さんがお得意の「ピーターのことはさっぱり理解できない」という表情で、ぼくを監視してる。アニーはきっと、谷にいるだろうな。なのに、ぼくは行けない。

そのつぎの日は土曜日で、母さんが家にいた。絶望的《ぜつぼうてき》だ。

アニーがキャンプにいるのは、あと一週間しかない。こんなの、ひどすぎる。家を出る方法がない。アニーが治療前の数日を意味あるものにする手つだいをする方法が、ぼくにはない。だれひとり、ぼくが出かけなきゃいけない理由について、じっくりきく気なんかない。母さんは、ぼくが家族のだれにも口をきいてないのに気づいてて、ききたい言葉は「反抗的《はんこうてき》でごめんなさい」だけだといった。

あやまるつもりなんか、ない。ぼくは、逃げだすことを空想しはじめた。アニーといっしょに話してたような逃亡じゃなくて、ほんものの家出だ。そのとき、ドアベルが鳴った。

母さんが出る。来た人の声をきいて、ぼくはびっくりした。大佐の奥さんだ。母さんとしばらくしゃべって、自己紹介《じこしょうかい》なんかし合ってから、大佐の奥さんはいった。「あの子、ピーターは、いる？ おたくの息子さん。たのみたい仕事があって。ちょっとおこづかいかせぎできるし、少しのあいだ、ピーターを貸してもらえないかねえ。前みたいに手が動かなくなってきてね。関節炎《かんせつえん》で」

母さんは、ためらった。「あの、あの子はいま、外出禁止にしてるんです」

「はあ？ ばあさんが、ブドウのつるの手入れを手つだってほしいといってるのに、外出禁止？ いっとくけどね、どんな罰《ばつ》を考えだしたところで、あたしの手つだいにはかなわないよ。一日あたしといっしょにいたら、心から後悔するだろうね。で、何をしたっていうんだい？」

「勝手に家を出たんです。それに、たしかにそうですね、仕事をさせるのはいいことだわ」母さんはいった。「おこづかいはいりません。なんたって、ご近所なんですから」

母さんの声が、みょうに明るい。ぼくを追い払えてうれしいんだろう。

ぼくも家を出られるのは大歓迎《だいかんげい》だ。大佐の奥さんはぼくに、軍手と、悪魔《あくま》の手先みたいなはさみと、大きな牛乳びんくらいある水筒を手わたしてきた。「今日、必要なものだよ。仕事はたっぷりあるからね」ぼくたちは、ゴーカートに乗りこんだ。母さんと父さんには、声もかけなかった。ふたりとも、心配そうな顔でこっちを見つめてる。たぶん、ゴーカートを見て急に警戒心《けいかいしん》が出てきたんだろう。それとも、炎《ほのお》の絵のヘルメットかも。

「恐れることはないよ！」大佐の奥さんは叫んで、家の前の砂利道《じゃりみち》を飛びだしていった。家の横に石がはじけ飛ぶほどの勢《いきお》いだ。「夕食までには帰すよ。たぶん、指はぜんぶ残したままでね！」かっかっと高笑いしながら走り去る。母さんの「待って！」というぎょっとした声がエンジンのうなりに混ざってきこえてきたけど、完全に無視《むし》された。

大佐の奥さんは――ほんとうの名前は、ミセス・エンプソンだと教えてくれた――ほんとうにぼくにやらせる仕事をたっぷり用意してた。エンプソンさんは自分の家から四百メートルくらいはなれた山のてっぺんにゴーカートを止めると、ぼくにゴミ袋の束《たば》を手わたした。「ブドウのつる以外のつるは、ぜんぶ切ってほしいんだよ。バージニアヅタとか、あのいがいがのやつとかをぜんぶ。とげに気をつけるんだよ。ナイフみたいに鋭《するど》いんだから。根元から切り落とすんだ。根っこを掘りだしてほしいとこだけど、意味ないから。あいつら、赤ん坊が哺乳瓶《ほにゅうびん》をはなさないくらいがんこに、地面のなかの石灰岩《せっかいがん》にはりついてるからね」

ぼくは、軍手をした手に持ったはさみをじっと見た。それから、遠くに見えるエンプソンさんの家の三角屋根も。「あそこまでずっと?」

エンプソンさんは笑った。「ああ、ずっとだよ。いっぱいになったら、袋は置きっぱなしでいいからね。あとであたしが集めてまわるから。こまめに水をのむんだよ。ヘビに気をつけてっていうところだけど、あんたは心配いらないようだね」

どういう意味だろう? ブーツをはいてるから? それとも、べつの意味があるのかな? たずねようとしたときにはもう、エンプソンさんはさっさとゴーカートに乗って行ってしまった。それからはもう、忙《いそが》しかった。切ったつるを袋につめるのが、いちばんたいへんだった。エンプソンさんがいってたとおり、いがいがのつるにはとげがあって袋のなかで刺さるから、つめこむのがほとんど不可能だ。しまいには、いちばん長いつると格闘《かくとう》したせいで、腕が傷だらけになってた。

どれくらいやってたかはわからないけど、バケツ何杯《なんばい》ぶんも汗をかいた。太陽はもうすぐいちばん高い位置に来る。いっそのこと二日前の晩、母さんに説教の末に殺されてれば、少なくとも変人のおばあさんのために週末ずっときついただばたらきなんかしなくてすんだのに。そんなことを考えてたら、ぼくの上に影が落ちた。

「ツタウルシのことを注意しとくべきだったようだね」声がきこえる。

「えっ……」

エンプソンさんが、すぐ横に立ってた。ものすごくつばの広い日よけの帽子《ぼうし》をかぶってるから、顔が見えない。だけど、声からして、笑ってるのがわかる。

ぼくは、手元を見た。もってるつるは、ほかのとはちがって見える。だけど、これってほんとうにウルシ? それぞれの茎《くき》についてるつやつやした緑の葉の数をかぞえてみる。三枚。げっ、まずい。三枚でワンセットの葉をつけるのは、ツタウルシだ。ずっと、腕にじかに抱えてた。

　ぼくは、つるの束を下に落とした。「洗い落とさないと」そんなにすぐにかゆくなるはずないのに、ずっと触《さわ》ってたことを考えるだけで、からだじゅうを血が出るほどかきたくなってくる。

「まあ、どのみち、ここはもうだいたいおわってるから。〝きれいな池〟に行って、腕を洗っといで。そうすれば、かぶれやしないよ」

「きれいな池？」ぼくは最後につるを切って入れた袋を肩にかつぎ、エンプソンさんに並んでゆっくりと家に向かった。もうすぐ作業がおわりそうだなんて、びっくりだ。ずいぶんたくさんはたらいたんだな。

「ああ、あんたとアニーが――たしかアニーって名前だったね？――あれをなんて呼んでるかは知らないけどね。あの池を見つけた人はみんな、何かしら名前をつけるみたいだよ。大佐が亡くなって、しょっちゅう谷に行くようになったとき、あたしもあの池を見つけた。そのころは、いろんな発見があったけどね。あんたもたぶん、そうだろう？」

　エンプソンさんのくちびるにふっと笑みが浮かんで消える。カワトンボよりもすばやく消えたその笑みは、ぼくが谷で見たあらゆるものとおなじくらい謎《なぞ》めいていた。まるで、すばらしい秘密を知ってるみたいに。

「静かにしてるってことだけ約束《やくそく》しておくれ。あの谷は、あんまりうるさいのが好きじゃないんだよ。あんたがあそこでぎゃあぎゃあ騒ぐ声なんか、ききたくないしね。音が響くんだよ」

「約束します」おなじ約束をもう谷にしたってことは、だまってた。エンプソンさんに、ぼくも同類の変人だと思われたくない。

「けっ」エンプソンさんは、ぼくの考えを読んだみたいな声をあげた。「知ったかぶりだね」そういって、自分が持ってた袋とぼくの袋を、百年ぶんのごみを燃やすのに使ってたみたいな樽《たる》の近くにどさっと置いた。

ぼくは、腕をかきながら「きれいな池」とつぶやいてみた。アニーが使ってた言葉――〝感慨《かんがい》〟とか〝望外《ぼうがい》〟とか――がいいとずっと思ってたけど、〝きれいな池〟っていうのもあっさりしてて……なんか、いい。

「あの、あそこで腕を洗えば、かぶれないんですか?」

エンプソンさんは肩をすくめた。「さあね。谷にまかせとけばなんとかしてくれるよ。さ、この最後に残ったブドウを切るのを手つだってくれたら、あとは二、三時間、好きにさせてあげるよ。小さな友だちも待ってることだろうしね」

「アニーが?」いますぐにでも行きたい。「だけど……ぼく、外出禁止だから。母さんと父さんに、ぼくがまたあそこに行ったのがばれたら、殺されます」

「おやおや、自分から話すつもり?」エンプソンさんは大きな籐《とう》かごの前で立ち止まると、はさみに手をのばした。「ふんっ。このあたりはあたしも熱中しすぎたみたいだね。ちょっとばかり切りすぎだ。このかごを家まで運んでくれるだけでいいよ。そしたら、さっさとお行き」

「わかりました」ぼくは答えた。エンプソンさんは、ブドウをつんでたんだ? 見かけたブドウはぜんぶ緑色で、ぜんぜん熟してなかったけど。

かごのなかをのぞいてみると、やっぱりどうかしてる。つんであるのは、緑のブドウだ。こんなの、食べられたもんじゃないことくらいわかる。まあ、どうしようとエンプソンさんの勝手だけど。自分の土地なんだから。少なくとも、囲いの内側だ。だけど、もったいない気がする。

「まったく、考えごとがひっきりなしだねえ」エンプソンさんが、とうとつにいう。「あんまりしゃべらないくせに、いっつも考えてばかりいるんだろう?」

一瞬《いっしゅん》おくれて、ぼくはうなずいた。もう家の前まで来てた。なかに入りたいけど、足元をちらっと見る。「ブーツ、泥だらけだから」

エンプソンさんが肩をすくめる。「そこに脱《ぬ》いで置いときな。あんたがアニーのとこに行ってるあいだに洗っといてやるよ」

エンプソンさんは、まともな考えをたたきこもうとしてるみたいにじっと見つめてる。「いらないよ。あの谷に裸足《はだし》でおりてったこと、まだないだろう？　やってみな。保証するよ。あんたがあたしの思ってるとおりの人間なら、とげひとつ刺さらないよ」

「だけど、靴がないと……」ぼくはいいかけて、とちゅうでやめた。

うん、やっぱわけがわかんない。なんといわれようと、サボテンやらとげだらけのつるやらへビやらでいっぱいの場所を何キロも裸足で走りまわるつもりなんて、さらさらない。前に池でブーツを脱いだことはあるけど、平らな岩の上だけだ。裸足で山をおりていくなんて発想は、頭のおかしな人間のものだ。だけど、失礼になっちゃうからだまってた。

さっきいってた、「あたしの思ってるとおりの人間」ってどういうことだろう？

ぼくのこと、なんだと思ってるのかな？

エンプソンさんはキッチンのドアをあけた。百年前につくられたみたいなかたい木の長方形のドアだ。キッチンは、しっちゃかめっちゃかだった。緑のブドウやらガラスびんやらなべやらフライパンやらが、散らかり放題《ほうだい》だ。口には出さなかったけど、こんな年をとって……しかも、正気じゃないおばあさんが、ひとり暮らししてていいんだろうか。

「ひとりが好きなんだよ」エンプソンさんがいった。ぼくはひと言も発してないのに。「自分がしたいことを、したいときに、自分で決められるのが好きなんだ」そして、むっとしたようにいう。「ありのままの自分でいたいんだよ。自分がどんな人間か、何者なのか、いちいち人に説明しなくちゃいけないいんじゃなくてね」そういって、帽子をとると、ちらっと横目でぼくを見た。「その感じ、わかるだろう?」

一瞬、答えられなかった。エンプソンさんは、頭がおかしいんじゃなくて、人の心が読めるのかもしれない。ぼくが感じてたことをそのまま言葉にしてくれた。ぼくがそれこそ、生まれてからずっと感じてたことを。「はい」ぼくはやっと、答えた。「よくわかります」

「逃げていいよ」エンプソンさんが小声でいう。ぼくはぎくっとして顔を上げた。

エンプソンさんは咳ばらいをして、ウインクすると、いった。「さっさと谷に行ってきな。もう用事はないから。二時間くらいでもどってくるんだよ。そしたらサンドイッチを食べさせて、家まで送ってやるよ。さ、全力でダッシュ!」

いわれなくても、ぼくは全力でダッシュした。

アニーは、〝きれいな池〟にはいなかったけど、ぼくは両手と両腕をしっかりひたした。最後に、顔もばしゃばしゃ洗った。気持ちいい。これくらいで、午前中ずっと触ってたツタウルシの毒を消す効果があるかどうかは不明だけど。

すぐに、花畑に着いた。最後のオークの木をぬけると、背中をこっちに向けて立ってる子がいる。ぴくりとも動いてないけど、その女の子の髪は、白くてふわふわだった。天使の羽みたいにやわらかそうな、もこもこの髪だ。

近づいてみると、アニーだった。横におろした両手に握《にぎ》りしめてるのは……タンポポの茎?

髪についてるのも、タンポポだ。何千ものタンポポの綿毛《わたげ》。何万かもしれない。

「アニー?」ぼくはアニーの前に回りこんで、目をひらいてるのがわかると、名前を呼んだ。アニーは身動きひとつしないでじっと立ってる。見たことがないほどにこにこしてるけど、目には涙が光ってる。

「見て」アニーはくすくす笑った。「あたし、芸術なの」

たしかに、芸術作品になってる。というか、変身してる。

「自分でやったの？」ぼくはたずねた。これだけたくさんの綿毛を髪につけるには、相当な時間がかかったはずだ。

「ううん」アニーはささやいた。まだじっと突っ立ったまま、頭も動かさない。「あたしじゃないわ」

えっ？　どういうことだ？　ぼく以外にだれか、アニーといっしょにここに来てたのか？

「だったらだれが……」

「だれでもないわ」アニーは小声でいう。

「どうやって？」どうやって、変身したんだ？　人間の大きさの、巨大タンポポに。

「ね、教えて。あたし、鏡《かがみ》持ってきてないの。ちゃんとたくさんついてる？」

「うん」ぼくはアニーのまわりをぐるっと歩いて、頭にどんなにみっちり綿毛がついてるか、ながめた。赤毛がほとんどかくれてる。「いや、だけど……どうやって？」

アニーはまたくすくす笑った。「あたしってやっぱり、ウィッシュガールなんだわ。タンポポの綿毛を吹き飛ばしてたんだけどね」アニーがそーっと片方の手をあげる。「だれかさんがあらわれて、いっしょに芸術作品をつくってくれますようにって願いごとをしたの。で、目を閉じた。風がすごくやわらかくて。始まるのを感じたの。一時間くらいだったと思うわ。時間の感覚がないけど」

ぼくはうなずいた。なんか、わかる。この谷では、望みがかなうんだ。

「カメラ出して、写真をとってくれる？　見たいの」アニーはささやいた。ぼくはアニーの横にしゃがんで、リュックからカメラをとりだすと、あらゆる方向から写真を何枚もとった。

「で、どうするの？　今日のぶんの芸術は、もうつくりおわったみたいだけど」

「まあね。でも、まだほかに考えがあるの。ま、その話はあとでするわ。綿毛を吹き飛ばすの、手つだってくれる？」アニーは頭を振った。百個くらいの綿毛が、アニーの肩や腕にふわっと落ちる。

「吹き飛ばす？」ぼくも笑った。「アニーを巨大タンポポだと思って？」

アニーはうなずいた。「忘れずに願いごとしなきゃだめよ」

アニーが目を閉じてじっとしてるあいだ、ぼくは近づいて思いっきり息を吸った。「どうか……」

そういったとたん、アニーに注意される。

「だめよ。口に出しちゃだめ。かなわなくなっちゃう」

「わかった」そして、ぼくは心のなかで願いごとをした。

まわりの木の葉《こ　は》が揺《ゆ》れて動きだす音がした。また息を吸って、ふーっと吐いたとき、突風が吹いてきて、アニーの髪についてた綿毛を一瞬で散らした。白い大きな雲みたいになって飛んでいく。

「わあ」アニーは息をのんで、白い綿毛が空高くどんどん舞《ま》いあがっていくのをながめていた。手をのばして、残っていたふわふわをつまむと――けっこうたくさんある――足元にばらまく。

「さすがはこの谷だわ」アニーがしばらくしていった。「魔法《まほう》でしょう？」

「うん、そうだね」ぼくは、エンプソンさんがいってたことを話した。裸足でもだいじょうぶとか、〝きれいな池〟で洗えばかぶれないとか。

「きれいな池？」アニーが不服そうにいう。「つまんない名前ね」

「まあ、あっさりしてるよね。だけど、けっこう好きかな」

「へーえ、きれいな池？　〝つかのまの〟とか〝痛ましき〟とか〝恒久《こうきゅう》の〟とかじゃなくて……〝きれい〟、ね」アニーは首を横に振った。「ありふれてるわ。でも……悪くないわね。きれいな池って。さ、もどりましょう。あたし、泳ぎたいの」

「泳ぐ？」ぼくは息をごくっとのんだ。水着、持ってきてないよ。アニーはいったい何を考えてるんだ？

「まだウルシの毒が残ってるかもしれないし」アニーはからかって、先に走っていった。「最後の毒が、靴のなかでしみてきてるわよ！」

アニーのほうがぼくより足が速い？　ふつうだったらそんなことないだろうけど、今日のアニーはちがってた。ぼくも必死で走ったけど、山がぼくのスピードをゆるめにかかってきてるのがわかった。ブーツやつま先が引っかかって、転ばされる。だけどふしぎなことに、転んだときサボテンのなかに突っこんでしまったのに、とげひとつ刺さらなかった。

ここ数日で、いちばん楽しかった。でも、すぐにアニーが帰らなきゃいけない時間になった。お母さんがまた週末、ウィンバリーに来てて、近くの小さなホテルに泊まってる。「明日の午後、来るわ。たぶん遅くなるけど。四時を目指しましょう。あと、できればシャベルを持ってきてね」

理由はたずねなかった。アニーが何を考えてるにしろ、ぜったいに意味があって、変化を起こすものだからだ。芸術だ。もしそうじゃなかったら？　なんとなく、ぼくたちがつくろうがつくるまいが、この谷では芸術が生じるんじゃないかって気がする。

エンプソンさんに、送ってもらわなくてもだいじょうぶです、といった。きれいな池につかってからは力がみなぎってる気がして、歩くのがまったく苦じゃない。それに、親たちに見られる前にぬれた服をかわかしておきたい。「ぶじに送りとどけるって約束したんだからね」エンプソンさんはいって、サンドイッチをぼくの手のなかに押しつけた。「あたしをうそつきにしないでおくれ。まっすぐ家に帰るんだよ。いちいち止まらないで」

「わかりました」ぼくは約束した。

だけどそうはいかなかった、ダグとジェイクに会って止まることになってしまった。少なくとも、ふたりにぼこぼこにたたきのめされてるあいだは。

第二十章

まったくの不意打ちだった。服をかわかしたくてゆっくり家を目指して山をのぼり、もうすぐてっぺんというとき、ふたりがまくら木のフェンスの上にすわってるのが見えた。ずっと待ってたらしい。

「やっ、ピーター、こっち来いよ。話しようぜ」ジェイクがいう。

「あ、うん」ぼくは近づいていって、ぴたっと止まった。ジェイクのようすが、ふつうじゃない。髪はぐしゃぐしゃだし、顔の横が何か所か赤く跡になってる。ダグはなんともなさそうだけど、こっちに近づいてくるとき、少し足をひきずってた。

「ふたりとも、何があったの？」ぼくはたずねた。事故にでもあったみたいだ。また谷におりていこうとして、谷にこっぴどくやられたとか？　今回は、前よりひどく。それだったらいい。プーマにでも会ったのかもしれない。

「おめえのせいだ」ダグがいう。「ピーター、おめえだよ」

「えっ？」ぼくは一歩、後《あと》ずさった。

ダグがきっぱりときびしい声でいう。「どうして話した？」

「話した？」どういうこと？　ぼくが何をしたと思ってるんだ？

「おまえとは友だちになれると思ってたのに」ダグの声が、つらそうにきこえる。くちびるのはしっこが少し裂《さ》けて、かわいた血のかたまりがある。

ジェイクはぱっと手をあげて、兄がしゃべるのを制止した。「今回はおれにまかせてくれ、ダグ」ジェイクが目の前まで近づいてきて、ぼくの顔をのぞきこむ。近くで見ると、目も赤くなってるのがわかる。「おまえ、自分の親に、おれたちが二十二口径をもってるって話、したよな」ジェイクは静かな声でいった。「おまえの親たちが今朝、うちに来たんだ。おやじに、おれたちが勝手に銃を使ってるなんて心配だとかいいやがった。おれたち、やばいことになったんだぞ」

「かなりやばい」ダグもいった。

ああ、そういうことか。つまり、なぐられたんだ。そんな……ぼくは自分の親を最悪だと思ってたのに。ぼくはいった。「だけどぼく、親にはなんにもいってないよ」

「ピーター、うそついたってどうにもなんねえよ」ジェイクの声は低くて憎《にく》しみに満ちてた。ぼくは、後ずさりした。

「ちがう、ほんとなんだよ。ぼくじゃない。だいたい何日も、親と口もきいてないし……」あっ……言葉がとぎれる。「ローラか……」ぼくは小声でいった。「ローラめ、ただじゃおかない」

説明するひまはなかった。ぼくがローラにいって、それをローラが親にいったんだろう、と。いきなり、ダグにシャツの襟《えり》をうしろからつかまれた。話し方はゆっくりだけど、動きはおそってくるヘビみたいにすばやい。

「ピーター、こうしようぜ」ジェイクがいった。「ダグはおまえを好いてる。おまえはきっと、友だちづきあいってもんをわかってないだけってのがダグの考えだ。サンアントニオから来たばっかだしな。だから、おれたちはおまえに、一回だけチャンスをやることにした。これから、おまえをなぐる」

なぐるのが、チャンスをやるってこと？　なんでそれがチャンスなんだよ？

たずねる前に、ダグがいった。「けど、顔はなぐんねえ」

ああ。「それがぼくのチャンス？」あたりをきょろきょろして、どこへ逃げようか考える。そんなことが可能なら、だけど。いままでいちばん速く走れたとしても、こんなに近くにいたらむりだ。まわりをフェンスに囲まれてるし、道の片側にはとげだらけの茂みがある。ここから出られっこない。

ジェイクが肩をすくめた。「そうだ、顔はなぐんねえ。それがおまえのチャンスだ。今回はバレない。だから、おれたちはおまえをなぐって、そしておまえは家に帰る。だれにもいうなよ」

「どうして？」どうしてだれにもいっちゃいけないのか、きいたわけじゃない。ぼくがきいたのは、どうしてぼくをなぐりたいのかってことだ。だけど、ふたりにはわからなかった。

「もしチクったら、そしてだれかが――どんなやつでも――おれたちがやったってことを知ったら、つぎはおれたちも手加減はしねえ。つぎは、徹底的に思い知らせてやる。おまえのチビの友だちって手もあるな」

「チビの友だち？」

「ああ、女の子だ。いっしょにいるの、見たぜ」ダグがいう。「キャンプまでつけてった」

アニーだ。うそだろ……。

「あの子、ずっと小屋にひとりだよな」ジェイクがいう。「おまえがいうことをきかなかったら、おれたちがあの子のところに顔出してもいいんだぜ。まあ、どうせいうとおりにするだろうけどよ」

そういうなり、ジェイクはぼくのお腹を全力で殴った。からだのなかで何かが破裂《はれつ》したように感じた。逃げようとしたけど、ダグに襟をしっかりつかまれてる。ダグもぼくを殴った。野球のバットを使ったんじゃないかと思うくらいで、それほど強い力だった。さらに二、三回、殴ってから、ダグはぼくの襟を放した。ぼくは倒れた。アスファルトに丸くなって転がって、それからひとしきり、蹴りやパンチが降ってくるのを感じながら、頭を守ろうと必死だった。

コツは知ってる。顔を守る方法なら、わかってる。さんざん練習を積んだから。

まるでデジャヴだ。こんなに痛くなかったら、笑ってたところだ。同じ光景が浮かんできたから。放課後、六年生の男子たちはぼくに思い知らせるのを日課にしてた。腎臓《じんぞう》でパンチを食らうための個人レッスンだ。または、胃で蹴りを受ける。学士号くらいとれてたはずだ。

六年生たちは、ぼくをたたきのめしながらあざけった。よく覚えてる。意気地なし、へなちょこ……もっとひどい言葉でののしった。ぼくが抵抗《ていこう》するのを期待してた。たのむから向かってこいよ、ともいわれた。

父さんも事情を察すると、立ちむかえとしきりにいった。「ピーター、やり返すんだ」いまでも、父さんの声が響いてくる。「自分の力を証明するんだ、一度でいいから。いったん立ちむかえば、おさまる。そういうものなんだ」自分の力を証明する……。あの六年生たちにってことだけど、父さんにもって意味だ。

それでぼくは、やってみた。一度だけ、パンチというより、平手打ちだ。結果は、ガソリンに火をつけたようなものだった。六年生たちは、もっとやっていいっていう許可をもらったとばかりに、決して手をゆるめなかった。前よりひどくなるなんてことが可能とは思ってなかった。あの骨がひび割れるいやな感じは忘れられない。前の家の近所で先月、あばら骨の一本が折れたときの燃えるような痛みを。あの日、ぼくのなかで骨以外の何かがこわれた。何か、もっと奥深くにあるものが。

少なくとも、ダグとジェイクはぼくを痛めつけながらののしることはなかった。田舎は音が遠くまで響くのを知ってるんだろう。または、仕事を効率《こうりつ》よくこなしてるだけかもしれない。

終わったとき、ぼくは顔を上げた。ふたりはもういなかった。ぼくがいることさえ忘れたみたいに、歩いていく。何ごともなかったみたいに。口に手を当ててみると、血が流れだしていた。舌《した》をかんだときに切れたんだろう。だけどふたりとも、約束は守った。顔はなぐられてない。

ぼくはしばらく、その場で泣いていた。それからゆっくりと立ちあがり、傷だらけのからだで、よろよろと家に帰った。

母さんはキッチンのテーブルで請求書の整理をしてた。ぼくが入ってくるのを見て、たずねる。

「どうだった?」そして、眉《まゆ》をひそめた。「ぼろぼろじゃないの」

ぼくは、母さんをじっと見つめた。話そうかと思って。だけど、母さんがどんな行動をとるかはわかってる。頭に血がのぼって、大騒ぎをする。サンアントニオでの記憶が、ありありとよみがえる。何が起きていたのか、とうとう母さんが知ったときのことが。

母さんは、あのふたりの親にぜんぶいうだろう。そうなったら、ぼくはつけを払わされる。あのとき、そうだったみたいに。親が出てくると、暴力はよけいひどくなるだけだ。

そしていまのぼくには、自分以外に守らなきゃいけない人がいる。アニー。あと、ローラと、カーリーも。ダグとジェイクがだれのところにやって来るか、わからない。あのふたりなら、女の子ならかっこうの餌食《えじき》になるって考えそうだ。

だいたい母さんに何ができる? たぶん、父さんに話すだけだ。サンアントニオでそうだったみたいに。そうなると父さんは、また現実を直視することになる。自分の息子は世界一の弱虫だって。

「きつかったんだ」ぼくはいった。ダグのハンマーみたいなこぶしを思いうかべながら。「かなりきつかった」

「そう」母さんはまた、請求書《せいきゅうしょ》に向かった。「もう少し体力つけなきゃね。あ、そうそう、ヤング・リーダーズ・プログラムのキャンプに申しこんでおいたわ。朝はスポーツ、午後は人前で話す練習と人格育成《じんかくいくせい》プログラム。一週間後に始まるわ」

笑いそうになる。人前で話す？　一週間ダグとジェイクになぐられるほうがまだましだ。「シャワー浴びてくる。タイレノールのんで寝るよ」この感じだと、朝になったらもっと痛くなるだろうな。

母さんは返事もしなかった。もう顔も上げなかった。

第二十一章

つぎの朝は、なかなかベッドから出られなかった。十一時ごろに起きていくと、ほかのみんなはもう食事をおえてた。ぼくは残りもののワッフルをもって、リビングによろよろと入っていった。ローラが父さんといっしょにギターのチューニングをしてる。からだじゅうがずきずきする。この調子で一日じゅうギターやらドラムやら、やかましい音をたてられたら、どうにかなりそうだ。

「おはよう、父さん」ぼくは、ふたりがいる奥の部屋をのぞきこんだ。

「おお、ピーター、どうしたんだ？　ひどいな。コヨーテと格闘《かくとう》でもしたか？」父さんは笑って、手に持ったチューナーをまたいじり始めた。だけどローラは、ぼくをまじまじと見つめてきいた。

「ちょっと、どうしたの？　崖から落ちた？」

「関係ないだろ」ぼくはいいはなった。どうしたのかなんて、いえっこない。ローラのせいだ、ってことも。どうせまた告げ口するに決まってるし、そうなったらぼくはさらにひどい目にあわされる。だからって、感じよくする必要もない。

「そう、勝手にしたら。ああ、あんたがキャンプに行くのが待ちきれない。もしかしたら、こんな礼《れい》儀《ぎ》知らずのみょうなチビを改心させてくれるかもしれないしね」

「ローラ、あやまるんだ」父さんがいう。

「はいはい、ピーター、あんたが礼儀知らずのみょうなチビだってホントのこといっちゃって、ごめんね」

「どうでもいいよ」ぼくはローラを無視《むし》して、チューニング中の父さんに話しかけた。「父さん、大佐《たいさ》の奥さんに……エンプソンさんに、今日も来てほしいっていわれてるんだ。フェンスにからみついてるつるをぜんぶ切ってほしいって」

「ほんとうか?」

「ほんとうだよ」びっくりだ。父さんにうそをつくのがこんなにかんたんとは。手に汗もかかない。

父さんはため息をついた。「何もまた無理して行かなくてもいいんだぞ。子どもには重労働だ。母さんの話によると、度が過ぎてる。そうとうぼろぼろになって帰ってきたそうだな。母さんが心配してたぞ。いまだって、まだつらそうだ」

「ありがとう」ドアのフレームに体重をかけすぎないように気をつけてた。まっすぐ立ってるだけであばら骨が痛む。「だいじょうぶだよ」

ぜったいに許可させなきゃ。アニーのところに行って、ダグとジェイクに気をつけろっていわなきゃいけない。もう谷に行かないほうがいいって。あいつらが見張ってるから。あのふたり、何するかわかったもんじゃない。

「よし、わかった。昼食のあとなら行っていい。それまでカーリーの相手をしててくれ。父さんたちは、こいつを調整《ちょうせい》しなきゃならんから。なあ、ローラ?」

「うん、まあ。ね、さっさとこれ、やっちゃおう」ローラがいった。

昼食がおわるころには、父さんとローラにたっぷり二時間苦しめられたあとだったので、ぼくはすぐにでも逃げだしたくなってた。たとえダグとジェイクに待《ま》ち伏《ぶ》せされてても。逃げだす、という考えが何度も何度もくりかえし、頭に浮かんでくる。家を出て谷にむかって歩いてるときも、ずっと考えてた。アニーとふざけてしゃべってたけど、いまは本気で選択肢《せんたくし》のひとつに思える。少なくとも、ぼくにとっては。じっと何もしないでみすみすなぐられたり、もっとひどい目にあったりするよりはましだ。

ああ、ほんとうに実行にうつす方法さえあれば。どこへ逃げるかは決まってる。谷の奥深くだ。谷に行けば安全だっていう予感がある。少なくとも、自然界のものは手出ししてこないはずだ。だけど、ダグとジェイクは、そうはいかない。あと、母さんと父さんにも見つかるだろう。そうに決まってる。ほんとうに逃げだして、見つかったとしても、少なくともぼくが本気だってわかってもらえる。少しはだまってぼくの話をきいてくれるかも。

いや、むりだ。ありえない。うちの親たちにかぎって、たったの三十秒だってだまってじっとしてるなんて、不可能だ。ローラにしてもおなじだ。だれよりもぼくを理解してくれそうなのは、カーリーくらいのもんだ。

母さんはぼくが小さいときから何度もぼくを理解しようとしてくれてはいたけど、どうしてもできなかった。父さんなんか、理解しようともしない。

それは、ぼくが悪いんじゃない。ただ、信用がないのはぼくの責任だ。父さんに、家に着いたらエンプソンさんから電話をしてもらうことを約束《やくそく》させられた。ほんとうかどうか、たしかめたいんだ。さんざんこっそり抜けだしてきたんだから、家を出してもらえるだけありがたいと思わなくちゃ。

歩きながらずっと、監視《かんし》されてるような気がしてた。念のため、ローラの古いソフトボール用バットを持ってきた。ダグとジェイクがまたぼくを襲撃《しゅうげき》しようって気を起こしてるといけない。これで安全とは思わないけど、少なくとも手も足も出ないって感じはなくなる。

今朝、タイレノールを二錠《にじょう》のんだ。でなかったら、まっすぐ立ってもいられないと思う。三角の赤い家に着くころには、百キロくらい歩いてきたような気がしてた。

エンプソンさんがドアロに出てきた。手にショットガンを持ってる。でも、ぼくだとわかると、銃《じゅう》を置いた。

「足音ひとつさせないんだからね」エンプソンさんは、もんくをいうみたいにいった。「あんたが来るのが、まったくわからなかったよ。犬でも飼《か》わなきゃねえ」エンプソンさんは、首にかけてたチェーンからめがねをはずすと、鼻の上にちょんとのっけた。「ひどいありさまだねえ。崖から落ちたのかい？」

「サボテンに突っこんじゃって」ぼくは玄関《げんかん》の横にあるロッキングチェアに横からもたれかかった。バットは足元にそっと落とす。

「そうかい」エンプソンさんは、ぼくをじっとのぞきこんだ。「キレてこぶしを振《ふ》りかざすサボテンってわけか。そして、サボテンはふたつだね」ぼくはしばらくだまりこくってた。エンプソンさんもだまってる。「で、もっと仕事がしたくて来たのかい」エンプソンさんがしばらくしていった。

「じつはそうじゃなくて……でも、父さんはそう思ってます。父さんに電話をかけてほしいんです。ぼくが着いたって」

「で、とっとと谷に行くつもり？　あんたんとこの家族だって、そのうち気づくだろうよ。ちゃんと話したほうがいい」エンプソンさんは、喉《のど》の奥でちょっと不満そうな声を出した。「どうやら、もっといろいろ話すべきことがあるようだね。話せば解決することもあるだろうよ」

「話、きいてくれないから。ずっとそうだったし」

「うーん」エンプソンさんは考えこみながら、あごの細い毛を引っこぬいた。「谷に行くのがどうしてあんたにとってよくないのか、わからないけどねえ。親にとってもね。自然のなかにいるのは、すばらしいことだ。心にとっても、からだにとっても、いいことしかない。だけどね、あんたのためにうそをつくつもりはないよ。父親に、あたしの手つだいをしてるっていってほしけりゃ、ちゃんと仕事はしてもらうよ」

えっ、うそだろ、もうとげだらけのつるはかんべんしてくれよ。ぼくは思った。エンプソンさんは笑った。

「考えてることが、またはっきりきこえてるよ。さあ」エンプソンさんはキッチンにずんずん入っていって、窓枠《まどわく》に置いてあったメイソンジャーをつかんだ。「谷におりてって四番目の草原に行っといで。恐竜《きょうりゅう》の足跡《あしあと》のひとつ先だよ」

ええっ？「あれってまさか、ほんとうに……」だけど、エンプソンさんはかまわず話しつづけたので、ちゃんと質問できなかった。

「そこの原っぱに、レインリリーがいっぱい咲いてるはずなんだよ。数日前、大雨が降ったからね。このびんいっぱいに入れて、もってきておくれ。あたしじゃ、もうあんなとこまで行けないからねえ。背中が痛くて」

「関節炎《かんせつえん》、ですか？」

「むかし、ハンググライダーで事故を起こしてね」エンプソンさんはそういうと、ぼくの表情を見てけらけら笑った。ふざけてるのか本気なのか、さっぱりわからない。

「父親には電話しといてやるよ。さ、行きな！　今日は暑くなるよ」

ぼくは急いだ。アニーは小川にはいなかった。花畑にも、大岩の草原にもいない。花畑のタンポポはすっかり綿毛《わたげ》が飛びさっていて、なんだか……がいこつみたいだ。

ぼくたちがつくったケルンも、くずれてこわれかかってた。花びらはすっかり枯《か》れて、色あせている。

なんだか、いやな予感がする。ぼくはどんどん歩いていった。声を出してアニーを呼びたくない。ダグとジェイクがまた来てるといけない。ぼくが告げ口するかどうか、あのふたりがおとなしく見守ってるとは思えない。いったんかっとなったら手がつけられないタイプだ。

それに、谷との約束もやぶりたくない。できるだけ、音を立てずに静かにしていたい。

もしかして、アニーは来てないのかな？　だけどアニーは、ぼくたちはとくべつなことをしてるんだといってた。

そのとき、音がした。ハトの鳴き声みたいだ。一羽じゃない。あと、だれか……何か、ほかの音も。泣き声？

ぼくはそーっとオークの大木をまわりこんだ。アニーだ。

アニーは地面にすわって、ひざをきっちり抱《かか》え、肩をふるわせていた。左右の肩に一羽ずつ、ナゲキバトが止まってる。灰色と白の羽根が、アニーの真っ赤な髪《かみ》のせいでよけいくすんで見える。

ぼくは少しのあいだ、じっと見守って、アニーのほうからぼくに気づいてくれるのを待った。アニーが顔を上げる。するとハトが飛びたって、オークの低い枝に止まった。

「アニー、だいじょうぶ？」ぼくはたずねた。

間がぬけた質問だ。どう見てもだいじょうぶじゃないのに。でも、アニーはぼくをからかったりしなかった。だまって首を横に振る。

「何があったの?」ぼくはたずねて、アニーの横にすわった。するとアニーがよりかかってきたから、びっくりした。まるで自分の重さを支えられないみたいに。いちばんひどい傷に当たって痛かったけど、声を出すつもりはなかった。アニーは、ぼくに負けずに打ちのめされてるように見える。ぼくの話なんか、いまはどうでもいい。ぼくはメイソンジャーを、そのままますとんと落とした。

「週末また、ママが来てるの」アニーは、しばらくするといった。

「うん、そういってたね」

「で、ママに話したの」アニーは、引きつった笑い声を出した。「ていうか、わめきちらしたっていったほうがいいかも。来週から放射線治療《ほうしゃせんちりょう》なんかしたくないって。もう少し待ちたいって。ほかの方法が見つかるかもしれないからって。ママは、方法はあるっていったわ。三か月後にセント・ジュード・メディカルで臨床実験《りんしょうじっけん》が始まるんだって。でも、それじゃあ間に合わない」

「間に合わない?」

「うん、ママの話だとね」アニーの声は、低くてざらついていた。「あと、ヒューストンの癌専門《がんせんもん》の医者たちもみんな、そういってるみたい。でも、セント・ジュードでいろんなすごい治療法が開発されてるのは、みんな知ってる。とにかく、ママにもう一度主治医《しゅじい》に電話してほしいってたのんだの。で、あたしから話がしたいって。ママは電話してくれたけど、あの医者、あたしの考えなんかちっともきいてくれないんだもん」

「あ、でも、待つと危険になるんだったら……」

「危険?」アニーが口をはさんだ。「どっちにしても、危険なことにはかわりないわ。だったら、待ったっていいでしょ? きっとおなじことよ」

「おなじこと?」アニーがだまりこんだので、ぼくはたずねた。「長く待てば待つほど、癌は悪化するんじゃないの?」癌のことはよく知らないけど、ほっといてどうにかなるもんじゃないことくらいわかる。

「たぶんね」アニーは、ふーっと長いため息をついた。「でもあたしは……あたしはただ……このまがいいの。いまのあたしのままでいたい」

口のなかがからからになる。ふいに、からだじゅうの傷が、たったいま受けたみたいに、ひりひりと痛みだした。アニーは何をいってるんだ? はっきりたずねなくちゃ。アニーのいってる意味をたしかめなくちゃ。「それって、癌が大きくなるのをほっとくってこと?」そのあとの言葉はとても口に出せるものじゃなかったけど、アニーの話をきいておなじ不安を感じたことが前にも何度かある……どうしても、きかなくちゃいけない。「アニーは……死にたいの?」

「ちがう!」アニーはそういって、ぱっと立ちあがった。オークの枝の下をぐるぐる歩きまわる。ハトが、ばたばたと飛んでいった。アニーのせいでおどろいたからだ。ぼくも、おどろいていた。

「ちがう」アニーはまたいった。「死にたくなんかない。ありえないわ! だけど、ねえ、あたし、どっちにしても死ぬのよ?」アニーは自分の胸を指さした。「ピーター、死ぬって何? 心臓《しんぞう》が動かなくなったとき、でしょ? 命を輝《かがや》かせてるものだかなんだかが、消えてしまうときでしょ? それが、あたしの身に起きるのよ」

「そうと決まったわけじゃ……」ぼくは反論しようとしたけど、あっさりさえぎられた。

「じゅうぶん、わかってるの。話をするたびに、思い知らされるのよ」お母さんと話をする、って意味だろう。「あたしはもう、あたしじゃなくなるの。アニー・ブライスらしく考えることも、アニー・ブライスらしく話すこともできなくなるの。もしかしたら、服だって……」アニーはそこで言葉を切って、また泣きだした。

「着られなくなる……アニー・ブライスらしくか」ぼくはかわりにつづけた。「だけどね、アニー」アニーが少し落ち着くと、ぼくはいった。「それでも生きられるんだよ。それがいちばんたいせつなんじゃないの？」

アニーはひざを抱えてすわると、前後に揺《ゆ》れた。「ピーターにはわからないのよ。わかってくれてるかもって思ってたけど、やっぱり……いままで、自分のことをまわりの人間に勝手に決められたこと、ある？　自分じゃ決められないと思われて、まったく信用してもらえなくて。ほんのちっぽけなことだって、決めさせてもらえなくて。これから何が起きるかをただ告げられて、おとなしく従うようにいわれて」

わかるよ……ここに引っ越してきたことも、それからキャンプのことも。おなじじゃないけど、その感じはわかる。「たぶん……うん、わかるよ」喉がつまりそうだ。「いままさに、そういう状況だし」

アニーはちょっとためらった。「話してみて」

ぼくは、話した。外出禁止になってて、こっそり家を抜けだしてること。親にキャンプに行かされそうになってること。ダグとジェイクになぐられて……そして、母さんが話をきこうともしてくれなくて、ぼくがなぐられたのに気づいてもいないってこと。「ああ、ピーター！」アニーは声をあげてかけよってくると、ぼくの袖《そで》をまくった。青あざがいくつか、あとアスファルトにこすれて切れた傷もある。「ほんと、ごめんなさい。あたしがその場にいればよかったのに。あたしだったら……」

「だめだ」ぼくは口をはさんだ。「いなくてよかったよ。あいつら、いかれてるから。アニー、あのふたりは、アニーがどこに泊まってるか、知ってるんだ。小屋にいるときは、必ずかぎをかけてくれよ」

「わかった、そうする。だけど、どうしてピーターの両親は、話をきいてくれないの？」

「アニー、うちの親はぼくのこと、好きでさえないんだ」口に出してみると、目の奥がぴりっとする。ほんとうのことだけど。「父さんはずっと、自分がずっと欲しかったような息子にぼくを変えようとしてる。一年生のとき、フットボールの弱小チームを追いだされてからというもの、ずっとね。ぼくが……」くちびるのはしっこが引きつる。思わずくすっと笑ってしまう。「タックルされるたびにユニフォーム着たまま、ちびっちゃってたから」

アニーも笑いたいのをがまんしてた。「それがなんだっていうの？　ピーターのお父さん、一流アスリートかなんか？」

ぼくはため息をついた。「ちがう。たぶん、問題はそこなんだよ。父さんはいちおうミュージシャンなんだけど、ずっと一流になりたいのになれなくて。一流ならなんでもいいんだ。一流のフットボール選手でもドラマーでも、なんでも」

「お父さん、セラピーに行ったほうがよさそうね」

「それって、ぼくのセラピストもおなじことといってた」ぼくはぶつぶついった。アニーが首をかしげる。

「ピーターのセラピスト？　いつ、セラピーに通ってたの？」

「あ、まあ、それはいいんだけどさ」いま、その話を始めるつもりはない。「とにかく、うちの家族はぼくがおかしいと思ってる、それにつきるんだよ」

「あら、あなたおかしいじゃない」アニーはふざけた。「だけど、いい意味でよ。いちばんいい意味。ねえピーター、偉人《いじん》はみんな、おかしいと思われてたのよ。もっとも賢《かしこ》い人たちはみんな——芸術家も科学者も——子どものときは誤解《ごかい》されてたの」

「はいはい、そうだね」ぼくは下に落としたジャーを手にとった。「歩きながら話そうよ。大佐の奥さんに、このジャーいっぱいにレインリリーをつんでくるって約束したんだ。どんな花か知らないけど」

アニーはぶつぶついいながらついてきた。「そんなのって、よくない。ぜんぶ、まちがってる。ピーターに起きてることも、あたしに起きてることも……ぜったい不公平。あたしたち、赤ちゃんじゃないのよ。自分でどうするか、選ぶことくらいできるわ。でしょ？」

「うちの親にいわせると、ちがうらしい。それにさ、アニー、じっさいのところ、ぼくの問題はアニーのとおなじじゃない。アニーの問題は……まあ、生死がかかってるんだから」

「あなたの問題だってそうよ、ピーター」だんだん怒った声になってくる。「親に、それじゃ足りないっていわれるたびに……それじゃあ自分たちみたいにはなれない、自分たちの望むようにはなれないっていわれるたびに、少しずつ殺されてる気分にならない？　なるはずよ」

目の奥がつんとする。アニーのいうとおりだ。たしかに前、そう考えたことがある。

「ピーター？」腕《うで》に手をかけられて、ぼくは立ちどまった。「何考えてるの？」

「なんにも」答えたくない。それから、ぼくはいった。「ほら、ぼくっておかしいからさ」

「おかしいくらいすばらしいわ。ねえ、ピーター、あなたって、あたしが今まで出会ったなかで、いちばんおもしろい人のひとりよ」

ぼくは振りかえらなかった。目を見られたくなかったから。

ぼくが考えてたのは、いまのままの自分でいたいというアニーの気持ちが、手に取るようにわかるってことだ。去年、ぼくが感じてたのとまったくおなじだから。毎日少しずつ、殺されてるのに、だれも話をきこうとしてくれない。父さんには千回くらい、そんな弱虫でさえなければ——それがぼくなのに——問題はぜんぶ解決する、っていわれた。母さんはあらゆる活動にぼくを参加させようとした。なんとかぼくを変えようとして。もっとよくなるんじゃないかって。ちがう人間になるんじゃないかって。

アニーがはじめて、いってくれた。ぼくは……このままでじゅうぶんだ、って。

「ピーターってすごいと思う。それがわからない人って……たぶん、不注意で気づいてないのよ」

アニーが、「不注意で気づいてない」といったとき、ものすごく大きな青いちょうちょがぼくの顔のまん前に飛んできて、肩に止まった。

「ほーらね？」アニーがいう。「谷だって、あたしの意見に賛成してくれてるわ」

「アニーと谷だけだよ、そんなふうに思ってくれるのは」そういいながら、考えてた。もう、谷が生きてるみたいないいかたをしても、ぜんぜんおかしく思えなくなってきたな。少なくとも、アニーといっしょにいれば。

「親たちに話をきいてもらう方法があればいいと思わない？」アニーはたずねた。「親たちにちゃんと気づいてもらうためにできることがあればいいって」

それこそ、この二日間、ぼくがずっと考えてたことだ。いや、もしかしたら二年間くらい。だけど、何ひとつうまくいかなかった。それどころか、ぼくがどんなに傷ついてるかを知ると、親たちはさらに事態を悪化させるようなことをする。ぼくは、とりあえずうなずいた。

「あたし、方法を知ってるの」アニーはかけよってくると、ぼくの両手を握《にぎ》った。そして、ぼくの目をじっとのぞきこんだ。「あなたとあたしのために。うちのママと、ピーターのお母さんにも気づいてもらうために。話をきいてもらうために。協力してくれる？　ひとりじゃできない」

「何がしたいんだ？」ぼくはたずねた。また口のなかがかわいてくる。心臓がばくばくいいはじめる。

「魚のはらわた」アニーはささやいた。くちびるのはしっこが片方、ぴくっと上がる。笑ってるけど、目はとんでもなくしんけんだ。「準備《じゅんび》オッケーよ」

「魚のはらわた？」頭のなかがぐるぐるまわってる。そして、思いだした。あのとき決めた合図だ。

「えっ。まさか……」

「本気よ」アニーがささやく。「逃げましょう」

第二十二章

逃げる？　本気で？　アニーといっしょに……。ぼくは、「うん！」と即答したかったけど、舌《した》がかたまって動かない。アニーが返事を待ってる。

「ぼく……ぼく、わかんないよ」やっと舌が動くと、それだけいった。そりゃあ、逃げようって話はずっとしてたし、持ちもののリストも考えたけど、そこまでだと思ってた。話してるだけだって。きのう、本気で逃げることを考えてたときだって、アニーといっしょに行く想像はしてなかった。アニーはからだが弱すぎる。だけど、そんなことはいえない。なんだか、裏切りみたいだ。「どこへ行くつもり？」

「谷の奥よ」アニーは目をかがやかせてる。「家からできるだけ遠くはなれるの」

「だけどさ……谷っていっても……」ぼくは一瞬《いっしゅん》、目を閉じて、自分が谷にいるところを想像した。谷の奥深くで暮らして……いや、むりだ。うまくいきっこない。長くはもたない。「たしかに谷は大きいけど、そこまでじゃない。きっと、見つかるよ。アニー、見つかるに決まってる。そうなったら、なんにもならなくなるんだよ。ただ、めんどうなことになるだけだ」

「わかってるわ」アニーはいった。言葉をひとつひとつ、じっくり考えながらしゃべってるみたいに。

「だけど、見つかるまでにけっこう時間をかせげるはずよ。二日か、三日……もしかしたら、もっと。それだけあれば、見つかっても親から何もいわれなくなるわ」アニーはまた歩きだした。どんどん先に歩いていく。アニーがつぎにいった言葉は、ほとんどきこえなかった。「それだけあれば、治療の開始に間にあわない」アニーの声が低くなる。ほとんどささやき声だ。「そのあいだに、セント・ジュードであたらしい治療法が開発されるかも」

セント・ジュード？　それって、三か月先だっていってなかったか？　丸々三か月だ。アニーの主治医は、そんなに長くは待てないっていっていってたはずだ。アニーの癌は、どれくらい進行してるんだろう？　問いつめたい。こっちを向かせて、はっきりいわせたい。待った場合、生存率《せいぞんりつ》はどれくらいになるのか？　五十パーセント？　十パーセント？　でも、きけない。

アニーには、話に耳をかたむけてくれる人が必要だ。だまってきいてくれる人。ぼくにはできる。だからぼくは、だまってついていった。アニーのお母さんは何を考えてたんだろう。アニーにこんなさみしい思いをさせちゃいけない。こんな田舎《いなか》でひとりぼっちで、ぼくみたいなへんなやつしか話し相手もいないなんて、ぜったいにだめだ。こんなにいろんなことが起きてるときに。アニーとお母さんは、ほんとうなら話さなきゃいけないのに。恐怖《きょうふ》と痛みを分かちあわなきゃいけないんだ。目をそむけるんじゃなくて。

逃げるんじゃなくて。

逃げる。そう言葉にしただけで、からだじゅうがぞくぞくする。脱出して、自由になる。ほんとうの自分になる。ここ数か月、親たちからいわれてきたあらゆることを思いだす。いや、数年間だ。もっと強くなれ、もっとがんばれ、変わらなきゃいけない、って。もしかしたら、目を覚まさなきゃいけないのは、親たちのほうかもしれない。

そしてアニーのお母さんも、目を覚まさなきゃいけないのかも。ほんとうに家出するわけじゃない。電車に乗ったりヒッチハイクしたりして、わけわかんない場所に行くわけじゃない。考えてみたら、自分の家の庭みたいなものだ。

ぼくたちの、すごく大きくて、野生《やせい》のままで、魔法《まほう》みたいな庭。

そう思ったら、からだじゅうに染《し》みわたるみたいに想像がふくらんできた。谷に入ってすぐの場所でこれだけふしぎなことが起きてるんだから、もっと奥まで行ったら何が待ってるんだろう？

どんな秘密を見つけるんだろう？　家から遠くはなれて、静かな場所のずっと奥深くまで入っていったら。

「ピーター！」アニーがおどろきの声をあげる。走っていって追いつくと、アニーはレインリリーの花畑を見つけていた。

すごい……。五十メートルくらい先まで、一面に白い花が咲いてる。三十センチくらいの背丈で、直径《ちょっけい》五センチくらいの花をつけている。やさしい風に吹かれてゆらゆらと揺れながらきらめき、動くとちらっと紫色や緑色も見える。小さな白いちょうちょが、まるでさっきまで花びらだったけど浮かんでみようと思ったみたいに、空いっぱいに飛んでいる。

「この花、切りたくないな」ぼくは頭上で踊《おど》る二匹のちょうちょを目で追った。「こんなにきれいに咲いてるのに」

「じゃ、あたしがやる」アニーはいった。ぼくの手からジャーをとると、自分の短パンのポケットから小さいナイフを取りだす。なんだか、やたら切れ味がするどそうだな。

「武装《ぶそう》してきたの？」

「ぶどうのつるを切るかもと思って」アニーはいいながら、こっちで一輪、あっちで一輪と、つんでいく。一か所からいっぺんに花がなくならないようにしてる。アニーが歩くと、花たちがじゃまにならないようにからだを曲げ、足をどけると、またぴんとまっすぐになるみたいに見えた。

「切るの、いやじゃないの？　花はこうして咲いてるときがうつくしいのに……どうしてみんな、花びんなんかに差したがるのか、理解できないよ。つんじゃったら、一日か二日で枯《か》れちゃうのにさ」

アニーは肩をすくめた。「つんでもつまなくても、どっちにしろそれくらいで枯れるのよ」

「えっ？」

アニーは、知らないのというふうに目玉をぐるんとした。「ピーター、レインリリーよ。一日しか咲かないの。そのあとは枯れちゃうのよ。少なくともこうすれば、花を見て楽しめるわ。大佐の奥さんにだって、うつくしいものを見ながら生活する権利くらいあるもの」アニーの声はだんだんか細くなっていった。

「どういう意味？」ぼくは、花畑のふちを歩いた。アニーは花の咲いてるなかを平気でずんずん歩いていくけど、ぼくがおなじことをしたら、この見たこともないほどすばらしい場所を台なしにするに決まってる。

「さあ。ただ、すごく悲しそうだから。そう思わない？」

悲しそう？　変人なのはたしかだけど。むすっとしてて、ちょっと人をいじめて楽しむ趣味《しゅみ》がある。あれだけたくさんぶどうのつるを切らせておいて、サンドイッチひとつですませるんだから。あと、まあ、やさしいかな。今日だって、ぼくがここに来られるようにしてくれた。だけど、悲しそう？

いわれてみれば、あの目のなかに、あと、ぎゅっと結んだくちびるのはしあたりに、何かが見えた気がする。なんだろう。ぼくは気づかなかったけど、どうしてアニーは気づいたんだろう。

ぼくが不注意なんだ。どういうわけかそう思ったら、はっとした。ぼくは、家族とおなじになってきてるんじゃないか？　自分の問題で頭がいっぱいで、まわりの人たちのことを気にとめなくなってるんじゃないか？　もしかしたら……もしかしたらぼくは、冷静にならなくちゃいけないのかもしれない。もっとよく考えて決断しなきゃいけないのかも。

アニーの決断に、ぼくは困りはてている。想像しようとしても……むりだ。考えることさえできない。どうしてアニーは自分の命をそんなふうに扱えるんだ？　必要な手術や治療を遅らせてまで、自分の主張を通そうとするなんて。反抗《はんこう》するにもほどがある。

ぼくには、そんな勇気はぜったいにない。

ジャーがいっぱいになると、アニーは背筋《せすじ》をぴんとした。「で、どう思う？」

「きれいだ」

アニーがちょこんとおじぎをする。「ありがとう」

「いや、花が、ってつもりで……アニーじゃなくて。あっ、ていうか、もちろんアニーもだけど。えっ、ちょっと待って……」

アニーは笑って、ぼくの言葉をさえぎった。「もういいわ、ピーター、どんどん収拾つかなくなるだけよ。そうじゃなくてね、あたしがきいたのは、やる気あるかってこと。あたしといっしょに逃げる気、あるの？」

「うーん、きびしいかなあ」ぼくは正直に答えた。「ほら、だってもしアニーが逃げて……ぼくたちが逃げて、それで何かよくないことが起きたら、谷底で動けないんだよ。医者からも病院からも、かなりはなれてるし」

「そうよ、そこが大事なの」アニーの声は、きいたことがないほど暗かった。「あたし、病院にはもどらない。あたしの話をきいてくれるまでは、ぜったいに。そのためなら千回だって逃げてやるわ。

あの治療は受けない」

治療を受けない？　だけど、治療しなかったら死んじゃうじゃないか。そうだろう？

そんなこと、想像もできない。アニーはぼくが知ってるなかでいちばん元気で、生き生きしてるのに……こんな子、見たことない。

「アニー、そんなのめちゃくちゃだよ」どうしても話してわかってもらわなくちゃ……だれかが、話さなきゃいけない。「それって、自分の命を危険にさらすことになるんだよ」

「そのとおり」アニーは、かんで爪《つめ》がぎざぎざになってる片手で、レインリリーの花をひとつ、つまんだ。「あたしの命よ」

「だけど……」きかずにはいられない。「治療をしなくても死なないの？　命をけずるようなこと、しちゃいけない」

「いいこと教えてあげる、ピーター。あたしの命、もうけずれてるの。かすかに残ってるぶんで、自分がしたいことをしようとしてるだけよ」

「アニー。アニーは、かんたんにあきらめるようなタイプじゃないと思ってた」

「ばかいわないで。もうさんざんばかなことをきかされて、あきあきしてるんだから」アニーはつんだ花びらを地面に落とした。落ちながら、色あせてしおれていくように見える。

腹が立っていた。この上なく。だけど、だれに腹が立ってるのか、わからない。自分自身？　アニーのお母さん？　少なくとも、アニーに頭に来てるのはたしかだ。ぼくだって逃げたいけど、アニーの場合、それを実行にうつすことは、希望を捨てることになる。再発した癌とたたかわずに死ぬことになる。

そう思うと、最悪の気分になる。なぐられたときよりも、一日じゅうぶどうのつるを切らされたときよりも、母さんにキャンプに行けっていわれたときよりも、ずっとひどい気分だ。

「アニーがいってるのは、死ぬってことだよ」ぼくはいった。声が大きすぎたし、怒ったいいかたになった。風に乗って、ふしぎないやなにおいがする。ごめん……ぼくは谷に向かってささやいた。

「ちがう。あたしがいってるのは、抵抗《ていこう》するってことよ。逃げるの。一回くらい、あたしの話に耳をかたむけさせるの。どっちにしても、ピーターのいったようになるわ。すぐにみんなに見つかるでしようね」

「みんなって？」

「あたしのママ。ピーターの両親。ま、ピーターがいっしょに行けばの話だけど」アニーはまたぼくを正面から見た。「ねえ、ピーター、約束したでしょ？　忘れちゃった？　あたし、しんけんなの」

しんけんって……もしぼくがほんとうにそんなことをしたら、母さんがどんなにしんけんに怒るか、想像もしたくない。

「アニーのお母さん、心配でどうにかなっちゃうよ」ぼくはそっといった。「いまだってきっと、そうだろうけど。アニーは……アニーは、お母さんにそんなこと、できるの？」

「できるわ！　たぶん。たぶんね……そうすれば、気づいてくれるもの」アニーはため息をついた。

「ピーターにはわからないのよ。きっと、あたしが何を考えてるか、考えたこともないんでしょうね。どうしても逃げきれないようなひどい問題なんか、経験《けいけん》したことないのよ。怪物《かいぶつ》みたいに、どこまでも追いかけてきて、走って逃げるしかないような」

そんなの経験してるよ。そういいたかった。だけど、言葉が出てこない。ぼくがどんな経験をしてきたか、アニーに話したくない。何をするつもりだったか。母さんには何回も、そんなことないって否定《ひてい》してるけど。

これ以上アニーに、攻撃材料《こうげきざいりょう》を与えたくない。

「もちものはもう、準備できてるの」アニーはきいたこともないほど落ち着いた声で、きっぱりいった。「リュックに、前に話したものぜんぶ、つめたわ。水筒《すいとう》も、食料も、着がえも……キャンプのキッチンから、ナイフだって盗《ぬす》んできたんだから」

「ナイフを盗んだ」ぼくはくりかえした。「もうリュックにつめてある？」ずっと本気で考えてたんだ。計画してたんだ。「どうかしてるよ」

「どうかしてる？」アニーはくちびるをぎゅっと引きしめた。「ピーター、どうしたっていうの？おじけづいた？」アニーはいったん言葉を切ったけど、ぼくが答えないと、先をつづけた。言葉の攻撃が、石みたいにぼくに降りかかってくる。「あなた、自分が弱虫だっていったわよね。信じてなかったけど。どうやら、そのとおりだったみたいね。いいわ、だったらおうちに帰りなさいよ、弱虫さん。どっちにしても、あなたなんかいなくても平気だから」

「アニー！」顔が真っ赤になる。「やめてくれよ！」

「どうして？　ほんとうのことじゃない。あなたは、弱虫かうそつきかの、どっちかよ」涙のせいで、言葉がこもってよくきこえない。「それか、両方。あたしにうそをついたのね」

アニーのいうとおりだ。だけど、説明しなくちゃ。「まさか……まさか、本気だとは思ってなかったんだ。ただの空想だって。そうだろう？　ありえないってわかってる願いごとをするみたいな。ぜったいに実現はしないから、不可能なことを願うぶんには問題ないし」

ぼくたちのあいだの空気がざわざわしている。

「アニー、まだ金曜日まであるんだろう？　また、お母さんに話してみなよ。それか……もう一度、医者に電話してみるとか。うちに来ればいいよ。電話、通じてるから。ネットで検索《けんさく》して、治療のことをもっと調べてみてもいいし」

「ピーター、あたし、やらなきゃいけないことがあるから」しばらく口をつぐんでたアニーがいった。花の入ったジャーを、ぼくのほうによこす。「来なくていいわよ。ひとりでできるから」

ひとりで。アニーがその言葉を口にしたとき、灰色の雲が、もくもくと地平線の上にのぼってきた。

「だめだ」ぼくはいった。アニーがひとりで逃げると思うと、気が動転する。ダグとジェイクに、ひとりでいるところを見つかるかもしれない。転んだり、そうじゃなかったら……。「アニー、むりだよ」

「むりじゃないわ。あたしは、こわくないし。バイバイ、ピーター・ストーン」アニーは回れ右をした。「お幸せに」

アニーは行ってしまった。あっさりと。

ぼくは、アニーのうしろ姿を見守っていた。ほんとうにそんなばかなことをするつもりなんだろうか。ぼくは、ぐずぐずしてていいんだろうか。どうやって止めればいいんだ?

アニーが逃げて、けがをするかもしれないし、死んじゃうかも……ひとりで?

なんとかしなくちゃ。

話をきいてくれる人に、相談しなくちゃ。

第二十三章

もちろん、いちばんの問題はそこなんだけど。だれも、ぼくの話をきいてくれない。

その夜、母さんがキッチンにひとりでいるところに入っていった。ぼくたちふたりだけだ。母さんのコンピュータを気にしなければ、だけど。ひっきりなしにフェイスブックのメッセージが届いたり、母さんがかちゃかちゃ打ったりしてる。

「母さん?」ぼくは、いつもより声を張《は》った。話をきいてほしいから。「母さん? ちょっとききたいことがあって。大事なこと」

「ん、何?」母さんは顔を上げると、それから一気にしゃべりだした。「ええ、いいわよ、もちろん。いったでしょう、どんなことでもいいからいつでも話してって。去年、そういうふうに話し合ったじゃない。で、どうしたの?」

母さんは、ぼくの話に興味があるような顔をつくったけど、目の奥を見れば、あせってるのがばれバれだ。たぶん、ぼくが何をいいだすのか、心配なんだろう。また落ちこんでるんじゃないかって。

ああ、母さんがわかってくれさえすれば。

「あのさ、知り合いになった女の子がいて……」ぼくは話しはじめた。一週間ずっと女の子といっしよにいたと知ったら、母さんは大騒《おおさわ》ぎするだろう。それは困る。でも、もう遅かった。

「女の子?」母さんは、早めの誕生日《たんじょうび》プレゼントをもらったみたいな顔をした。「かわいい子? どこで会ったの? あ、待って……まさか、ネットのチャットルームとか、そういうんじゃないでしょうね? それってたいてい、四十歳のおじさんとかで……」

「母さん!」ぼくは首を横に振った。やっぱり話そうなんて気、起こすんじゃなかった。「ほんものの女の子だよ。じっさい会ったんだから」

「どこで?」母さんの目がきらりと光る。「いつ? 母さんも会いたいわ。新学期から、おなじ学校?」

「母さん! ここに住んでる子じゃないんだ。金曜日までしかここにいないんだよ」金曜日。アニーがお母さんに連れてかれて、治療を始める予定の日だ。

お母さんがアニーを見つけられれば、の話だけど。

「それで……もういいや」

「だめよ、ピーター、ちゃんときいてるんだから。その子がどうしたの?」母さんはくちびるのはしっこをかんでいる。おさえてないと言葉が勝手に口から出ていってしまう、みたいに。

「気にしないで。その子の話は、また今度」ほかの方法を考えなくちゃ。「あのさ、母さん、前の学校の友だちのことなんだけど」ぼくはうそをついた。「そいつ、癌だったんだ」

「だれ? えっ、待って、さっき話してた女の子のことをもっとききたいのに……」

「母さん、それはまた今度。いまは、友だちの話だ。癌の友だち」

母さんは、首を軽く左右に振った。「去年、癌の子がいたなんて話はきいたことないわ。おなじクラスの男の子?」

「そこはどうでもいいんだ。ぼくが知りたいのはね、癌の治療の晩期障害って、きいたことある？」

「副作用のこと？」

「まあ、たぶん、そんな感じ。そういうののひとつで、脳の障害ってきいたことある？　永遠に障害が残るとか、そういう話」

「ええ」母さんは、ものすごく静かな声でいった。「友だちの息子さんが白血病《はっけつびょう》だったの。わかったときは、四歳だったわ。放射線治療と化学療法で、脳に障害を負ったの。だけど、それも治療中よ。回復させようとしてるわ」

「回復するの？　たとえば、すごくたくさん放射線治療をしたとして。それか、化学療法。ふつうよりもたくさん。そういうのをぜんぶやって、癌も進行してたとして、副作用がひどくて、その子が二度と元どおりにならないってことはある？」

「その子？　ねえ、それって、さっきいってた女の子のこと？」

「あ、うん」顔がかーっと熱くなる。「だけど、女の子っていっても、そういうんじゃないんだ。ぼくが知りたいのは……」

母さんが眉《まゆ》をひそめた。一瞬ためらって、考えこんでいる。「どうしてもはっきりとはわからないんじゃないかしら。それしかいえないわ。癌の治療も回復も、不確定要素《ふかくていようそ》が多いのよ。いろんな要素がからみあってるから」

なんか、意外だ。母さんが、ちゃんと話をきいてくれてる。覚えてるかぎり初めて、ぼくは母さんの注意を引いている。

「もしぼくが癌だったら……それか、カーリーかローラかぼくが重い病気で、それで……」

「やめて！」母さんはぱっと立ちあがって、キッチンをぐるぐる歩きだした。何かさがしものでもしてるみたいに。「そんな話、しないで。母親にとって、起こりうる最悪のことだわ。そんな話、するだけでぞっとする」

「だけど、もしぼくたちが重病で、思い切った治療をしなくちゃいけなくて、それで永遠に障害が残るとしたら……そして、ぼくたちが治療したくなかったら？　母さんは、ぼくたちの意見をきいてくれる？　治療について、自分で決めさせてくれる？」

母さんは立ちどまって、くるっとこっちを向いた。「何ばかなことをいってるの？　ありえないわ！　それは、大人が決めることよ。子どものうちは、理解できないから。自分の子どもが元気に生きられるためだったら、なんでもするわ。どんなことだって」母さんの目に涙が光ってる。「ピーター、あなたたちのためだったら、母さん、なんだってするのよ。わかるでしょう？」

「それをぼくたちが望んでなくても？」

母さんは口をぱくぱくと開け閉めした。魚みたいに。いすの背もたれに手をのばす。バランスをくずしたみたいに。「あなたまさか……ああ、ピーター。ああいうことはもう考えなくなったと思ってたのに。まさかずっと……」

「ちがうよ、母さん」母さんがなんのことをいってるのかは、わかってる。「考えてないよ……ああいうことは。いままでだって、考えてなかったし。あんなの、ただのくだらない日記だよ」

「わかってるわ。そういってたものね。だけど、あのときに書いてたことって……それにいま、いったこともよ。まるでなんだか……」コンピュータの横においてある携帯電話《けいたいでんわ》が鳴りだした。母さんは、たしかめずに切ろうとした。もう少しで、切るところだった。

でもけっきょく、光るディスプレイをちらっと見た。「あっ、もう！　ボスからだわ。出なきゃ。ピーター、この話はあとでまたしましょう。だけど、またカウンセラーのところに行ったほうがいいんじゃないかしら。ここに引っ越してきて、あたらしい友だちができればいいと思ってたんだけど。自然にかこまれていれば、考えなくてすむし……いろんなことを。だけど、ここはさみしすぎるわね。あなたの気持ちもわかるわ。そうよ……キャンプに行けば、気がまぎれると思うんだけど」

そういうと、母さんは留守番電話《るすばんでんわ》に切りかわらないうちに電話に出た。そして、ドアの外に出ていった。

「ぼくたちのうちだれかが、家出したら?」ぼくは、だれもいない部屋で問いかけた。「それって、病気になるのとどっちがまだまし? 内面だけが病気になって、癌とかそういうんじゃなかったら、話をきいてくれる? そうだったら、心配する?」

ぼくは待った。母さんがききつけて、戻ってきてくれるかもしれないと思って。

母さんは、戻ってこなかった。

第二十四章

水曜日がめぐってきた。ベビーシッターの役目も。

「ねえママ」ローラが朝から騒いでた。「街まで車に乗せてって。友だちと何人かで、リバーセンターモールで待ち合わせしてるの」

母さんは一瞬、だめだといおうとしたけど、ローラに同情してるのがわかる。十五歳で、こんな田舎にひとりだなんて。

そしてぼくに対しては、なんとも感じてないらしい。「ピーター、お父さんは今日、一時にオーディションがあるの。カーリーのめんどうをみててもらわなくちゃいけないわ。十一時くらいから、わたしが帰ってくるまで」

ぼくが何をいっても――大人がいなかったら危ないんじゃないの？　ぼくひとり？――何ひとつ、相手にしてもらえなかった。

また、アニーをひとりにしてしまう。胃のあたりがちくちくする。アニーは――文字どおり――生きるか死ぬかの決定を、ひとりでしようとしてる。話し相手もいないまま。だれもアニーの決心をかえさせようとする人はいない。

せめて、そばにいてやりたいのに……。

しばらくは、カーリーの相手で頭がいっぱいだった。カーリーの赤ちゃん言葉や笑い声が、がらんとした家に響《ひび》く。ぼくはカーリーを自分の部屋に連れていき、しばらくのあいだ古いレゴブロックで遊ばせてから、ヘルシーなランチを食べさせた。メニューは、チェリオスのハニーナッツシリアル、あまーいアップルソース、それからさらにチェリオスだ。

カーリーがもう少しで昼寝しそうになったとき、ドアノブが動く音がした。ノックじゃなくて、がちゃがちゃいってるだけだ。侵入《しんにゅう》しようとしてるみたいに。

あ……アニーだ。アニーに決まってる。ほかにこんなとこまで来る人なんかいない。こんな奥まった田舎にいるんだから。一瞬、ぼくは舞いあがった。アニーを家に呼ぼうなんて、考えたこともなかった。だけどそのあと、散らかりほうだいの家のなかを見まわして、ぼろぼろにはげたペンキにほとんど初めて気づいた。もしかして、ぜったい来ちゃだめだっていっといたほうがよかったかもしれないな。

でも、もう遅い。ぼくはドアを開けた。カーリーをうしろに追いやりながら。「いらっしゃい、アニー……」

アニーじゃない。ダグとジェイクだ。すぐにドアを閉めようとしたけど、ダグが肩をぐいっと差しこんできて、ドアが木にぶち当たったかと思った。「なんか用？　いま、手がはなせなくてさ」心臓がばくばくいいはじめる。いやな予感しかしない。

「赤ん坊のおもりか？」ジェイクがたずねる。くちびるのはしっこからヒメモロコシの葉っぱが突きだしてる。ジェイクはその葉っぱを、ゆっくりと注意深くかんだ。「ほかにだれもいねえのか？」

「あ、父さんがいるけど」うそをついた。

ダグがにやっとする。「いいや、さっき出かけてくのを見たぜ。けどおまえ、うそはうまいな。ぜんぜん顔に出てねえよ。おれなんか、すぐにバレちまう。おまえもいっしょに出かけたのかと思ってたよ」

ジェイクがダグを押してわきにどかせると、何かを――ドライバー？　金づち？　一瞬しか見えなかったからわかんないけど――背中のほうにかくした。「ちげえよ、ダグ、忘れちまったのか？　おれたち、ちょっと思いついて寄ってみたんじゃねえか。友だちとつるもうと思ってさ、なあ、ピーター」

ダグがぽかんとする。「あ、ああ、そうだった。おまえに会いに来たんだよ」

たしかにダグはいってたとおり、すぐに顔に出る。このふたりは、ぼくに会いに来たんじゃない。だいたい、ノックもしなかったし。ドアをむりやりこじあけようとしてた。

しかもダグは、手に大きなかばんを持ってる。盗《ぬす》みに来たのか？

「赤ん坊、抱っこしてもいいか？」ダグがたずねる。

うそだろ。「えっ、いや、知らない人をこわがるからさ」カーリーがうしろからふたりをのぞきこんでる。目を見ひらいて、しんけんな顔をしてるけど、もちろんこわがってはいない。カーリーは知らない人に会うのが大好きだ。いまにも、にこにこして赤ちゃん言葉で話しだしそうだ。

だけど、ぼくはこわい。このふたりは信用できない。カーリーがいたら、なおさらだ。

「ピーター、けがはさせねえよ」ダグがまじめそうな低い声で、きっぱりという。「赤ん坊にけがはさせない。おれ、赤ん坊が好きなんだ。やわらかいからよ」

なんて答えればいいんだろう……やわらかい？　それって、手で握りつぶせるって意味か？　だけど、けっきょく返事をする必要はなかった。カーリーがねらったみたいなタイミングで、悪臭《あくしゅう》がぷんぷんするおむつをがばっとはずしたからだ。

　完ぺきなタイミングだ。

「げーっ！」ダグがわめいて、顔を片腕でかくした。「とんでもねえガキだぜ！　おまえ、これをかえなきゃいけねえのか？」

「そうだね」ぼくは、さもうんざりみたいにいった。ちっともいやじゃない。ダグとジェイクといっしょにいるくらいなら、おむつ交換なんか千回だってやる。「はやくしないとまずいな。じきに爆発する」

「爆発？」ダグはげらげら笑ったけど、ふたりとも玄関前の踏《ふ》み段《だん》をおりて、庭を歩きはじめてた。

「地雷《じらい》みてえなガキだぜ。おもしれえ」

「じゃ、ピーター、またな」ジェイクがくるっと振りかえる。「まあ、今回おれたちが来たことは、だれにもいわねえほうがいいだろうな。わかったか？　おれたち、ほら……外出禁止中なんだ。この前みたいなことになりたくねえよな？」

　この前みたいなこと。ぼくをなぐったときのことか。

　ドライバーだ……ジェイクが走っていくとき、おしりのポケットに突っこんであるのが見えた。腕がじんじんするのを感じたし、カーリーもぐずってたけど、ぼくはふたりの姿が見えなくなるのを待った。それから、玄関のドアを点検した。

　やっぱり。鍵穴《かぎあな》じゅうに、こすったり引っかいたりした跡がある。穴が少し広がってて、しばらくこじあけられようとしてたみたいに見える。どんなにいろいろやってみても、鍵はもうはまらなかった。どうして父さんは、サンアントニオにいたときみたいに、こわされる心配のない本締《ほんじ》め錠《じょう》にしなかったんだろう？「ここなら安全だからな」父さんがいってたのを思いだす。「だれもこんな田舎までわざわざ泥棒《どろぼう》しに来やしないさ。そんなめんどうなこと、だれもしないよ」

ジェイクとダグにとっては、たいしてめんどうでもないんだろう。ぼくはけっきょく、ドアの内側にいすを二脚《にきゃく》置き、ふたりがまた戻ってくる気を起こしてもあけられないようにして、ほかのドアと窓もぜんぶ念のためにたしかめると、やっとカーリーのおむつを取りかえた。

おむつはとんでもないことになってたけど、ぼくの心のなかのほうがもっととんでもなかった。母さんと父さんにドアノブのこと、だれがやったかをいわないで説明するには、なんていえばいいんだろう?

またなぐられるのは、ごめんだ。ぼくは弱虫だから、ほんとうのことを話してなぐられるなんて、ぜったいにいやだ。

ああ、逃げたい気持ちがますます強くなる。

どう報告すればいいのかは、なんとなく決まった。だけどそのせいでぼくは、二十五歳くらいになるまで、ひとりっきりでいさせてもらえなくなるかもしれない。

「ドアにだれかが来たみたいな音がしたんだ」ぼくは、父さんが帰ってくると話した。父さんももちろん、ドアノブといすには気づいてた。「すごくへんなんだよ。だれかはわかんないけど、呼んだら逃げてった。だけどドアノブはもうこわされてた」

「こわされてた」父さんは、かろうじて残ってる髪を手でとかした。「こわされてた……そうか、銃でも持ってたらどんなことになってたか。で、犯人は見てないんだな?」

「見てない。こわくて、外に出られなかったから」

「それでいい」父さんは青白くなってた。ぼくがドアをあけたときみたいに、あせってる。「よくやった」そして、手をのばしてハグまでしてきた。両腕をぼくのからだにまわして、少しのあいだ息が苦しくなるほどぎゅっと抱きしめる。「それでいいんだ」

こわかったと口にして責められなかったのは、生まれてはじめてだ。どう反応していいか、わからない。

父さんはそれから一時間、電話で、気が動転してわめく母さんを必死でなだめてた。うまくいかなくて、母さんが戻ってくるまでドラムをたたきつづけた。こわしちゃうんじゃないかっていうくらい、強くたたいてた。

「ああ、ピーター」母さんは、ドアから入ってくるなりいった。抱きしめられて、窒息《ちっそく》しそうになる。

「カーリーはどこ？」カーリーは寝てたけど、母さんはむりやり起こして抱きしめた。

そしてそのあと、けんかが始まった。

二分ほどするとわめき合いになり、ローラがあきれた顔でいった。「あたし、こんなくだらない家族、もういや」そして、自分の部屋に閉じこもった。ローラの気持ちはよくわかる。ぼくだって、もういやだ。

逃げろ……頭のなかで声がした。アニーといっしょに逃げるんだ。母さんの声がして、何も考えられなくなる。

「デイケアに行かせるお金ができるか、学校が始まるまで、だれかが子どもたちといっしょに家にいなきゃ。わたしはむりよ。この家で仕事をしてるのはわたしだけだから！」

母さんはその気になると、ものすごい攻撃力を発揮《はっき》する。

「で、つぎは、おれがどんなにだめ人間かって話が始まるのか？　おれが解雇《かいこ》されたとき、離婚《りこん》すればよかったじゃないか。先延ばしにする必要がどこにある？」

「いまからだって遅くないわよ、ジョシュア。わたしに意見しないでちょうだい。あと、話をすりかえるのはやめて。わたしたちがどういう結論を出そうと、子どもたちをここにひとりにしておくわけにはいかないの！　ピーターのようすがおかしくなってるの、気づいてないの？　ここに来れば、あたらしくやり直せると思ってたけど。でも、ますます引きこもるようになってる。ローラだって、さみしいはずよ。あなたは、しょっちゅう家をあけてるし」

「仕事の面接だ」父さんは、歯ぎしりするようにいった。

「仕事って、お金が発生するものよ。それって、バンドの面接でしょ？　無料奉仕《むりょうほうし》の演奏《えんそう》でしょ？」

「一時的なものだ。そのうち仕事につなげる。口出しするな」父さんの声が、どんどん荒っぽくなってくる。

「いつよ？　子どもたちが殺される前？　あと？　こんなわけのわかんない土地で、あなたが精神年齢だけ十五歳みたいにオースティンでドラムをたたいて遊んでるあいだに？」

「遊んでる？　おい、マクシーン、本気でいってるんじゃないだろうな。きみがおれに会ったときにはもう、おれはドラムをたたいてた。それがどうして急に、責められなくちゃいけない？　いつから、このおれじゃだめになったんだ？　してることだけじゃなく、いまのままのおれっていう人間までだめなのか？」

　ぼくは、ぎくっとした。父さんがいってることは、ぼくが感じてることとそっくりおなじだ。いまのままの自分じゃだめ、みたいに。どうして父さんもそんなふうに感じるんだろう？　考えなくても、母さんが勝手に答えてくれた。

「いまのままのおれ？」母さんが高い声で、あざ笑うようにいう。「わたしたちがもう前のように若くないからよ、ジョシュア。わたしたちはもう、大人なの。少なくとも、わたしは大人だわ。家賃も、請求書《せいきゅうしょ》も、なんとかしなきゃいけない」母さんは叫んでた。「もちろん、子どもたちのことだってね。

子どもたちを危険な目に合わせて平気なの？　だれかがいっしょにいてあげなかったら……」

「それできみは、おれに仕事をさがしに行かないでここにすわってろっていうのか？　外に出なかったら、仕事は見つからない。ピーターだって少しは勇気を出して……」

「勇気を出す？　武装した強盗《ごうとう》に対して？　自分のいってること、わかってる？　そんなおそろしいこと、させる気？　明日にだってまた、来るかもしれないのよ」

「はあ？　悪質な窃盗団《せっとうだん》がこの田舎で家から家につぎつぎ侵入して、十年もののテレビとこわれた電化製品を盗んでまわるとでも思ってるのか？」父さんは、ばかにして短く笑った。

「ありえないことじゃないわ！」

けんかは、ふたりの気力が尽きるまでつづいた。けっきょく父さんがあやまって、母さんが離婚弁護士《りこんべんごし》に電話をかけるのを阻止《そし》するために、いろんな提案《ていあん》をした。そして街《まち》まで車で買いものに出かけて遅くまで作業をして、やっと母さんも落ち着いた。

つぎの日、玄関と裏口のドアと一階の窓ぜんぶにつけたぴかぴかの本締め錠をロックして、近所の人たちに強盗にあわなかったかきいてまわってから、父さんはぼくを置いて出かけた。

ローラがカーリーのめんどうをみるようにいわれて、母さんはまた仕事に行った。

ぼくは、どうしたって出かけなきゃいけない。アニーが来てるかどうか、たしかめなくちゃ。ひと晩じゅう――というか、ローラがコンピュータの前からどいた二時以降ずっと――白血病治療の晩期障害について調べてた。

アニーは、ぜったいまちがってる。ぼくが読んだかぎりでは、アニーがいってたような障害は、めったに起きないそうだ。なんとかしてアニーに知らせなきゃ。アニーを変えなきゃ……そこまで考えて、ぼくははっとした。

アニーを変える……それって、母さんと父さんがぼくに対してずっといってたこととおなじだ。ぼくがきこえないと思ってるとき、こそこそと。ぼくがいてもいなくても気にしてないときは、大声で。親たちは、ぼくの考えを変えようとしてる。ぼくに、自分たちのやり方をわからせたがってる。いまのぼくが消え去って、かわりに、自分たちが望んでるぼくになればいいと思ってる。

親たちは、ぜったいに話をきこうとしない。

ぼくは、親たちにいうことをきかせられないけど、だからって、自分があある必要はない。

アニーに、そんなことはしたくない。ちゃんと話をきかなくちゃ。きくだけじゃなくて、理解しなくちゃ。そしてもし、アニーが気持ちを変えたくないなら、逃げる意志がかたまってるなら、ぼくもアニーに手を貸すつもりだ。

第二十五章

アニーは谷にいなかった。ぼくは、ふたりで行ったことがある場所をぜんぶ見てみた。アニーは草原のひとつで、ぶどうのつるで何かをつくりかけてたけど、未完成で、作成とちゅうで投げだしたみたいに見えた。

ぼくはまた山をのぼって、エンプソンさんの家に向かった。エンプソンさんは家にいて、キッチンのドアが全開になってた。エンプソンさんが、流しの前でぶつぶついってるのがきこえる。背中を、こっちとテーブルに向けていて、テーブルの上一面に……「また緑のぶどう?」思わず声をあげると、エンプソンさんがくるっと振りかえった。巨大な肉切《にくき》り包丁《ぼうちょう》を手に持って。

一瞬、包丁を投げつけられるかと思った。だけどエンプソンさんは包丁をおろして、ふーっと息を吐いた。「あんたっ!」そう声をあげて、どなりつけようかどうしようか迷ってるみたいにげらげら笑った。「心臓が止まるかと思ったよ」

「ごめんなさい。ドアがあいてたから」キッチンのなかはハエがぶんぶん飛びまわってて、そのうち一匹がエンプソンさんの鼻の頭に止まった。エンプソンさんはふーっと息を吹いて白髪《しらが》まじりの髪といっしょに払うと、すわりこんだ。

「あんたが悪いんじゃないけど」エンプソンさんは包丁を持ったまま、スツールを指さした。「すわんな。ぶどうの実を茎からもぐのを手つだっておくれ」

ぼくはすわり、ふたりしてしばらくだまったまま作業をした。山積みのぶどうは、ものすごい量だった。そしてそのぜんぶが、まだ熟してない。どうしてもわからない。エンプソンさんはそりゃあ変人だけど、ばかじゃない。なんでまだ時期が来てないぶどうを刈《か》ったんだろう？

そう考えて、アニーのことを思った。アニーの癌だってそうだ。まだ子どもなのに、死ぬなんて考えなきゃいけないのは、ぜったい不公平だ。熟してないぶどうをつむみたいなもので……やっぱり、筋がとおってない。

「いいから、ききな」エンプソンさんがしばらくしていった。「あんたの考えてること、ここからでもきこえてるよ」

「何をつくってるんですか？」カウンターの上に並んだびんが、あやしげな実験をしてるみたいに光ってる。

「ジャム。グリーンマスタンググレープのジャムだよ。もちろん、砂糖《さとう》をどばどば入れて甘《あま》くしなきゃいけないけど」

「紫色《むらさきいろ》になってからつんだほうがいいんじゃないですか？」

「まあ、できれば熟すまで待ちたいとこだね。でもね、そこまでもってくれるって保証がどこにもないから」

「可能性はありますよね」ぼくは反論した。

「ああ。だけどね、たいていシカが完熟を待たずに食べちまうんだよ。あと、アライグマもいるしキツネもいるし、ほかにもたくさん動物はいる。そりゃあ待ったほうがいいだろうけど、むりなんだよ。

ぶどうジャムが欲しかったら、いまつくるしかないんだ。永遠に手に入らなくなっちまう前にね」

「ときにはね」エンプソンさんはしばらく口をつぐんでから、いった。「ときには、行動しなきゃいけない。待っちゃだめなんだよ。必要なことをしなくちゃいけない。世界に勝手に決められちまう前にね」

これってぜったい、ぶどうの話じゃない。

「アニー、ここに来たことあるんですか？」ぼくはたずねた。エンプソンさんは、ぼくたちが何を計画してるのか、知ってるのかな。「今日は来ましたか？」

「ああ」エンプソンさんはうなずいたきり、何もいわなかった。

ぶどうの実をもぎおえると、エンプソンさんがざらざらした手でぼくの腕をつかんだ。ぼくは、ぎくっとした。いちばんひどい傷のひとつにちょうど当たってる。

「この前、崖から落ちたっていってたね？　アニーがここに来たとき、ほんとうのことを教えてくれたんだ。あの少年たちは、危険だよ」

「なんでわかるんですか」

「とにかくあいつらには、できるだけ近づくんじゃない。谷にいるようにしな。家にいるんじゃやなければ。谷にいれば、安全だ」

ぼくは笑いそうになった。「たぶんそうなんでしょうね。できればぼくも、あそこで暮らしたい」

エンプソンさんは、ぼくを試してるような目でじっと見た。「ふーん、そうかい？　あんただったら、できると思うけどね」エンプソンさんは、「あんただったら」を強調していった。

「えっ？」どういうつもりでいってるんだろう？

「夫が死んだとき、あたしはあの谷におりてったんだよ。あのときのあたしは……あたしじゃなかった。谷は必要なかぎりずっと、食べものを与え、寒かったりぬれたりしないようにしてくれた。しばらくかかったけど、やっと頭がまともになってきたよ。二、三週間以上かかねえ」エンプソンさんはけらけら笑った。「そりゃあ、ひどいありさまだったよ、谷から戻ってきたときはね。髪に枝だの葉っぱだのがいっぱいからみついてて。雪男みたいなもんかね、たぶん」

谷で暮らしてたって？「何を食べてたんですか？」

「谷がくれるもの」エンプソンさんは、思いだしながらゆっくり話した。「ベリーや木の実。野生のたまねぎやキノコ。魚。水は清《きよ》らかで澄《す》んでるしね。そうそう、あたしが谷におりてったときは、聖書《せいしょ》にあるモーセの話をずっと思いだしてたよ。荒野で神が、マナとうずらを与えてくださったって話をね。うずらは、一回も見かけなかったねえ。あんなかわいい鳥、殺せないって前から思ってたし。だけど、谷はあたしに食べものをたっぷり与えてくれた。くさったベリーやきのこで腹をこわすことも一度もなかった。たぶん谷が、そういうものは自分の友だちの目には触《ふ》れないようにかくしてくれてるんだね」

エンプソンさんは話をやめて、さぐるような目でぼくを見た。「だからって、あそこで暮らせっていってるわけじゃない。ただ、あの子たちには近づくなっていってるんだ」

「もちろんそうしたいけど」ぼくは流しで、巨大なステンレスのボウルでぶどうを洗いながらいった。「だけど、むこうがぼくをほっといてくれないんです」気づいたら、きのうの話をしてた。ドライバーを持ってうちまで来て、どんなにこわかったかを。

顔を上げると、エンプソンさんは青白くなった顔をしかめてた。「強盗？　それは初耳だね。思ったよりひどい。いいかい、あたしはあの子たちの親がどんな親だろうと、どうだっていい。ただ、子どもが乱暴になって手がつけられなくなっていく場所は、ひとつしかない。それは、悪い大人に育てられたときだよ。あの子たちの家族に、このことを知らせなきゃいけない」

「いわないで」恐怖がどっと押しよせてくる。「ぼくのところか、姉か妹のところに仕返しに来るに決まってます。アニーのところかも。わかんないんです」

「あたしにはわかるよ」エンプソンさんは、ゆっくりいった。まるで、ぼくが言葉を理解できないかもしれないと心配してるみたいに。「あんな子たちをほっとけるもんか。いまやめさせなかったら、もっとひどいことになる。取りかえしがつかなくなることだってあるんだよ」

「やめて」ぼくは、かなりあせってた。エンプソンさんは、わかってない。「話したら、もっとひどくなるだけです。ぼくが人に話さないでいられるか、試してるんだから」

「それはちがうね。あいつらは、あんたが人に話すかどうか、監視してるんだよ。そのうち、どんどん乱暴なことをやりだす。あたしは、あいつらにずっと目をつけてたんだ。このあたりにいたねこはほとんど、あいつらが殺した。みんな、コヨーテのせいにしてたけど、あたしはあいつらがねこを追いかけてくのを見たんだよ。そしたら今度は、人の家に侵入？　あたしはここにひとりで暮らしてるんだよ。こわくって……」

「あのふたりがこわいんですか？」

エンプソンさんは、ばかにしてふんっといった。「まさか。あいつらのうちひとりを撃たなきゃいけなくなるのがこわいんだよ。いまのとこは見回りにショットガンを持ってあるいてないけど」

エンプソンさんはにっこりしたけど、ぼくはとても笑えなかった。もう望みはないのがわかる。エンプソンさんは、すると決めたことをするつもりだ。

「今日は、何もいわないでください」ぼくはいった。「アニーのキャンプに行かなきゃいけないんです。だから、とちゅうであのふたりがぼくをさがしにくると困るんです」

「おわかれをいいに行くつもりかい?」

「おわかれ?」なんの話だ?

「ああ、あの子の治療の開始が早まったんだよ。どうやら医者たちは、あの子がいくら平気なふりをしてても、血液の状態を心配してるようだね。それであの子は今日、ここに来たんだよ。おわかれをいうためにね。あんたに会ったら、おなじくバイバイって伝えてくれってたのまれたよ。話す時間が二、三分しかなくてね。ママが今日の午後、迎えにくるんだってさ」

ぼくは何もいえなかった。今日の午後?

てことは、もう逃げる計画はなしってことだ。お母さんにわかってもらおうって計画は、なしだ。これから起きることを変える方法は、もうない。

そんなの、不公平だ……喉がつまって、息苦しくなってくる。やっと友だちに会えたのに。ぼくがおとなしくてしゃべらないのを、いいことだって、へんじゃないって思ってくれる人に会えたのに。かんじんなときに話をきいてもらえないのがどんな気持ちか、わかってくれる人に。

そしていま、アニーはぼくから遠ざけられようとしてる。自分自身からも、自分の人生からも。なれるはずだった、すばらしいアニーになるチャンスも持てないうちに。

「家に帰るんだったら」エンプソンさんがいって、ドアをあけると、炎《ほのお》の絵が描《えが》いてあるヘルメットに手をのばした。「乗ってくかい? あんたを送ったら、そのままあの少年たちの家族のところに行ってくるよ。止めようったってむだだ。今日だよ」

「いいえ、歩けます」

エンプソンさんは、けげんな顔でぼくを見ると、肩をすくめた。「好きにしな。ただ、あのふたりには気をつけるんだよ。あたしも目と耳をはたらかせておくけどね。あいつらがおとなしくいうことをきくなんて、これっぽっちも思ってないよ。だけどね、あいつらの家族のことだから、しばらくは息子たちを自由にさせないだろう。何かしら手段をとるだろうよ」

アニーに会わなくちゃ。ダグとジェイクに見つかってもかまわない。せめて、ぼくはわかってるってことをアニーに伝えなくちゃ。

考えが変わったことをちゃんと話さなきゃ。アニーが逃げるのを手つだうつもりだったって。アニーがいってたことをしっかりきいてたし、理解もしてたって。


キャンプに着くと、女の子たちはみんな、いちばん大きい建物に集まってた。調子はずれなウクレレだかギターだかの伴奏《ばんそう》に合わせてゴスペルの〝私の小さな光〟をうたってるのがきこえる。このぶんだとアニーはきっと、自分の部屋だろう。

アニーの小屋の前の踏み段に、スーツケースが二個、置いてあった。いまにもバランスをくずして落ちそうだ。そういえばアニーも、きれいな池の近くにある岩の上をバランスをとりながら渡ってたっけ。石灰岩《せっかいがん》の岩棚《いわだな》からべつの岩棚へと飛びうつって、ぼくのとなりを歩いて谷におりていった。治療をすると、あんなふうにバランスもとれなくなるかもしれない。歩けなくなるかも。

胃のあたりが、ますますざわざわしてきた。そんなこと、あっちゃいけない。

ぼくはドアをノックした。数秒でドアがあく。ぼくは、びっくりして息をのんだ。アニーのこんなに生気がないむなしそうな顔、初めて見た。いつも瞳《ひとみ》をきらめかせていたものが、ごっそりどこかに行っちゃったみたいだ。

ぼくは、こんなにひどくアニーを傷つけちゃったんだろうか？

だけどアニーは、ぼくの顔を見るとむりやりにっこりした。「あら、ピーター。おわかれをいいに来たの？」

　行くつもりなんだ。「ちがう、ぼくが来たのは……」そこで口ごもる。きみが逃げるのを手つだうためだよ、そういいたい。だけどもう……手おくれだ。「あやまるためだ」ぼくはけっきょく、そうつづけた。「今日、帰っちゃうなんて知らなった」

「ええ、そうなの、医者たちがとうとうママを説得して、もう待てないってことになったのよ。二日も早まっちゃったわ。やったぁ」

　こんなときでも、アニーはふざけようとしてるのか？　ぼくは、とても笑う気になれなかった。

「どう思ってるか、話したの？」ぼくはぐっとつばをのんだ。「お母さんに、だよ。治療は受けたくないって、話したの？」

　くすっ。アニーが笑う。「大げさだっていわれたわ。あたしに決めさせなくて正解って。あたしはまだ子どもで何もわかってないから、この手の話し合いには参加させられないって」

　子どもで何もわかってない？　アニーが？　アニーくらいなんでもわかってる子、見たことないよ。

「あたし……会えなくなったら、さみしいわ、ピーター」アニーの声がつまる。ぼくも、自分の目に熱い涙が浮かぶのがわかった。「いっしょに芸術作品をつくれなくなるなんて。できれば……できれば、自分ひとりでつくって、写真を送ってちょうだい」

「もちろんだよ」ぼくは、泣きそうなのをがまんしていった。「だけど、戻ってくるだろう？　そうしたら、いっしょに……」

「ううん。いったでしょ、もう、望みはぜんぶ、使い果たしちゃったのよ」

「そんなの、わかんないじゃないか。あの谷で望んだことはぜんぶ、かなっただろう？」

　アニーはにこっとした。一瞬だけあげたくちびるのはしが、水のしずくみたいにするっと落ちる。

「あたしね、あそこ以外の場所ではウィッシュガールじゃないのよ。だってね、こんなことが起きませんようにって、千回くらい願ったんだもの」アニーはそういって、スーツケースのほうに手をひらひらさせた。

「いま、どこにいるの？」

「だれが？」アニーがスーツケースのひとつに腰かける。

「お母さんだよ」ぼくは、あたりを見まわした。お母さんらしき人は見えない。大人の姿はどこにもない。

「友だちにおわかれをいう時間をちょうだいってたのんだの」〝友だち〟という言葉をいうとき、アニーは手ぶりで引用符《いんようふ》をつくって、集会所のほうに顔をかたむけた。「ピーターが来てくれてうれしいわ。ほんとうは、おわかれをいいたかったのはピーターだけだもん。それからお礼も。いっしょに過ごせて、すごく楽しかった。すてきな……しめくくりになったわ」

だめだ。からだのなかで、叫び声がする。だめだ。こんなのだめだ。こんなの、まちがってる。

こんなふうにアニーを行かせるわけにはいかない。

「おわかれをいう？」ぼくは、やっとまたしゃべれるようになるといった。「どうしておわかれなんかいうんだ？」顔いっぱいに笑みが広がって、みぞおちのあたりが数日ぶりに軽くなってきた。「だってさ、ぼくたちいっしょに逃げるんだろう？」

第二十六章

「逃げる？　これから？」アニーの声が引っくりかえる。「いまさらむりよ！」

「そうかなあ？」顔がどんどんにやけてくる。アニーときたら……表情がくるくるかわってる。びっくりだしこわいけど、期待しちゃってる、みたいな。今週になってはじめて、ぼくは、しなきゃいけないことをちゃんとしてるって思えた。「もう行きたくない？」

「うん……あっ、じゃなくて、ううん、行きたい。でも、荷物のことだってあるし。リュックに入れてたもの、ぜんぶ出しちゃった。そっちだって、なんにももってきてないでしょ。いったん家にもどらなきゃ。そうなると、時間がないわ。二時間くらいで、ママがここに来ちゃうの」

「時間なら、よゆうだよ」エンプソンさんがいってたことを思いだす。「行くなら、荷物は少ないほうがいい。水筒《すいとう》をふたつと、あと上着かな。それだけでいい」

「食べるものは？」アニーは、どうかしちゃったんじゃないのって顔でこっちを見てる。「毛布だって」

「あの谷にまかせておけばだいじょうぶだ」

「どうかしてる」

「いまごろ気づいた？」にやにやがとまらなくて、顔が痛いくらいだ。「さ、行こう」アニーは小屋のなかから上着とダブルクリークキャンプのロゴ入り水筒をとってきて、チートスをふた袋《ふくろ》リュックにおしこむと、ぼくの手をとった。「いいわよ」

ぼくたちは小屋の裏手にこっそりまわりこむと、全速力で走りだした。目的地までずっと、猛《もう》スピードで行かなくちゃいけない。二時間なんて、あっという間だ。レインリリーの草原まで一時間くらいかかるのに、今日はもっと遠くまで行くつもりなんだから。

はじめてキャンプに来たときに近道した原っぱを走っていると、足首をとげやらいがやらに引っかかれた。アニーも、とんがった石を踏《ふ》んだらしく、いたっと声をあげる。

「あの谷に着けば、けがの心配なんてなくなる」ぼくは息を切らしながらいった。

太陽が沈《しず》みかけるころにやっと、谷のふちに着いた。もう四時にはなってるはずだ。暑くて喉《のど》がからからだ。だけどきっと、アニーのほうがつらいだろうな。そう思って、水筒の水はぜんぶアニーにのませた。きれいな池に寄って、また水を入れればいい。

谷底から風がふいてきて、ならんで立っているぼくたちを包《つつ》んだ。「さあ、来たよ」ぼくはいった。

アニーがまたぼくの手をにぎる。なんだか、ふたりして飛びおりようとしてるみたいだ。

たぶん飛びおりても、転んだりはしない。谷がぼくたちを受け止めてくれるだろう。

ぼくたちは斜面《しゃめん》を一気にかけおりて、きれいな池にむかった。ツグミやバッタがおどろいて逃げていく。うさぎまで二匹、走っていった。池で顔を洗って水筒に水を入れると、ぼくたちはすぐにまた、谷底を目指した。夕日と追いかけっこだ。シカの家族が木のあいだから飛びだしてきて、ぼくたちと並んで走りだした。ぼくたちも、つられてスピードがあがる。シカたちは、手が届きそうなくらいすぐ近くを走ってる。アニーが手をのばして、子ジカのぶちの毛皮をなでた。子ジカは逃げようともしない。ぼくたちは走りつづけた。魔法《まほう》に引っぱられるように。

うん、だいじょうぶだ。ぜったい、うまくいく。

谷底に着くと、暗くなりはじめていた。自然とスピードがあがる。まっ暗になったら、もう先には進めない。

「アニー、つかれた？」さっき小川でいったん足をとめて水筒に入れた水を、ぼくたちはのんだ。アニーはふざけて、癌《がん》で死ぬ前にばい菌《きん》だらけのきたない水のせいで死んじゃうかも、といった。笑えない。ぼくは首を横にふった。「この水は安全だよ。エンプソンさんがいってた」

「えっ？　ピーター・ストーン、まさかエンプソンさんに、ここに来ることを話したの？」

「ううん。だけど、エンプソンさんと話してて思いついたようなものだから」ぼくは、エンプソンさんがいってたことをアニーに話してきかせた。この谷ならぼくを、というかぼくたちを、食べるものに困らないようにしてくれるって。アニーは、やれやれという顔をした。「ピーター、あなたって、変人を信用しやすいのね」

「うん、なにしろここ二週間くらいずっと、へんな子といっしょにいるからさ」ぼくはふざけて、眉《まゆ》をくいっとあげてみせた。

アニーはげらげら笑った。「どうしてみんな、ピーターのおもしろさに気づかないのかしらね」

「ぼくのことをおもしろいとか、芸術的とか、そんなふうにほめてくれるのはアニーだけだよ」ぼくは顔をくしゃっとさせて、またアニーを笑わせた。「もっと前に知り合いたかったな。アニーみたいな友だちがいたら、いやなことなんて吹っとんでたのに。世界一たいくつなセラピーも、四十回ぶんはしなくてすんだはずだよ」

アニーが立ちどまって、ぼくの手をぐいっと引っぱった。「セラピーって？　前もいってた」

「いいよ、気にしないで」ぼくはいった。でもアニーはその場に立ったまま、動こうとしない。「おいおい、問題を抱《かか》えてるのは自分だけだとでも思ってる？」ぼくは、ふざけていってるのがわかるようににっこりした。アニーは何もいわないで、じっと待ってる。ぼくが話をする気になるのを、ただ待ってる。

これって、ぼくがいつもやる方法をまねしてるな。

「わかったよ、とにかく歩いて。そしたら話すから」ぼくはいった。アニーが横に並んで歩きだす。「去年、サンアントニオで、ぼくは数人のやつらになぐられてたんだ。毎日、ぼこぼこにされてた。最初は、だれもぼくがなぐられてるなんて信じなかった。そいつらは、〝いい子〟ってことになってたから。小さいころは、ぼくと友だちだったりもしたんだ。だけど、弱虫ってからかわれるようになって」

丸太が転がってたので、ぼくはアニーに手を貸した。空がどんどん暗くなってくるのを見て、心配になる。だんだんお腹もすいてきた。「あ、待って！」アニーが声をあげる。すると、丸太の下に、遅れて熟したデューベリーの大きいつるがあった。「夕食よ！」アニーはすばやく実をつんだ。ぼくも手つだったけど、びっくりだ……とげが指にささらないように自分から曲がってくれる。「ありがとう」ぼくは、谷にむかってつぶやいた。

「それで？　まだ話はおわってないわよ」アニーがせかす。

「それで、父さんに話したら、自分の力で解決しろっていわれた」

「はあ？」アニーの目、こんなに大きく見ひらけるんだ。アニーは首を横に振《ふ》った。「ありえないわ」

「父さんはそこまでひどいことになってるとは知らなかった、っていうのが公平な言い方かな。ぼくも、騒《さわ》ぎたてないでほしいってたのんだし。でも父さんは、何かしら協力したがった。それで、ぼくにカラテを習わせたんだ」カラテの話を詳しくする必要はないだろうな。すでに恥《は》ずかしいことをたくさん話しちゃってるし。

「とにかく、毎日なぐられて二か月くらいたったころ……」ぼくはすーっと深く息を吸った。あのときの恐怖《きょうふ》を思いだす。抵抗《ていこう》しようとして、そんな気を起こしたせいであばら骨を折られて……。ぼくは、ゆっくりと息を吐《は》いた。もう終わったことだ。ここにいれば安全だ。谷にいれば、痛みからも、あのつらい記憶からも、解放される。

「母さんにいわれて通ってたセラピストにいわれたことを、始めたんだ。もっと自己主張できるようになるために、とかなんとかいわれてさ。で、日記を書きはじめた」ぼくは、手でつかんだ最後の実を口のなかに放りこんだ。「さあ、もう少し先まで行こう。真っ暗にならないうちに」

「書くのはやめたっていってたけど」アニーが、だんだん濃《こ》くなってくる夕闇のなかでいった。「それって、日記のことだったの？　で、何があったの？」

「母さんがぼくの日記を読んで、気が動転して騒いだ」それだけいった。それでじゅうぶんだ。アニーだって、もうじゅうぶんだろう。

　まあ、もちろん、そんなわけはなかった。「どうして？」アニーの言葉が、ぼくたちのあいだにずっと浮かんでるみたいな状態が最低でも五分はつづいた。ぼくたちはいくつも草原を走りぬけて、高さがいろいろのとげだらけの木のしげみのまわりを進んだ。

　とうとう、ぼくは返事をした。この話はもうこれでおしまいにしてくれればいいと思いながら。

「ぼくが書いた内容が……これ以上がまんしたくないってことだったから。何もかも、もういやだって」ぼくは首を横に振った。「たぶんそれって、あきらめる計画を立ててたってことなんだ。永遠にあきらめるってこと。生きていくのを」

「ピーター」アニーがぴたっと足を止める。ぼくはアニーの顔をちらっと見た。目に暗い影が落ちて、光っている。顔じゅう、ぬれている。ぼくが話をしてるあいだずっと、泣いてたんだろう。

ぼくのために、泣いてくれたんだ。ぼくは手をのばして、アニーの顔をぬぐった。だれも、ぼくのために泣いてくれた人なんかいない。たぶん。ぼくのことで泣くことなら、たくさんあったけど。ぼくがどうしようもない意気地《いくじ》なしの息子だとか、しょうもないだめ人間だとか、そういうことで。だけどそれは、ぼくのために泣いてるんじゃない。

「ピーター、自殺しようと思ってたの？」

ぼくは肩をすくめた。「ちょっと考えてみただけだよ。じっさいは、ほら、そんな正気とは思えないことはしない。命を救ってくれる癌の治療《ちりよう》から逃げるとかさ」

アニーはしゃくりあげるように笑って、首を横に振った。「もうっ、信じられない」

すっかり暗くなってたので、よく見えなかったけど、アニーがぼくに寄りかかってきたとき、アニーのあたたかさとやわらかさを感じた。アニーはぼくの腰に抱きついてきた。「ピーター、ばかなこと考えないで。約束《やくそく》して。そんなこと、二度と考えないって。二度とよ」

「そんなたいしたことじゃないんだよ」ぼくはいった。どうしてアニーの静かな声をきいてると、心が……はじめて満たされたみたいに感じるんだろう。

「だめ」アニーがささやく。「わかってないわ。ピーターがいなかったらと思うと……そんなの、想像もできない」

アニーはぼくをぎゅっと抱きしめた。ぼくもアニーを抱きしめた。ぼくのことをこんなふうに思ってくれるなんて。とろくて、存在感《そんざいかん》がなくて、弱虫で、無口なピーター・ストーン。何か月も毎日なぐられつづけても抵抗しないで、あばら骨が折れたのも鼻血が出てるのもかくしてた。やりかえしたら――いいかえすだけでも――もっと痛めつけられるから。

「たいしたことじゃない」ぼくはまたいった。実行にうつそうとしたわけじゃない、何か決心したわけじゃない、といいたくて。だけど、アニーはいった。「ピーター、たいしたことよ。ピーターがここにいなかったらって考えただけで……」アニーはため息をついた。「この世界は――全世界は――あなたがいなかったら、ずっと暗い場所になるわ。あなたは、あたしにとって……光みたいなものなの」

ぼくが……光？

すると、谷がアニーに賛成してるみたいに、まわりじゅうに光がぱあっとあふれた。

一瞬《いっしゅん》、目がくらんだ。まぶしくて、くらくらする。すると、光が点滅《てんめつ》しはじめた。ぱっと光ったり、消えたり。これって……「ほたる！」アニーが声をあげた。「すっごい、たくさん！」

「どこから来たんだろう？」なんだか、信じられない。何百どころじゃない、何千もいる。いや、何万だ。すばやく点滅して、まるでストロボライトを見つめてるみたいだ。ほたるは地面を、ぼくたちのまわりじゅうを、明るく照らしていた。

ぼくが片方の腕《うで》を前にのばすと、ほたるが止まりはじめた。黒いしましまのからだで腹部から明るい光を発して、ぼくの腕をおおった。アニーのほうをちらっと見ると、やはりほたるがどんどん止まってた。くすくす笑ってよろこぶアニーの顔や髪《かみ》じゅうをはいまわって、肩から鼻に飛びうつり、また肩にもどる。アニーといっしょに遊んでる。

そのとき、声がきこえた。「しーっ……」ぼくは指をくちびるに当てた。アニーにはもちろん、見えてた。光はじゅうぶん明るかったから。だけどぼくが声を出したとたん、ほたるがみんな、飛んでいった。

「アニー！」声がする。「ピーター！」

かなり遠くだ。そうとうはなれてる。だけど、ぼくたちの耳元をかすめる風が、音を運んできて、ぼくたちの名前がはっきりときとれた。

声は、谷の近くのどこかからきこえてくる。たぶん、谷には入ってないけど、ぼくたちを呼んでるのはたしかだ。まだまだ先に行かなくちゃいけない。

「まだ進めると思う？」ぼくは息をひそめていった。

「懐中電灯《かいちゅうでんとう》持ってくればよかった」アニーも小声でいう。すると、ほたるがまた光りだした。今度は地面すれすれで……道を照らしてる。はっきりと照らしだされた道が、茂みのあいだをくねくねとつづき、谷の底へとつながっていく。ぼくたちは走った。何時間も走った気がする。ほたるが明るく照らしだしてくれた道をたどって、もうつかれて進めなくなるまで――すると、光がだんだん暗くなってきた。「寝る時間？」ぼくはつぶやいた。すると、望みがかなえられたみたいに、ふかふかの草のベッドがあらわれた。最後まで残ったほたるが照らしてくれている。アニーとぼくは、そのベッドに飛びこんだ。

「ぼくたちを探してるね」ぼくはささやいた。

「うん」アニーの声が、涙《なみだ》でくぐもってる。「ピーター？」紫《むらさき》がかった夜の暗闇《くらやみ》が深まるなか、アニーの声がきこえる。「約束して。あたしを帰さないって。あたし、帰れない。ほたるのことだって忘れちゃうかもしれない。谷のことも。ピーターのことも」

「ああ、アニー、ぼくはいまでも……ほら、わからないじゃないか？　もしかしたら、アニーが思ってるほどひどいことにはならないかもしれない。きみが永久にいなくなるなんてこと、ないかもしれない。きっとアニーは……変身するんだよ」

「芸術みたいに？」アニーがしゃくりあげながらいう。「ああ、ピーター、そうだったらいいのに」

ぼくも、そう願ってた。心が、まぶたに負けずに重たく感じる。ぼくたちはふたりとも、心の底ではわかってた。逃げられる可能性はない。すぐに見つかってしまう。一日か二日、多くてもそんなところだ。谷だって、ぼくたちを永遠にはかくまってくれない。

だけど、アニーが何をいいたいかはわかる。アニーが何を必要としてるか。味方になってくれる人だ。ぼくはうなずいた。アニーには見えないだろうけど。「きみを帰したりしない。約束する」

アニーの指がぼくの肩を包むのを感じる。それから、やわらかい草のなかでアニーの背中がぼくのからだの横に押しつけられた。ぼくたちは、からだを横たえた瞬間に眠ってた。

人生で最高の眠りだった。だけどそのあと、人生最悪の日が待っていた。

第二十七章

「声がきこえた」つぎの朝、アニーがいった。ぼくたちは日の出前に起き、まわりの木々のあいだにかくれておしっこをしてから——けっこうきまり悪かった——耳をたよりに小川を目指した。この谷には水流がいくつもあり、ところどころ浅い川になってて、そのなかでも深い場所ではぼくの腕の半分くらいの長さがある魚が泳いでいた。ぼくたちは、チートスで栄養たっぷりの朝食をとり、小川の水をのみ、魚をつかまえて食事のメニューに加えようかとかふざけていいあった。ふたりともスシは苦手だし、釣《つ》りざおなしで魚をつかまえる方法も知らないので、そのまま出発した。だけど、川からはなれないようにした。

「だれの声だと思う？」アニーがいう。立ちどまって、朝からずっと肩に止まって元気にさえずってたすずめを手でそっと払う。すずめが木の枝のあいだに飛んでいくと、アニーは耳に手を当てた。

「なんかきこえる？」

「親たちだと思う」アニーがいう。「うちのママ」ふたりしてじっと耳をすましてみても、ほかには何もきこえない。

アニーはどうか知らないけど、ぼくはだんだん罪悪感《ざいあくかん》が芽ばえてきた。母さんはきっと、気が動転して、心臓発作《しんぞうほっさ》を起こしそうになってるだろう。メモも置いてこなかった。そういえば、母さんはアニーのことを知らない。ちゃんとは知らない。エンプソンさんのとこに話をききに行かないかぎり、わからずじまいだろう。

だけど、エンプソンさんがぼくたちの行き先をいうとは思えない。自分の谷に人が入るのをいやがるから。たいていの人は来なければいいと思ってる。とくに、うちの家族みたいなやかましい人たちは。

「アニー、書きおきしてきた?」

「え、ううん。時間なかったもん」

「だったらたぶん、ぼくたちがいっしょに逃げてることさえ知らないよね。道に迷ってるだけだと思われてるかも」

「断言できるけど、うちのママはぜったい気づくわ。だからって、心配はしないの。怒《おこ》るだけ。ママっていつもそうだもん。いまごろお説教《せっきょう》の準備《じゅんび》でもしてるに決まってるわ。よく牛乳パックに行方不明の子の写真がのってるでしょ? ちょうどいい写真が見つからないってキレてるでしょうね」

おっと、さんざんないいようだな。ぼくは、母さんのことは考えないようにした。ぼくがまた暗く引きこもってるといってたときの涙を思いださないようにした。

まあ、たしかにぼくは、どんどん暗くなってた。アニーに出会う前は。谷に出会う前は。たぶん、母さんが動揺するのもむりないんだろう。

だけどいまは、すごく晴れやかだ。こんなすばらしい気分は生まれてはじめてだ。信じられないくらいだ。歩きながら、ぼくのからだを流れる血が、冷たい朝の空気を活力に変えていくのを感じる。そよ風に乗ってミツバチの群れとスイカズラの香りがやってきて、小川の流れが音楽を奏でているようだ。静かな自然の歌。ぼくの足音もその歌の一部になって、完ぺきに伴奏《ばんそう》の役目を果たしてる。目に見えるトライアングルとかカウベルとかじゃなくて。ぼんやりと頭に浮かんだのは、父さんにもこれを、この音楽をきいてもらいたいな、ってこと。そんな思いは、すぐに振りはらったけど。はじめてこの谷を見たときとおなじ気持ちだ。この谷は、楽園だ。現実世界のなかのエデンの園《その》だ。しかも、ぼくたちだけの。

アニーもおなじことを感じていた。ぼくは、うれしかった。もしアニーがお母さんのところに戻らなくちゃいけないとしても――というか、ふたりとも、いつかは見つかるのはわかってる。それに、永遠に木の実と水だけじゃ生きていけないことも――今日という日がアニーにあってよかった。こんな自由を味わえて。この先どんなつらいことが待ってるとしても。

ぼくだって、うれしい。このあと、陸軍士官学校《りくぐんしかんがっこう》だかキャンプだかに行かされるとしても。

アニーは水際《みぎわ》すれすれのところを走って大きなキアゲハを追いかけていたけど、足をすべらせた。魚みたいにぱたぱたすると、ぬかるみで転んで、そのまま川に落ちる。「泥《どろ》のおふろ？　アニー、そんなことして遊んでるひま、あったっけ？」

アニーはこっちを見ようともしないで、肩を震《ふる》わせている。ぼくは、そーっと近づいた。もしかして、けがした？　泣いてる？

ちがう。アニーはぼくをだましてた。ぼくの足首に手が届くと見るや、アニーはぼくを泥のなかに引きずり倒した。

泥のなかの取っ組み合いがこんなにおもしろいとは知らなかった。もうすぐ入院だとか、永遠に外出禁止だとか、ぜんぶ忘れさせてくれる。

取っ組み合いのあとは、もちろんすぐに川で水浴びだ。アニーは、ほかのあらゆることとおなじで泳ぎがうまかった。ぼくはといえば……あんまり泳げない。アニーはぼくが泳ぎが下手だと知るとすぐにからかってきた。泥を投げつけてきては、全速力で泳いではなれていく。

最初は、楽しかった。しばらくすると、なんだか……肩甲骨《けんこうこつ》のあいだに、ちくちくした感じがする。虫たちも、へんに騒がしい。鳥たちも空をささっと飛んでいき、まるで逃げてるみたいだ。風が強くなってきて、ぼくの服を引っぱった。いっしょに逃げようといってるみたいに。もっと遠くへ、谷の奥へ。

そのときききこえてきたのは、いままできいたどんな音ともちがう、遠ぼえのような叫《さけ》びだった。首のうしろの毛が逆立つのを感じる。「ここにいれば安全だ」ぼくは小声で自分にいいきかせた。そう信じてるけど、なんの音にしても大きすぎる。プーマの鳴き声？　ううん、まさか。

ぼくたちは、安全だ。安全に決まってる。そして、いまこの瞬間、幸せだ。

泥遊びにあきて、そしてたぶん、ずっと無視《むし》してるぼくにもうんざりして、アニーは数メートル泳いでいき、川のまん中にある小さな岩に向かった。そこは水が深い。アニーのうしろには、高さ十メートルほどの石灰岩《せっかいがん》の崖《がけ》がそびえ立っている。アニーの正面は、また泥でぬかるんだ土手だ。アニーはぼくのほうを向いて、岩の上に立ち、シャツのすそをしぼった。そのとき、首のうしろがまたちくっとした。だれかが、アニーのうしろの崖のてっぺんに立ってるのが見える。

日ざしがうしろから差して輪郭《りんかく》がぼうっと光ってるから、だれなのかはわからない。一瞬、父さんかだれかがぼくたちをさがしに来たのかと思った。安全なところに連れもどそうとして。

だけどそのとき、声がした。「おい、いまのきいたか？　プーマみたいだったぞ！」「ほっとけよ、たぶんさっき見えたの、あいつだぜ！」ああ、そうか……。ぼくたちを安全なところに連れもどすために来た人じゃない。このふたりは、ぼくを痛めつけることしか考えてない。そしてもしかしたら、アニーのことも。

どうやってこんなところまでおりてきたんだ？　どうやってぼくたちを見つけだしたんだ？

どうして谷は、あいつらをここまで来させたんだ？

「アニー」ぼくは小声でいった。「かくれて」

「なんで？」アニーが水をばしゃばしゃかけてくる。

「かくれて」ぼくはもう一度いって、眉をぎゅっと寄せた。アニーはばしゃばしゃと崖のほうに歩いていき、岩が上からせり出して引っこんでる狭《せま》い場所にからだを押しこんだ。うん、あれならほとんどかくれてて見えないはずだ。少なくとも、崖の上からはぜったいに見えない。

ぼくは後ずさって、岸からはなれた。つかまるなら、それはぼくだ。アニーじゃない。

「やあやあ、ピーター」声がする。「ずいぶん探させてくれたじゃねえか」ジェイクだ。ぼくは、片手をかざして日ざしをさえぎった。

どうして大人だと思ったのか、わかった。すごく厚着をしてる。長袖《ながそで》シャツにジーンズ、ジャケットに帽子《ぼうし》。ワークブーツもはいてる。いつものかっこうじゃない。

「ずっとおまえを追いかけてきたんだぜ」ダグの声がする。ジェイクのうしろから、ダグが顔を出した。ダグもへんなかっこうをしてる。ふたりとも、あんな厚着をしてたら暑くて汗だくのはずだ。じっと見てると、ふたりはしきりに顔から虫を払ってる。そうか、そういうことか。あの服は、身を守るためだ。虫にさされたり、転んで落ちたり、うるしにかぶれたり、谷があいつらをなかに入れないようにする手段を防ぐためだ。「ひと晩じゅう、探した」

ふたりが崖のふちに近づくと、風が強くなってきた。ふたりを押して川に突き落とそうとしてるみたいに。だけど、ふたりとも動かない。じっと立ったまま、こちらをながめてる。

「ここにいると思ってたぜ」ジェイクがいう。「あのばあさん、おまえのことが好きだっていってた。で、うちの親に、おれたちがおまえをなぐったことをバラしやがった。おまえの家に盗《ぬす》みに入ろうとしたともいいやがった」

「おまえはもっと賢《かしこ》いやつだと思ってたよ」ダグもいう。手に持ってるのは……棒《ぼう》だ。かなり太い。野球のバットくらいある。「しゃべったらどういうことになるか、警告《けいこく》したよな？　友情ってもんがわかんねえとは、残念だ。ピーター、残念なやつだな」

ダグが何をするつもりかは明らかだ。そしてぼくは、自分ってものを知ってる。やり返すなんてことはできない。こんな谷底で、病院からずいぶんはなれてて、助けを呼ぶこともできないのに。

あいつらに殺されるかもしれない。

崖は高いし、おりてくる道もない。走れば追いつかれずに逃げられる。谷が道を教えてくれるだろう。それは自信を持っていえる。

だけど、アニーを残しては行けない。ひとりでいるところを見つかるかもしれないのに、そんな危険はおかせない。

「ぼく、しゃべってないよ。そんなこと、するわけないじゃないか。逃げてきただけだ。だから、このまま行かせてよ」

「おれたちから逃げたんだろうよ」ジェイクがいう。「だけど、このまま逃げられると思ったら大まちがいだ」ジェイクは前に足を出した。まるで、崖をおりてこっちに泳いでこようとしてるみたいに。ダグが棒を持って、はいおりるための支えにしてる。

ちょっとだけ、手を貸して。ぼくは心のなかでいった。アニーをおいては行けない。走って逃げられないんだ。

風がまた強くなって、ぴーっとかん高い音を立てた。谷がぼくの心の声をきいてくれたんだ。だけど、風だけじゃどうしようもない。あ、ちがう、これは風の音じゃない。この鳴き声は、タカだ。すると、ダグの頭の上に赤い尻尾《しっぽ》のタカが飛んできて、雨粒《あまつぶ》よりも速く落ちてきた。ダグがぼくの視線の動きに気づいて、目で追う。ぎりぎりのところでタカに気づいて、頭をさげて叫ぶ。「ジェイク！」ジェイクが前進をやめて、ダグのところにかけもどった。ダグの手から棒をもぎとると、やたらめったら振りまわす。タカは何度もふたりに襲《おそ》いかかり、鋭《するど》いかぎ爪《づめ》があと数センチで顔に届きそうだ。とうとう、ジェイクが棒をタカに向かって投げつけると、タカは飛んでいった。

少なくともこれで武器はなくなった……。ふたりが、またぼくをどうしてくれようかってことに意識を集中させてるのを感じる。谷がきっと、ぼくじゃないもうひとりは見つからないようにしてくれるはずだ。

と思ったら、まちがいだった。

ふたりがこっちに近づいてくるにつれ、崖っぷちの岩が崩《くず》れはじめた。ぼくは、ぱっとアニーのほうを見た。アニーはいわれた通り、その場にじっとしてた。ちらっとのぞいて見たりもしてない。だけど、岩が落ちてきたせいで、おびえてるのがわかる。ぼくは、川岸に近づいた。つま先が泥のなかにずぶずぶ埋《う》まる。いざとなったら、アニーのところまですぐに泳いでいくつもりだ。

「ぼくが走ったら追いつけない」ぼくはふたりにいった。「おりてくるならおりてくればいい。だけど、ここに着いたときには、ぼくはもういない」ぼくは岩のほうを指さした。「この谷は、きみたちのことをきらってる。でも、ぼくは好かれてる。必要なだけ、ぼくをかくまってくれるはずだ。ほら、谷はきみたちを落としたがってるよ。ねえ、わかんない？　崖がいまにも崩れそうだ。ぼくがそっちの立場だったら、すぐに引きかえすよ」

「アニー、逃げるよ」ぼくは、くちびるを動かさないようにしていった。だけど川音が大きすぎて、きこえたかどうかはわからない。

そのとき、岩がひとつ、崖から落ちてきた。アニーが首を横に振りはじめる。なんだ？　何がいいたいんだ？　アニーばかり見てて気づいてなかったけど、ダグがいつの間にかいなくなってた。

ジェイクが叫ぶ。「おまえ、この谷に……この谷に、好かれてるって思ってんのか？　この谷が生きてるとでも？」ばかにしてけらけら笑う。「ばかでしょうもないビクビクやろうなのは知ってたけどよ。頭がおかしいとは知らなったぜ」

「好きなようにいえばいいよ」ぼくは答えた。顔が熱くなるのがわかる。「とにかくこの谷は、きみたちが入ってくるのをいやがってる。だけど、ぼくのことは守ってくれてるんだ。まあ、見てなよ。きみたちが何したって、うまくいかないから」声に自信をにじませようとした。父さんからいつも、そうしなきゃだめだっていわれてたみたいに。自分が正しいことをいってると信じて話をしろって。

だいたい、できてたと思う。

「逃げるよ。いい？」ぼくはアニーにささやいた。ダグはどうしたんだろう？　崖の横からまわりこもうとしてるんじゃないといいけど。ぼくはアニーに、ちょっと待ってと手で合図した。だけど、また小石がばらばらと振ってきて、アニーは首を横に振ってゆっくり出てくると、川のまん中の小さな岩にむかってそーっと歩きだした。

「さーて」声がしたかと思うと、ダグが姿をあらわした。手に何か持ってる……石？　すごく大きな石だ。少なくとも直径《ちょっけい》三十センチはある。「これでおまえの谷がどう出るか、見てやろうじゃねえか」

そして、ダグは頭の上に石を持ちあげた。風が強くなって、うなりながら木《こ》の葉《は》のあいだをかけぬけていく。すごい音だ。葉が怒っているようにざわめき、風が崖のてっぺんで叫び、川の流れがふいに激しくなり、鉄砲水《てっぽうみず》が襲ってくるみたいに渦《うず》まいている。そして、ぼくは気づいた。まずい……。

顔にあせりが浮かんだかどうかはわからないけど、アニーをおびえさせてしまったらしい。スピードを上げて川を歩きだし、残りの二、三メートルは泳いで岩まで来た。ダグには見えてないはずだ。そしてアニーは、崖の上で何が起きてるのかは気づいてない。岩がダグの手からはなれようとしたとき、アニーは岩の上で立ちあがろうとしてた。交互《こうご》にぼくとダグのほうを向いて、赤信号が危険を知らせてるみたいに、びしょぬれの赤い巻き毛が揺《ゆ》れている。

「だめだ！」ぼくは叫んだ。「動かないで！」ぼくはアニーにむかっていった……が、それをきいたダグが、少しちゅうちょした。そして石を力いっぱいぼくにむかって投げつけるかわりに、そのまま下に落とした。

大きな石がアニーに向かって弧《こ》を描《えが》いていく。アニーの頭に向かって。

石が当たり、アニーの顔に恐怖と痛みが走るのが見えたかと思うと、アニーはひざからがくっと倒《たお》れて、そのままうつぶせに川に落ちた。赤毛が水のなかで広がって揺らめく。アニーの血で赤く染《そ》まった水のなかで。

ひどい出血だ。いまにも死にそうなくらいに。

第二十八章

さっきよりも近くから、谷の空気をふたつに切り裂くように遠吠えが響《ひび》いてきた。「プーマだ！」ダグが叫ぶのがきこえる。

それがどうした。そんなこと、どうだっていい。自分のことも、ジェイクのことも、プーマのことも、ほかのどんなことも、もうぼくの頭にはなかった。ダグが崖の上でまた石を投げようとしてるかどうかさえ、どうでもよかった。泳いでアニーのところにいったらおぼれるかもしれないけど、それでもかまわなかった。ぼくは、とっさに動いた。

すぐに、アニーのところに着いた。ぼくはアニーの頭を水の上に引きあげた。「アニー！　だいじょうぶ？」

アニーは目を閉じている。死んでる？　わからない。だけど、とにかく血を止めなくちゃ。いますぐ。ぼくはアニーの頭を自分の片ひざの上におろした。水のおかげでアニーのからだが浮いてるから、支えていられる。すぐに、ぼくの脚《あし》は血で染まった。ぼくはシャツを脱《ぬ》いで、アニーの頭の傷口に押しあてた。こめかみから頭皮のまん中あたりまで、裂《さ》けている。

「おい、ヤバいよ、ジェイク」ダグの声がするけど、みょうにかん高くて、おびえてる。「ヤバいって。あの女だ。おれ、あの女に石をぶつけちまった」

「あの女って?」

「赤毛のだよ。見えなかったんだ」ダグがこっちに向かって叫ぶ。「おい、だいじょうぶなのか?」

「だいじょうぶじゃない」ぼくは、できるだけ大声でいった。心臓がばくばくして喉から飛びだしそうだ。シャツの生地《きじ》を通して血が染《し》みてきて、両手も赤くなっている。「だいじょうぶなんかじゃないよ。助けてくれなくちゃ」

「なんともねえよ、どうせ」ジェイクがいうのがきこえる。姿は見えない。声のきこえてくる方向からして、崖からおりてこようとしてるみたいだ。ぼくが心配してたとおり、わきから回りこんで。だけどもう、こわくない。すでに最悪のことが起きたんだから、これ以上ひどいことなんか、あのふたりにはできない。

アニーがぼくの腕のなかでもぞもぞ動いて、またたらっとなった。とつぜんの身動きにぼくはびっくりして、アニーを支えるためにシャツを落としてしまった。またアニーを水のなかに沈めるわけにはいかない。

頭の出血は、まだ止まらない。これくらいの歳の女の子が、どれくらいの量の血を流せるものなんだろう?

いままでのどんなときよりもおそろしい。そしてジェイクが川岸のぬかるみから二メートルほどはなれたところに、手に石をもってあらわれたとき、ぼくはいままでのどんなときよりも怒りを感じていた。

「助ける気、ないのか?」ぼくはたずねた。「血が止まらないんだ。ふたりとも、助けてくれなくちゃや」

ジェイクの目のうしろにいつも見える残酷《ざんこく》な光がちらついて消え、かわりにべつのものが浮かんだ。恐怖だ。はじめて、ジェイクがふつうの十歳の少年に見えた。ただの子どもだ。何もわかってないばかな子ども。

「けがをさせる気はなかったんだ」ジェイクがいう。「べつに、そんなつもりじゃねえ。ただ、おまえを脅《おど》かそうとしてただけだ。だいたい、こいつがおまえといっしょにいるってことも知らなかったし」

「もういい」ぼくは、なんとか冷静《れいせい》にいった。「そんな話はどうだっていい。とにかく助けて。ここからじゃ、叫んでもだれにもきこえない。救急車《きゅうきゅうしゃ》を呼ばなくちゃ」

救急車という言葉を口にしたとき、アニーがうめいて身動きした。すると血がまたシャツの横からぽたぽたと落ちはじめた。

「けっ、なんだよ」ジェイクが声をあげる。「そんなつもりじゃなかったんだ。おれ……おれ、行かなくちゃ。ダグ！」ジェイクは崖の上に向かって叫んだ。ダグもこっちにはいおりようとしていた。

「ダグ、さっさと行こう。こいつの傷、けっこう深そうだ」

ダグは、ぼくたちを見てかたまった。ぼくはダグの目を見つめて、できるだけきっぱりといった。

「ダグ、助けてくれ。起きたことはもうしょうがない。とにかく、助けがいる」ぼくは、アニーの傷口に手をぎゅっと押しあてた。「ぼくはここをはなれられない。いっしょにいて、血を止めなくちゃいけない。きみが行ってくれ」なんで動かないんだ？　一刻《いっこく》をあらそうのが、わかんないのか？「すぐに行ってくれなくちゃ、死んじゃうよ」

「死ぬ？　死ぬ？　何いってんだ？　おれはだれも殺すなんてこと、してねえ」ダグがいう。「おれはなんにもしてねえ。おれは……ジェイク、ここから出よう」ダグはそれだけいうと、走りだした。

ジェイクがおびえた、さもしい目でぼくを見た。「おまえがなんとかしろ。おれたちは、ここに来てない。おまえがここにいるのを見かけてもいない。このことはぜんぶ忘れるから」

「えっ、まさか、行っちゃう気？」ぼくがやっとそれだけいうと、ジェイクはもう向きを変えていた。

「本気でぼくたちを置いてくつもり？」

心のなかで、叫び声がわきあがってきた。すると、こだまみたいにべつの声が、谷の近いところから響いてきた。プーマだ。

「走れ、ジェイク！」ダグがわめいてるのがきこえる。

「おいっ、やばいよ」ジェイクはあえぐようにいうと、かんぜんにこっちに背中を向けて兄のあとを追った。「待てよダグ、待てって！」ジェイクが叫ぶ。逃げるとき、ジェイクの手から石が転がりおちた。

ぼくは目を閉じた。だから数秒後、ぼくの前を何かがかけぬけていったのを見てなかったけど、野生のじゃ香のにおいがして、がっちりした重たい足が走りさっていった。

あいつらを追いかけていったんだ。つかまえてくれ。プーマかどうかはわからないけど。あいつらは、つかまえなくちゃいけない。けっきょくあいつらは、家のほうには向かっていない。あっちには家はない。谷の奥深くに向かっていってる。

ふたりは逃げていった。ぼくが耳をすましてると、タカが頭上で鳴き声をあげ、ふたりの大きな足音が消えていった。やがて、きこえるのは水が流れる音と、アニーの浅い息づかいと、ぼくの心臓の高鳴りと、頭の上をおおっている葉っぱのあいだを吹く静かな風の音だけになった。

「ピ……ピーター？」

「アニー？」意識がもどってたのか？　脳震《のうしん》とうを起こしてたんだろう。たしか、脳震とうを起こした人は、意識を保たせなきゃいけないってきいたことがある。「アニー、寝ちゃだめだ」

「痛い……」アニーはもごもごといった。「このまま行かせて」

行かせて？　どういう意味でいってるんだ？「だめだ、アニー、そんなのだめだよ。起きててくれなくちゃ」

「救急車は呼ばないで。医者はいや……」

ぼくは、だまりこんでしまった。動けない。アニーは何をいってるんだ？

「アニー、だいじょうぶだよ、ちゃんとよくなるから。ぼくが助ける」

アニーのくちびるのはしっこが、真《ま》っ青《さお》になって血がにじんでいたけど、ほんの少しだけくいっと上がった。「もう死ぬのよ、ピーター。これで……これでいいの。医者はいや」

アニーがまた、がくっとなった。思わずからだを揺さぶりたくなる。ひとつには、起こすために。そしてもうひとつには、腹が立ってたから。こんなの、ぜったいにだめだ。

熱い涙が、ぼくの顔をとめどなく流れだした。「アニー」ぼくはささやいた。アニーのからだがぼくの手からすべり落ちようとしてる。アニーのからだの重みが、アニーとぼくを、川へ引きずり落とそうとしてる。川がアニーを連れ去ろうとしてるみたいに。

アニーが何をいいたいのかは、わかった。だけど、いうとおりにするくらいなら、プーマ十四とたたかったほうがいい。だまって見ているくらいなら。

アニーはぼくに、このまま死なせてほしいといっている。なぜか、そのほうがいいと思いこんでる。このまま死んだほうが、癌の治療で自分を少しずつ失うよりもいいと。

前に、アニーから気持ちをきかされたとき、ぼくは理解した。たぶん。アニーは、自分のことは自分で決めたいと思ってた。そして、ぼくに手を貸してほしいとたのんだ。

ぼくは、手を貸すと答えた。だけど、腕のなかで死んでいこうとしているアニーを見て、ぼくははっきりとわかった。アニーはまちがってる。かんぜんに、まちがってる。

このまま死ぬほうがいいなんて、ぜったいにちがう。そんなの、だめに決まってる。すでに谷は暗くなり始め、魔法《まほう》のようだった音も荒っぽく単調にきこえた。アニーといっしょにいるときはいつも——芸術作品をつくっていても、遊んでいても、ただいっしょにいるだけでも——からだの内側が歌をうたっているようだったけれど、いまではすっかり静まっている。

アニーがいなくなったら、この谷からは魔法が永遠に消え去るんじゃないかって気がする。この世界は二度と……完全じゃなくなる。

これからの人生が想像もできない。この世のどこかにアニーがいるって思わなきゃ、生きていけない気がする。変わっちゃっても、前とはおなじじゃなくても、車いすに乗ってても、しゃべれなくても、思いだせないことがたくさんあっても……ぼくのことを覚えてなくても、そんなのはぜんぶ、どうだっていい。

アニーはぼくの友だちだ。ほんとうの友だち。ぼくのことをちゃんと見てくれて、ぼくの話をきいてくれた、たったひとりの友だちだ。

アニーをこのまま死なせたら、ぼくは自分が二度と許《ゆる》せない。

アニーはもう、友だちではいてくれなくなるかもしれない。自分に選ばせてくれなかったことで、ぼくをきらいになるかもしれない。だけど、どうしてもやらなくちゃ。きのうの夜、約束したばかりだけど、破らなくちゃいけない。

アニーのことが大好きだ。このまま行かせるなんて、できない。

だけど、どうすればいい？　アニーをおいてはいけない。助けを呼びに行きたいけど、できない。

答えはすぐにやってきた。谷だ。

「助けて」ぼくはささやいた。「助けて、お願い」ぼくはアニーをぎゅっと抱きしめた。ぬれたシャツをアニーの頭に押しあてて、その頭をしっかり抱えて、風が強くなるにつれて水がどんどん冷たくなるのを感じていた。

「助けて」ぼくはまたいった。今度は大きい声で。谷を吹く風がきびしくなって、砂や葉っぱをぼくの顔に打ちつけてくる。助けなくちゃ。ぼくは思った。そして、大きな声でいった。「助けなくちゃ！」谷に約束したことを思いだす。静かにしてる、と。ぜったいにこの静けさをこわさない、うるさくしない、と。

だけど、アニーがいまにも死にそうで、ぼくしか助けられないんだ。約束なんて、どうだっていい。そんなもの、守れない。

ぼくは谷に祈った。約束を破ったけど、プーマを襲わせないでください。イノシシも。崖の岩を崩さないで。お願い、わかって。

ぼくは祈った。谷に、助けてくれと願った。どうしても、大声を出さなくちゃいけないんだ。いままでいちばん、大きな声を出さなきゃいけない。

雷《かみなり》よりも、なだれよりも、千羽のタカの叫び声よりも、大きな声を出さなくちゃいけない。

「助けて！」ぼくは声の限りに叫んだ。父さんのドラムの音や、ローラのギターや、カーリーの泣き声を思い浮かべる。母さんが泣きわめく声を思いだして、そういう音をぜんぶ、自分のなかにためこんだ。騒音《そうおん》を、やかましさを、痛みを、ぜんぶ自分のなかにためこんだ。「助けて！」また叫んだ。木がない場所全体に、言葉がこだましてるように見えた。

「助けてよ！」言葉を頭のなかに、谷じゅうに、鳴り響かせて、この魔法の場所をどんどん音でいっぱいにする。いままでそんなこと、しようと思ったこともなかったけど。自分にそんなことができるなんて、考えたこともなかったけど。

声がどんどん大きくなる気がする。ますますやかましく、深く響いて、遠くまでこだましていき、そのうち谷全体がぼくの言葉でいっぱいになった。やがて自分の鼓膜《こまく》もその言葉でじんじんしてきた。言葉がどこまでも、千回もの鼓動のかわりに、風に乗って運ばれていく。谷が助けてくれている。ぼくの声は、大空ほども大きくなる。

だけど、まだ足りない。返事がない。アニーの顔に生気がなくなり、腕がだらっと落ちて、まったく動かなくなった。

もう間に合わない。

アニーの呼吸が弱く、不安定になる。袖についたたんぽぽの綿毛《わたげ》みたいに。アニーのからだ全体が消えていくように、どんどんぼんやりしてくるように見える。つまれてしおれていくレインリリーみたいに。

アニーはもう、行ってしまいそうだ。谷の明かりも、アニーの生気のようにかすかになってきて、ぼくたちはうす暗がりに包まれた。

そのとき、もう少しでまっ暗になろうというとき、エンジンがうなりをあげて、赤い炎《ほのお》のようにさっそうと、助けが到着した。

第二十九章

「ひどそうだね」エンジンが切れて、声がした。エンプソンさんだ。

天使に見えた。天使がおばあさんで、髪がちりちりで、プーマみたいに凶暴《きょうぼう》そうなら、だけど。

どうやったのかはさっぱりわからないけど、変人エンプソンさんは、ゴーカートで山を走りおりてきた。谷をかけて、川まで来た。「助けてほしいって？」エンプソンさんは低い声で、早口でいった。

「ありがとう」ぼくは息切れしながらつぶやいた。ふいに両手がぶるぶる震えはじめた。ほかに強い人がいるからもう弱みを見せてもだいじょうぶ、みたいに。アニーのほうは見なかった。アニーがもう死んじゃってるかもしれないと思うと、たえられない。

「ひざの上に抱えて、そのシャツで血をずっとおさえておけるとでも？」エンプソンさんは川をばしゃばしゃとこちらに渡ってくると、アニーをゆっくりと抱きあげた。ぼくは両手でしっかりシャツを押さえようとしてた。アニーをゴーカートに乗せるのに手をすべらせたけど、血はもう出てこない。

いいことなのかどうか、わからない。もしかして、もう出てくる血さえなくなっちゃったってことかも。ぼくは、足元を見た。裸足《はだし》だ。泥のかけあいをしたとき、ブーツを脱いだままだった。見ると、エンプソンさんも靴をはいてない。エンプソンさんはぼくの視線に気づいていった。「したくする時間がなかったからね」いいながら、アニーをぼくのひざの上に横たえて、ぼくたちをベルトで固定した。「昼寝してたんだよ。ぐっすり寝てたら、風があんたの声を運んできた。うちのキッチンの窓までしっかり響いてきたよ」

「家にいたのに、ぼくの声がきこえたんですか？」信じられない。何キロもはなれてるのに。だけどそういえば、風がふしぎにこだましてた。谷がやってくれたんだ。

エンプソンさんはうなずいた。「まちがいなく、ヘイズ・カウンティじゅうの全員にあんたの声がきこえただろうよ。ドラム缶《かん》のなかであんたの声が響きわたってるのをきいてるみたいだったからね。あんなやかましい声、きいたことないよ」エンプソンさんはエンジンをかけた。「あんたにあんな声が出せるとは知らなかったよ」

「ぼくもです」いつの間にか、声ががらがらになってる。自分をやかましいと感じたのははじめてだ。ぼくはアニーの頭を、血のにじんだシャツを、じっと見つめた。たぶん、やかましくして正解だった。ぼくは、アニーの顔に自分の顔を近づけた。アニーが息をしてるのがわかる。ほんのかすかだけど。アニーはまだ、ここにいる。

ありがとう。ぼくは、アニーに顔をくっつけたままささやいた。だれに感謝してるのかは自分でもよくわからないけど、とにかくお礼をいいたい。

エンプソンさんは谷を一気にかけぬけて、低めの山をのぼっていった。反対側に、見たことのない家がある。背の高い白髪頭《しらがあたま》の女の人が出てきて、ぼくたちを見るなり叫んだ。「エドガー！　車のキー、持ってきて。けが人よ」

すぐにアニーは、エンプソンさんといっしょに、エドガーさんの運転するトラックで病院の緊急《きんきゅう》治療室《ちりょうしつ》に運ばれていった。ぼくのほうは、背の高いおばさんにバスルームに連れてかれて、からだを洗った。おばさんは、いくつか必要な電話をかけてくれた。まず、キャンプに電話して、おそらくアニーのお母さんと話をしてた。リビングの向こうから受話器を通して泣き声がきこえてきたから。それから、おばさんはたずねた。「ピーター、おたくの電話番号は？　ご家族に電話して、むかえに来てもらうから」

十五分後に親が来た。ふたりそろって、ぼくの知ってる限りはじめて、だまりこくったまま。ふたりとも、ぼくに話しかけない。ひと言も話さないまま、車で家に帰った。だけどその沈黙は、安らぐものでも平和なものでもなかった。

不吉な沈黙《ちんもく》だ。

「今夜、話しましょう」母さんがいった。声が枯《か》れている。車をおりるとき、顔をちらっと見たら、赤かった。ずっとこすってたみたいに。だいぶ泣いたんだろう。

母さんの手は、車の助手席においたバッグをとるとき、震えてた。父さんはずっと母さんの肩に手をおいてた。倒れないように支えてるみたいに。

父さんは、ぼくのほうを見ようともしない。ちらりとも見ない。だけど、あごをずっと動かしてて、話をしたいけど何をいいだすか自分でもわからないからできないみたいに見える。

父さんはぼくが血のにじんだシャツを洗濯室《せんたくしつ》に入れるのを待って、ぼくに指で自分の部屋に行くように示すと、いった。「とにかく、そこにいなさい。とにかく……」父さんは言葉を切って、歯を食いしばった。

自分の部屋でベッドに寝そべって、ぼくはアニーのことを考えていた。アニーがよくなりますようにと願った。助けを呼んだこと、許してくれるかな。これだけは、はっきりいえる。呼んでなかったら、自分を一生許せなかった。

ただあのとき、崖の上にのぼっていって、ダグの顔をなぐる勇気があれば……。ダグが石を手にとらないうちに。

いやいや、ぼくは何をいってるんだ？　そんなことをするには、そうとうの度胸《どきょう》が必要だ。ぼくがいままでしてきたことといったら、ただ逃げるだけだ。問題からかくれる方法だけは知ってる。もちろん、いま抱えてる問題からはどうやってかくれればいいか、わからないけど。

ノックの音がした。「どうぞ」ローラが、ナプキンに包んだサンドイッチを持って立ってた。胃がぐっとねじれる。そういえばこの二日、まともに食べてない。ピーナツバターがすごくいいにおいだ。「ありがとう」ぼくがいうと、ローラがサンドイッチをベッドの上に放った。ぼくはすぐにひと口食べてからたずねた。「母さん、だいじょうぶ？」

ローラの顔も、こすれたみたいに赤くなってた。とくに目のまわり。ずいぶん泣いたんだろう。「だいじょうぶ？」ぼくは、そっとたずねた。ローラが、しゃくりあげる。「ごめん、ぼく……」「心配してるふりなんかしないで」ローラがぱっと口をはさんだ。「自分のことしか頭にないくせに」そして、ドアをばたんと閉めて出ていった。

ああ、これからきっと、またあの頭が痛くなる騒音が始まる。そう思って待ってたけど、ぼくの覚えてる限りはじめて、家のなかがしんとしてた。カーリーの泣き声がして、出ていきたくなったけど、父さんに部屋にいろっていわれたから、そのままじっとしてた。

夕食のころには、胃のあたりがむかむかしてきた。ひとつ、わかったことがある。罪悪感には味がある。逆流した胃液みたいな、おがくずみたいな、酸化《さんか》したピーナツバターみたいな味だ。口のなかがそんな味でいっぱいだ。

父さんが呼びに来て出ていくと、ほかのみんなはもうテーブルの前にすわってた。カーリーは母さんのひざの上で、こわがってるみたいに母さんの肩に顔をうずめてる。

ぼくはいすを引いて、すわった。ずらっと並んだ死刑執行人《しけいしっこうにん》に面と向かってみたいだ。銃殺《じゅうさつ》されてもしかたないような気がする。

「さてと」父さんが、しばらくして口をひらいた。「話をきこうじゃないか」

なんていえばいいのか、わからない。どこから始めればいいんだろう。だから、ぼくはちょっとのあいだ、アニーといっしょに逃げた理由をみんなにわかってもらえるような言葉をいっしょうけんめい探した。

いつものことだけど、けっきょく何ひとつ思いつかなかった。そしてどうやらぼくがだまってることで、母さんを限界《げんかい》に追いこんだらしい。

母さんは泣きだした。それから少しして、泣き叫びだした。父さんも大声をあげて、腕を母さんにまわしてる。ふたりの言葉がひとつも理解できない。不得要領《ふとくようりょう》だ。

不得要領。アニーが使いそうな言葉だ。むずかしくて、わかりにくくて、意味よりも音がたいせつで。

うちの家族みたいに。

ぼくはまた、アニーのことを考えた。これからアニーは、怒り狂った両親なんかよりも千倍もおそろしいものに立ちむかおうとしてる。アニーに持ってほしいと思う勇気とおなじだけの勇気を、ぼくも持ちたい。

アニーの強さが、ぼくにもうつってたらいいのに。ぼくを変えてくれてたらいいのに。だけど、ぼくはぼくのままだ。世界一の弱虫。そのときふいに、去年ずっとつきまとってた暗い考えが浮かんできた。

消えたほうが、かんたんだ。あきらめたほうが、らくだ。

死んでしまったほうが。

いや、ちがう。からだのなかで、心のなかで、胸のなかで、何かがぐいっと動いた。アニーに約束したじゃないか。そういうことは二度と考えないって。あの約束を破るつもりはない。

「だめだ」ぼくはささやいた。アニーの声が、ぼくの声にこだましたみたいな感じがした。もしかしたら、ぼくは変わったのかもしれない。

口が勝手にひらいた。からだがぼくを助けようとしてくれてるみたいに。足をテーブルの下で動かす。ふいに、何をいうべきかがわかった。ただ、それをいう勇気があるかどうかがわからない。

ぼくは立ちあがった。ゆっくりと。そして、手をあげた。魔法みたいに、みんなが静かになる。

「みんながききたがってることはいえない」ぼくはいった。ぼくなりの方法で、答えようとしてるってわかってほしい。「いえないんだ。そういうのは、ずっと前にあきらめた」ぼくは息を吸った。みんなが、やっと話をきいてくれてるのがわかる。「ぼくは、自分をあきらめた。ちょっと前に。ぼくが日記に書いたときに……死ぬことについて」

「だけど、そういうことからは遠ざけてあげたでしょう。あの子たちから」母さんが、少ししていった。心臓が十回くらい鳴ったあとに。「あなたをいじめてたあの子たちは……」

ぼくは、また手をあげた。「うん」ゆっくりという。「だけど、あいつらのせいじゃないんだ。ぼくが……消えたいと思ったのは。ぼくが消えることを考えた理由は、ちがうんだ」

ぼくは、また息をすーっと吸った。胸のなかが恐怖でいっぱいだ。「理由は、家族だよ」

「どうして?」母さんがぞっとした顔をしていう。そして、だまった。だれもしゃべらない。

自分の手がぶるぶるしてるのが、見てわかる。ぼくは震える指を組んで、また話しはじめた。「何か月も考えてた。どうやったらみんなに、わかってもらえるのか……どうやって示せばいいのかって。だけど、ぼくが考えてることを話す時間なんか、だれもくれない。だれも、ぼくの話をだまってきいてくれない。だからぼくは、ここにいるあいだは、考えることさえできない」

「ここ?」父さんがいう。声がふるえて、へんな感じだ。「この家ってことか?」

ぼくはうなずいた。「家族といるときは、ずっとやかましい音がしてる。音が鳴りだすと、ぼくは考えることさえできなくなる。そしてすぐに頭のなかがいっぱいになるんだ。消えるのがいちばんいいんじゃないかって……」

「何をいってるの?」ローラが口をはさむ。「あたしたちが何したっていうの? あんたがそんなことを考える原因になるようなことを。あんたが逃げたくなるようなことを。しかも、知らない子といっしょに!」ローラの声も、母さんとおなじで枯れている。ローラがまた泣きだした。そのうち、わめきだすだろうな。いつものことだ。だけど母さんが、ローラの腕に手をおいて、くちびるに指をあてた。「しーっ」

するとローラが泣きやんだ。「わかった」ローラはしゃっくりをして、鼻をすすりながらテーブルを見つめた。「きいてるわ」

「ぼくがアニーといっしょに逃げたのは、アニーがぼくの話をきいてくれたからだ。ぼくのことを、とくべつだといってくれた。いい意味でね」ぼくはローラににこっとした。ローラは笑顔を見せない。

「アニーは会ったときから、ぼくがどんなか、理解してくれた」

「自分の家族よりもか?」父さんの言葉がずしっと部屋に沈んでいく。言葉のひとつひとつに石が結びついてて、ぼくの喉に落ちてくるみたいだ。ぼくは答えるために目を閉じた。父さんの顔はとても見られない。

「キャンプ。カラテ。話し方教室。フットボール。父さんたちに、ぼくの意思とは関係なく、そういうものを押しつけられるたびに、ぼくはどなりつけられてるような気がした。『ピーター、おまえはいまのままじゃだめだ』って。殴られてたときより、傷ついたよ。ぼくはずっと、自分が父さんたちが望んでるような人間じゃないってわかってた。そういう人間にはなれないって」

父さんの声が、ガラスをのみこんだみたいだ。「ピーター、おまえは誤解《ごかい》してる。おまえを傷つけようなんて思ったことはない。どうすればおまえを助けられるか、わからなかったんだ……」父さんは言葉を切って、ごくっとつばをのんだ。「おまえを愛している。息子にとっていちばんいいことをしてやりたかった」

「父さんがいちばんいいと思ってることをね」ぼくは、父さんの目をまっすぐ見つめた。わかってもらわなくちゃ。「父さんが、ぼくにそうあってほしいと望んでることだ。ぼくが望んでることじゃない」

喉のあたりがひりひり痛いのを、必死で押しやった。思いだして心が痛むのを、考えないようにした。「父さん、アニーはぼくの話をきいてくれた。ぼくを、自分が望むように変えようとはしなかったんだよ……父さんみたいに。アニーは、いまのままのぼくでじゅうぶんだっていってくれた。そのままで。ぼくのままで。アニーのおかげでぼくは、自分にも存在価値《そんざいかち》があるって思えた。そんなふうに感じたのは、はじめてだった」

母さんが、静かに泣きだした。こぶしを心臓のなかにぐいぐい押しこまれてるみたいな気がする。

「母さん、ごめん。そんなつもりじゃ……」

「ううん、だいじょうぶよ。ちゃんときいてるから。みんな、きいてるわ。話して」

とても話しつづけられない。言葉のひとつひとつが、重すぎる。だけど、話す努力をしなくちゃ。

「はじめてこの家を抜けだしたとき、ここ数年ではじめて、幸せだって感じられる場所を見つけたんだ。幸せなんてもんじゃなかった。あの谷だ。あの場所は……」ぼくは言葉を切った。「うまく説明できない。あそこにいると、自分でいられるんだ」

カーリーがハイチエアからするっとおりて、ぼくの脚元《あしもと》によちよち歩いてきた。だけど、ひとつも音を立てない。じっとしてる。そうか……うん、そうしよう。

「見てくれる？　父さん、ぼくって人間を見てほしいんだ」

数日前の晩、けんかをしてるときに父さんが母さんにいってたことだ。父さんも覚えてたらしい。母さんもだ。母さんはさっきよりもはげしく泣いてて、崩れ落ちそうだ。しおれたレインリリーみたいに、くたっとしてる。父さんは、母さんの名前を質問みたいにつぶやいてる。「マクシーン？」母さんは首を横に振るだけで、顔をあげない。

ぼくは、父さんの目をのぞきこんだ。覚えてる限りはじめて、父さんがぼくという人間に気づいたみたいに見えた。ほんとうのぼくが見えたみたいに、こっちを見つめている。自分のだめな複製《ふくせい》じゃなくて。

「見せたいんだ。みんなに……ぼくっていう人間を、見てほしい」

それ以上、言葉がつづかない。この十分で、十か月ぶんはしゃべった。ぼくは待った。

最初、だれも口をひらかなかった。だけど数秒後、みんながうなずいた。カーリー以外みんな。カーリーは両腕を広げて、ささやいてる。「ピープ」

ぼくはカーリーを抱きあげて、家族を連れていった。ぜったいに家族に見せることはないと思っていた場所に。近寄っただけでだいなしにされると思っていた場所に。

谷のふちに着くと、風が吹きはじめていた。谷底からいつもぼくをむかえてくれたそよ風だ。今日は、どうしたの？　と問いかけるように、ぼくの顔をくすぐってくる。

　ぼくは息を殺して、家族が耳をすませてくれますようにと願った。ぼくとおなじように、感じてくれますように。ぼくが見せたかったものが何か、わかってくれますようにと、わずかな希望にすがった。

　カーリーがもぞもぞ動いて、ぼくの胸に寄りかかってくる。「ぴかり」カーリーがいう。

「もうじきだよ」ぼくは小声でいった。光はすでにうすれはじめている。一時間もすれば、ほたるが出てくるだろう。それまでみんなをここにいさせることができたら……。

「どうすればいい？」母さんが小声でいいながら、ぼくのとなりに来た。ゆっくりと呼吸してる。母さんの規則《きそく》正しい息がぼくの髪にかかって、谷に吹く風を思いだした。アニーといっしょに芸術作品をつくってるとき、ぼくをかすめて吹いていた風を。

「このまま耳をすませて。じっとしてて」ぼくはいった。

「どれくらい？」父さんがつぶやいて、ぼくの肩に手を置く。

　ぼくは答えなかった。だまって息をひそめてた。ローラはぼくの足元にすわって、谷を見わたしている。太陽が山のへりをすべり落ちていき、空の色が赤紫《あかむらさき》から夕日のオレンジに染まり、夕闇《ゆうやみ》の濃《こ》い青紫に変わった。

「すごくきれい」ローラがいう。

　カーリーがくちびるに指をあてた。「しーっ」

　うちの家族がこんなふうにしていられるなんて、信じられない。だけど、家族みんな、銅像《どうぞう》みたいにじっとしてた。ぼくとおなじように、動かない。ぼくたちは、風が谷をかけぬけていくのをながめていた。木の枝を、草の葉みたいに揺らすのを。風は、ぼくたちの足元の山のふちをなぞるように、ためらいがちに吹いていく。

だけど、だれも動かない。だれもしゃべらない。そのとき、カーリーがぷくぷくした指を一本、ぴんと立てた。

まるで、指揮者《しきしゃ》が指揮棒を振りあげたみたいだった。カーリーが腕をおろすと、カエルの合唱がまわりじゅうで始まった。カエルの震え声がこだまして、まるで百万匹くらいいるみたいにきこえる。ホイッパーウィル夜鷹《よたか》が一羽、山のむこうに向かって鳴き声をあげ、べつのが返事をする。鳴き声のやりとりが何度かくり返されて、そのうちおたがいを大声で呼ぶようになる。カエルの合唱をバックにして。

ふくろうが一羽うたいだし、なぜかわからないけど、石に当たる水音があのきれいな池からはるばるぼくの耳に届いて、ぼくを呼んだ。

ぼくは、首をたてに振った。ぼくの手を包んでいた母さんの手に、ぎゅっと力がこもる。風に吹きとばされてしまいそうでこわいみたいに。ぼくは、母さんの顔をそっとのぞいた。涙で光ってる……だけど、見たことがないほど、にこにこほほ笑んでいる。

父さんも、母さんのすぐとなりでほほ笑んでいた。父さんと母さんも、手をつないでる。もう何年かぶりに見た。

夜とともに、音楽が奏《かな》でられた。ふくろうたちと、さらに増えた夜鷹が、カエルの合唱に鳴き声を乗せる。そして、光が谷を彩《いろど》りはじめた。

谷が、光を見せびらかしている。前にもアニーといっしょに、たくさんほたるを見たと思ってたけど、いまは、谷じゅうが生き返ったみたいに、ほたるが光りながら飛んでいる。まるで、眼下で星座がまわっているみたいだ。ちょうど頭の上にあらわれはじめた、ほんものの星座のまねをするみたいに。

「ぴかり」カーリーがささやいて、指さす。「ぴかり」

ほたるが谷底から大きな弧を描きながら舞《ま》いあがってきて、光のリボンみたいだ。一瞬、そのリボンがアニーの名前を描いてる気がした……だけどそのあと、ほたるはすぐそばに、ぼくたちのところに来て、ぼくたちを取りまいた。ほたるがぼくのからだに止まる。カーリーにも、それから母さんと父さんとローラにも。光る宝石みたいにきらめいて、そのうちぼくたち四人もきらきらと輝《かがや》いた。

まるでぼくたちが星になったみたいだ。地上に落ちてきた星くずみたいだ。

「魔法ね」ローラがため息をつく。

「うん」ぼくはいう。

「音楽だ。こんなにうつくしい音楽が……いつも、こんなふうなのか?」父さんがたずねる。くちびるをほとんど動かさずに、そっと。ほたるが輪になって、父さんの顔を照らしている。

「ときどきね」ぼくは、できるだけ息を殺したままいった。イノシシや、シカや、アニーの髪にぎっしりついたたんぽぽの綿毛を思いだす。「たまに、もっと魔法みたいなこともあるよ。ものすごくじっとしてるとね」

父さんの手がぼくの肩に置かれるのを感じる。ローラは頭をぼくの脚にもたせかけている。母さんはまだぼくの手を握《にぎ》ったまま、背中に手をまわしてきた。カーリーがあったかくてやわらかいからだをぼくの胸に押しつける。ふいに、生まれてはじめて、ぼくはわかった。ぼくは、家に帰ってきた。

ほんとうに、帰ってきたんだ。

何度も、望んできた。たいていは、ひとりになりたい、自分だけになりたい、と。だけどそれは、ぼくにほんとうに必要なことじゃなかった。少なくとも、それだけじゃなかった。心の奥底で、ぼくはまた、家族にかこまれることを必要としてた。いっしょに耳をすませてくれることを。ぼくの話をきいてくれることを。

ぼくがどんな人間かをわかった上で、ぼくを愛してくれることを。

こんな瞬間《しゅんかん》が味わえるなら、何千時間ドラムやギターをきかされたって、がまんできる。伝えなくちゃ。そして、口に出していうと、父さんがいきなりすすり泣きはじめた。「ああ、ピーター、おまえになんてことをしてしまったんだろう」

こんなに悲しい父さんの声を、きいたことがない。

「ごめんなさい」ぼくはつぶやいた。すると、ほたるが大きな雲みたいに舞いあがって、ぼくたちの頭の上をぐるぐる飛び、谷へとおりていった。光の毛布がばらばらに散っていき、やがて谷底へと落ちていく。

「ううん、ちがうわ」母さんがいって、父さんを自分のほうに引き寄せると、ぼくを自分たちのほうに向かせた。「あやまるのは、わたしたちのほうよ。知らなかった。こんなことがありえるのも、知らなかったわ。ほんとうにきれい」

母さんはぼくをしっかり抱きしめた。カーリーがつぶされて、苦しそうにもんくをいう。「びかり？　もー、びかり？」

「そうね」母さんがささやく。「明日また、ここに来ましょう。そして、また見ましょう。ピーターが来てほしいときはいつでも来るわ。かまわない？」

「もちろんだよ。最高だ」ぼくは母さんを抱きしめた。父さんが両腕でぼくたちみんなを包みこむ。

「願《ウィッシュ》いがかなった」

いままで望んできた何より、すばらしかった。夢見たこともないほど、人生はすばらしくなろうとしている。いままでのどんなときよりずっと。アニーと谷で過ごした日々をのぞいて。

アニー。

アニーがいっしょにいてくれさえすれば。まだ谷にいてくれれば。せめて、まだこの世界に。まだ……ああ、アニー。

空がさらに暗くなってきて、巨大なランプが消えたみたいだ。きっとぼくは、だいじょうぶだ。もう逃げたりしない。逃げる必要はない。だけど、あのときみたいに幸せにはもうなれないだろう。家のなかのいろんなことが変わって、問題がひとつもなくなったとしても、アニーがいなくなってしまったから。

そして、いくら願っても、アニーはもどってはこなかった。

第三十章

その夏の残りはずっと、エンプソンさんといっしょにグリーンマスタンググレープのジャムをつくったり、カーリーに、うさぎがひざにのっけたえさを食べるくらいじっとしてる方法を教えたり、母さんを何万回もハグしたりしてた。母さんはまだ、ぼくがまたどこかに消えちゃうんじゃないかと心配してるみたいだった。だけど、ぼくはもう逃げたくなってない。どっちにしても、谷までしか行きたくない。欲しいものはぜんぶ、もっている気がする。友だちだっているし——変人エンプソンさんを友だちといっていいならで、ぼくは友だちだという——家族もいる。しかも父さんががんばって、音楽室の壁《かべ》を防音にしてくれたので、じっくり考える平和な時間もある。

アニー以外、すべて。

ぼくは、アニーを探そうとした。父さんも手つだってくれた。ＭＤアンダーソンがんセンターに電話をかけてみたけど、アニーが入院してたということ以外、何も教えてくれなかった。ぼくは学校が始まる前の月、谷でつくった芸術作品の写真といっしょに手紙を書いて送った。いわれたように、ちゃんとした作品をつくろうとしたけど、アニーみたいにはいかない。まるで、谷が眠りについたみたいだった。あの日、家族に谷を見せた夜を最後にして。アニーが行ってしまった夜だ。

たぶん、アニーが魔法を連れていったんだろう。きっと、魔法はもともとアニーのそばにあって、アニーがあの場所に魔法をかけていた。

もしかしたら、やっぱりアニーは、ほんもののウィッシュガールだったのかもしれない。

だけどぼくも、がんばった。ぶどうのつるでいろんな形をつくり、暗くなってほたるが出てくるのを待った。なんとかたのみこんで数匹のほたるにつるに止まってもらい、写真をとった。いちばんお気に入りの写真は、レインリリーそっくりの形につくったものだ。

自分の作品が、〝変容《へんよう》をもたらす〟とはいわないけど、アニーが見たら気に入ってくれたと思う。きっと、〝喚起《かんき》を促《うなが》す〟とか、〝現象学的《げんしょうがくてき》な〟とか、そんな感じのぼくがきいたこともないような言葉を使うだろう。

アニーが、そういう言葉をまだ覚えていればの話だけど。

ずっと、そのことを考えてた。アニーは回復するんだろうか。治療を受けなきゃいけなかったのかな。まだこの世に、アニーはいるんだろうか。それとも、ぼくの心のなかだけにしか残ってないのかな。

もちろん、心のなかにはアニーがたくさんいた。ぼくの心は、アニーだらけだ。あの一週間のアニーの思い出でいっぱいだ。たまに、アニーがほんとうに心のなかに住んでるように感じる。谷にいるときとか、きれいな池のほとりにすわってるとき。ダグとジェイクを見かけたときでさえ——遠くからだけど。警察《けいさつ》がふたりに厳重注意《げんじゅうちゅうい》をして、両親には罰金《ばっきん》が科せられるかもしれないという話をしたそうだ——ぼくはアニーのことを考えた。自分でも必要だとわかってなかった友だちに、アニーがなってくれたことを思った。

アニーは、このままのぼくでいいと思ってくれた。ほかの人とはちがうと。驚異《きょうい》的《てき》だと。

毎日、アニーが帰ってくることを願ってる。だけど、ぼくの望みはいまのところ、かなってない。アニーはいなくなってしまった。そして、アニーといっしょに魔法も消えた。

そして、秋のはじめのある日、一通の手紙が来た。

手紙といっても、文字はほとんどない。紙に絵が描いてあるだけだ。紙の上のほうに、「セントジュード小児研究病院《しょうにけんきゅうびょういん》」と書いてある。

なんの絵か、はっきりとはわからないけど、たぶん……たぶん、カワトンボがいっぱい人に止まっているところだ。カワトンボの羽根《はね》のあいだから、女の子の赤毛がちらっとのぞいてる。

絵の下には、タイトルみたいに言葉が書いてあった。文字がぎゅっとつまってて読みにくいけど、ぼくにはわかる。「ウイッシュガール　変身後」

胸がおどった。大声で叫びだしそうだ。ぼくは手紙を胸元に握りしめて、谷のふちまで全速力で走った。手紙を目の前にかかげて、思いっきり笑う。「見て」谷にいった。「見てよ！　アニーは生きてるんだ」

アニーは生きてる。そして、芸術をつくってる。

そして、ぼくのことを覚えてる。

そのとき、ぼくにはわかった。いつの日か、アニーは帰ってくる。ぼくにはわかる。どうやって音を立てずにじっとしてるかわかるみたいに。どうやって静かに耳をすませばいいかわかるみたいに。アニーは谷に戻ってきて、ぼくといっしょに走る。やわらかいとげのある木々のあいだを、眠ってるヘビたちの横を、化石や花の草原をぬけて、雨よりもきれいにすんだ水の流れる小川を渡って、空を遊びながら飛ぶトンボやすずめ、ちょうちょやほたるの群れを従えて。アニーは、ぼくたちのところに帰ってくる。そしてぼくたちはみんな、生まれかわる。何度でも、何度でも。

ぼくにはわかる。だけど、念のためにぼくは口に出していってみた。「アニーが帰ってきますように」

そよ風が、はるか下の木の枝のあいだをかけていき、谷底の木の茂みを揺らし、ふしぎな生きている緑色の波のように木の葉を巻きあげて、やがてぼくのところに吹いてきた。ぼくの耳元で、返事をする。

望みはかなうよ。

謝辞《しゃじ》

子どものころ、わたしは夏休みをテキサスの丘陵地帯《きゅうりょうちたい》の谷で過ごしていました。そこには、魔法《まほう》がかかっていたのです。本書には、そのころの記憶をもとにした瞬間《しゅんかん》が多く登場しています。ありがたいことに、姉のラーリ・ローゲと、母のレイ・ドラードが、本書を書きあげるための材料を発掘《はっくつ》する手つだいをしてくれました。

腫瘍学《しゅようがく》の看護師《かんごし》にして白血病《はっけつびょう》サバイバーの友人、タラ・アダムスには、とくべつ感謝《かんしゃ》しています。原稿《げんこう》を読み、励《はげ》まし、仕事内容や実体験についての大量の質問《しつもん》に答えてくれました。医療的《いりょうてき》な知識を正しく得ることができたのは、タラのおかげです！　ただしもちろん、事実に間違いがあったら、それはすべてわたしの責任です。また、兄のドクター・ライアン・ロフティンにも感謝します。書きはじめから終わりまでずっと、インスピレーションを与えてくれた最高の兄きです。

エイプリル・コールドスミスは、小児白血病《しょうにはっけつびょう》が親の行動や治療後《ちりょうご》の子どもの性格に与える影響《えいきょう》を理解する手だすけをしてくれました。ほんとうは、あなたがその分野の専門家になどならないですめばよかった……でも、エイプリル、専門家としての意見をきかせてくれて、心から感謝します。

作家の友人たちは、わたしの人生に魔法をかけてくれました。とくに、批評《ひひょう》と励ましをくれたシエリー・コーネリソン、シャナ・バーグ、シエリー・フォート、ダイアン・コーリアに、ニュー・リーフ・リテラリーのスージー・タウンセンドとダニエル・バーセルをはじめとする皆さんに、感謝します。

ジリアン・レビンソンは、わたしが伝えたいと思ったことを、たとえそれがまだ文章の形になっていなくても、読んで正確にきくすばらしい才能があります。ありがとう、ジリアン。あなたの編集《へんしゅう》者《しゃ》としての技量《ぎりょう》と友情に感謝します。そして、レイザービル社の、わたしの願い《ウイッシュ》を現実にしてくれたすばらしい方々に、感謝します。

そしていつものように、愛と感謝を、わたしの願いを現実にしてくれたデーヴ、キャメロン、ドルーに。

訳者《やくしゃ》あとがき

わたしたちは、音があふれかえる世界で暮《く》らしています。あまりにも当たり前になっていて意識《いしき》していなくとも、いいか悪いかはともかくほとんど一日じゅう、まわりじゅうに機械的な音やしゃべり声があって、音のない世界がどんなふうかも、自然がどんな音を立てているのかも、忘れてしまっています。

主人公のピーターは、無口でおとなしく、にぎやかなのも人づきあいも苦手な十二歳です。家族はみんな、陽気で明るいタイプなので、生まれてくる家族をまちがったと感じているし、家族からもそう思われています。

そのピーターが、テキサス州の山奥《やまおく》で見つけた静かな谷で、ちょっと変わった女の子アニーに出会ったことから、この物語《ものがたり》は動きだします。アニーは、難しい言葉を好んで使い、頭の回転が速くて、いばっていて強気で、ユーモアセンスがある、真っ赤な髪《かみ》をした女の子です。ピーターにもアニーにもそれぞれ秘密《ひみつ》があって、ピーターはこの山奥に引っ越してきた理由を、アニーはウィッシュガールと名乗る理由を、すぐには口にしません。だれも自分を理解してくれない、自分はだめ人間だと思いこんでいたピーターが、アニーによって、そして谷にただよっているふしぎな力によって、だんだん自分を認められるようになっていき、ひとりよがりの考え方に変化が生まれます。

人間はだれでもやはり、心の奥底では理解されたいと願っています。登場人物はみんな、不器用《ぶきよう》で、言葉で自分の気持ちを伝えるのが苦手です。〝変人〟の大佐《たいさ》の奥さんは、いつもむすっとしていて、人をいじめて楽しむ趣味《しゅみ》があるようですが、じつは言葉のひとつひとつにあたたかさと重みがあります。ピーターの家族もみんな、心の底では相手を思いやっているのに、歯車がかみ合わなくて、ついつい自分の価値観《かちかん》を押しつけてしまってからまわりばかりしています。

何をやってもうまくいかないとき、どうしたらいいか途方《とほう》に暮《く》れてしまっているときは、一時的に逃《に》げるのもひとつの手かもしれません。でも、いつかは立ちむかわなければいけないときがやってきます。価値観は人それぞれです。陽気でポジティブなのがいいことだとも、自分の世界に閉じこもっているのがかっこいいことだとも、限りません。自然に分かり合えるときもありますが、どうしても言葉の助けが必要なときもあります。そのときに、ちゃんと自分の正直な気持ちを伝えられるかどうかで、真の勇気が試《ため》されるのかもしれません。

ふたりが谷をアニーのいう〝芸術〟にかえていくようすは、とてもうつくしく、きらきら輝いています。ほたるが点滅《てんめつ》しながら飛びまわってからだじゅうに止まったり、たんぽぽの綿毛《わたげ》が髪の毛をおおったり、ほかにもいろいろ、魔法《まほう》がかかっているとしか思えないようなすてきなことがこの谷には起きます。アメリカの書店でこの本の表紙を見かけたとき、光に包まれたふしぎな少女と気の弱そうな男の子のうつくしい絵と、〝wish girl〟というタイトルから、目がはなせなくなりました。ウィッシュガールが意味するものを知りたくてすぐに読みはじめ、このふたりの心の叫びにひきこまれ、読みおわったときには感動につつまれていました。

物語に出てくる〈メイク・ア・ウィッシュ〉は、三歳以上十八歳未満の難病《なんびょう》とたたかう子どもたちの夢を実現する手だすけをしているボランティア団体で、日本支部もあります。また、〝晩期障害《ばんきしょうがい》〟とは、小児癌《しょうにがん》の治療《ちりょう》によって数か月後、または数年後に生じる可能性がある、副作用《ふくさよう》や後遺症《こういしょう》などのことです。治療によって命が助かっても、運動神経《うんどうしんけい》や思考力や記憶《きおく》に影響《えいきょう》が出るかもしれないとしたら、そのほうが恐怖《きょうふ》が大きいかもしれません。でも、以前できていたことができなくなったのではなく、魔法の谷のようにあくまでも〝変身〟したのだと思えたら、どんな望《ウイッシュ》みがかなうより、すてきなことのような気がします。

　最後になりましたが、この作品を訳すにあたっては、多くの方にお世話になりました。訳稿《やくこう》を深く読みこんで、目の覚めるような数々の指摘《してき》をしてくださった平田紀之さん、作品社の青木誠也さん、作品の世界に一気にひきこまれる装画《そうが》を描いてくださった辻恵さんに、心から感謝いたします。

　にぎやかなのもいいですが、たまにはちょっと立ち止まって、自然の音に耳をすませたり、あらゆる音を遮断《しゃだん》して静けさを楽しんだりしてみませんか。

代田亜香子

二〇一七年六月

選者のことば

一九七〇年代後半、アメリカで生まれて英語圏の国々に広がっていった「ヤングアダルト」というジャンル、日本でもここ十年ほどの間にしっかり根付いて、多くのヤングアダルト小説が翻訳されるようになってきた。長いこと、このジャンルの作品を紹介してきた翻訳者のひとりとしてとてもうれしい。

そして今回、作品社から新しいシリーズが誕生《たんじょう》することになった。このシリーズ、これまでぼくが翻訳・紹介に携《たずさ》わってきたロバート・ニュートン・ペックの『豚の死なない日』やシンシア・カドハタの『きらきら』のような作品を中心に置きたいと考えている。

つまり、作品の古い新しいに関係なく、海外で売れている売れていないに関係なく、賞を取っている取っていないに関係なく、読みごたえのある小説のみを出していくということだ。

そのためには自分たちの感性を頼りに、こつこつ一冊ずつ読んでいくしかない。しかしその努力は必ず報《むく》われるにちがいない……と信じて、一冊ずつ、納得《なっとく》のいく本を出していきたいと思う。

金原瑞人

【著者・訳者・選者略歴】

ニッキー・ロフティン（Nikki Loftin）
YA作家。テキサス州在住。本書以外の著作に、*Nightingale's Nest*、*The Sinister Sweetness of Splendid Academy*がある（ともに未邦訳）。

代田亜香子（だいた・あかこ）
神奈川県生まれ。立教大学英米文学科卒業後、会社員を経て翻訳家に。訳書に『とむらう女』、『私は売られてきた』、『ぼくの見つけた絶対値』、『象使いティンの戦争』、『浮いちゃってるよ、バーナビー！』、『サマーと幸運の小麦畑』（作品社）など。

金原瑞人（かねはら・みずひと）
岡山市生まれ。法政大学教授。翻訳家。ヤングアダルト小説をはじめ、海外文学作品の紹介者として不動の人気を誇る。著書・訳書多数。

ウィッシュガール

2017年7月25日初版第1刷印刷
2017年7月30日初版第1刷発行

著　者　ニッキー・ロフティン
訳　者　代田亜香子
選　者　金原瑞人
発行者　和田 肇
発行所　株式会社作品社
〒102-0072　東京都千代田区飯田橋2-7-4
TEL.03-3262-9753　FAX.03-3262-9757
http://www.sakuhinsha.com
振替口座00160-3-27183

装　幀　水崎真奈美（BOTANICA）
装　画　辻 恵
本文組版　前田奈々
印刷・製本　シナノ印刷株式会社

ISBN978-4-86182-645-0 C0097

【作品社の本】

金原瑞人選オールタイム・ベストYA

浮いちゃってるよ、バーナビー!

ジョン・ボイン著　オリヴァー・ジェファーズ画　代田亜香子訳

生まれつきふわふわと“浮いてしまう”少年の奇妙な大冒険！
世界各国をめぐり、ついに宇宙まで!?

ISBN978-4-86182-445-6

金原瑞人選オールタイム・ベストYA

サマーと幸運の小麦畑

シンシア・カドハタ著　代田亜香子訳

小麦の刈り入れに雇われた祖父母とともに広大な麦畑で働く思春期の日系少女。
その揺れ動く心の内をニューベリー賞作家が鮮やかに描ききる。
全米図書賞受賞作！

ISBN978-4-86182-492-0

【作品社の本】

金原瑞人選オールタイム・ベストYA

希望《ホープ》のいる町

ジョーン・バウアー著　中田香訳

ウェイトレスをしながら高校に通う少女が、
名コックのおばさんと一緒に小さな町の町長選で正義感に燃えて大活躍。
ニューベリー賞オナー賞に輝く、元気の出る小説。
全国学校図書館協議会選定第43回夏休みの本（緑陰図書）。

ISBN978-4-86182-278-0

金原瑞人選オールタイム・ベストYA

私は売られてきた

パトリシア・マコーミック著　代田亜香子訳

貧困ゆえに、わずかな金で
ネパールの寒村からインドの町へと親に売られた13歳の少女。
衝撃的な事実を描きながら、深い叙情性をたたえた感動の書。
全米図書賞候補作、グスタフ・ハイネマン平和賞受賞作。

ISBN978-4-86182-281-0

【作品社の本】

金原瑞人選オールタイム・ベストYA

とむらう女

ロレッタ・エルスワース著　代田亜香子訳

19世紀半ばの大草原地方を舞台に、
母の死の悲しみを乗りこえ、
死者をおくる仕事の大切な意味を見いだしていく少女の姿を
こまやかに描く感動の物語。
厚生労働省社会保障審議会推薦児童福祉文化財。

ISBN978-4-86182-267-4